新潮文庫

人生論・愛について

武者小路実篤著

目次

人生論・愛について

I

人生論

序

この本をかく時、何となく「人生論」という題で書いて見たくなり、こんなものを書いてしまった。論とは言えないかと思うが、論でないとする必要もないと思う。看板より中味が悪いとも思わない。相変らず僕らしいもので人生私観とでも言った方がいいのかと思うが、始め題がはっきり浮んだので、その題のままにしておく。

今まで書いたものと重複するところもあるが、この本だけ読めば僕が人生に就《つい》て感じていることがわかってもらえるように書きたかったので、他の本を読む必要のないように書くことにした。他の本とは表現もちがい、見せた人生の切断面もちがうと思う。いくらか新鮮な切断面に切りこめたかと思っている。

あとは本文を読んで戴《いただ》きたい。

（昭和十三年九月五日）

一

自分というものが意識に浮んだ時は既に自分が生まれていた時である。つまりその時自分が人間として生まれていたのだ。そして恐らく自分は何年かさきに意識を失うであろう。その時自分は人間ではなくなっている時だ。

自分は生まれて五十三年と何カ月になる、その間自分は人間として生きて来た。自分は人間以外の世界をまるで知らない。自分の生きている間は永遠にくらべれば一瞬にすぎない。しかし生きている自分にとっては、永遠の昔から生き、永遠の未来まで生きているような気もしている。人間以外の世間は見ることも、感じることも、信じることも出来ないのだ。自分は人間として生まれたことを不幸とは思っていない。しかし人間は完全なものでなく、いつも健康なものでもなく、又幸福を約束されているものでもない。だから僕は人間に生まれたものには一面同情しないわけにはゆかない。よく生まれて来たと祝したいと同時に、幸福であれと祈りたい。

自分は生まれた、又生まれ来る人間にたいする、自分の挨拶《あいさつ》としてこの本をかきたく思っているのだ。

僕は自分が学者でなく、知ることの少ないことを残念に思うが、しかし赤児《あかご》の心を持って、人間をつくったもの、人間が生まれるようにしたものの意志を感じ、そして人々にその意志を伝え、人々がどう生きるのが本当かということを、自分が信じ切っている通りに書いておきたいと思うのだ。

自分が人間に生まれた挨拶として、これだけのことは人間に言っておきたいと思っている。

しかし書きたいことは多いが、うまくかけるかどうか、まだ自分にはわからないのだ。うまくかけるといいがと自分で思っている。根気よく書けるだけ書いて見たい。

二

人間は何の目的で生まれたのか。又何か目的があって自然は人間を生まれるようにしたのか。僕にはそれはわからない。ただ人間は生まれるべくして生まれた。単細胞動物が地上にあらわれた時、既に人間のようなものが生まれることは予約されていたように思う。僕は学者でないから、こういう説明はあまりしない方が無難だが、自分の感じていることを書いておく。まちがっているところは、誰かなおしてくれるであろう。

単細胞の動物はどうして生まれたか。何かの実に不思議な、又とないような機会で生まれたのか。元素あるところ、否《いな》、電子のあるところ、必ず生まるべくして生まれたのか、それは知らない。しかし生まれたのだ。

それが生まれた以上、そして分裂することで繁殖する以上、無限にそのものが繁殖し、その数無量、浜の真砂《まさご》以上にふえたであろう。その何億何兆それの何億倍という子孫の内にはある機会で変種が生まれたであろう。

ともかく何億年と経過した内に実にいろいろの動物がこの地上に生まれた。そして或《あ》るものは既に死滅して地上に再び姿をあらわさないものもある。

しかし現在地上に存在する動物はどの位あるか、自分は知らない。しかしその動物の内で一番不思議な動物が人間であることは知っている。地上は遂《つい》に人間によって支配されたのだ。他の動物は段々人間の許しを得るものだけが存在し得るようになるであろう。

現在はまだ人間に有害無益の動物、殊《こと》に下等動物は存在し得るが、しかし昔から見ると段々そういうものが減じて来たことは事実と思う。

三

僕は今机に向っているが、田舎《いなか》にいるので実にいろいろの虫が机の前のガラス戸にいる。小さい蠅《はえ》のような虫や、蛾《が》のような虫が、そして彼等は実によく活動している。ごみのように小さい虫がちゃんと羽根をもち、目をもち、口をもち、その他生きるのに必要なもの、繁殖するに必要なものをちゃんとそなえている。あたりまえのことと言えばそれまでだが、不思議と言えばこの位不思議なことはないと言える。

どうしてこんなものが生まれたのであろう。

なぜこんなものを生む必要があるのか。

彼等は生まれたことを喜ぶだろうか。生まれたことが彼等にとって喜びなのか。

彼等は別にそんなことは考えないであろう。彼等はただ事実に支配され、生まれるべくして生まれ、生くべくして生き、死ぬべくして死ぬ。

何の為《ため》なぞとは考えないであろう。

その存在の価値は我等にとってはゼロ以下だが、彼等自身にとっては、それが唯一《ゆいいつ》の真実で、絶対なものであろう。彼等には理性もない、道徳もない、生きる意義を探求もしまい。ただ生きている。

しかし人間は彼等を軽蔑《けいべつ》することは出来るが、存外彼等と共通なものがある。ただ彼等は考えずに生きている。人間は考えないわけにはゆかない。勿論《もちろん》、人間と彼等のちがいはそれだけではない。しかし人間も彼等と同じように、生まれたからこそ生まれ、生きてればこそ生き、死ねば死ぬ、その点は別にちがわない。

人間は死なずにすむものではない。自分が死にたい時だけ死ぬものではない。人間の生命はもろさにおいて彼等とそうちがわない。ちがうと思うのは人間の目で見るからである。彼等は自分の一生を短いとは思わず、身体に故障がない限り元気に愉快に生きているのであろう。

しかし僕はここで勝手に彼等のことを空想しようとは思わない。

ただ彼等を軽蔑して、人間は彼等とまるで別につくられたものとは思えないのだ。

どっちが幸福かということも、一がいにはきめられないと思う。

しかしそんな比較はつまらぬことだと言う人があれば、僕は反対しないのだ。

本題には段々入ってゆくつもりだ。

四

僕は彼等に目があるのを不思議に思う。

見るという能力、それは生きるために必要だ。しかし生きるために必要だから目が出来たと一がいに言ってすましておけるか。

生きるものに目が必要だということを知って、生命は自分の内から目を生み出したのか。

もしそうとすれば目を生み出したものの不思議さよ。

勿論不思議なのは目ばかりではない。しかしどんな小さい虫にもそれに適当な目が出来ているのは不思議でないとは言えない、どうして出来たのだ。いくら不思議でもあることはあるのだ。しかもこんな不思議を平気で実現し得る力はどんなものをつくっても不思議でないとも言える。僕の言いたいのはむしろ、自然がどんなものでも生命に必要なものはつくり得るその不思議力だ。

今自分のまわりを藪蚊《やぶか》が飛び廻り、血を吸おうとねらっている。僕は蚊を実に嫌《きら》う。こんなものがまだ地上にいることは人間の恥であるとも思う。文明が進めば、こんな虫はなくなるべきで、目に見える、人間の血を吸う虫が地上に居たということは、野蛮時代の語り草になる時が来るだろうと思うが、しかしこの蚊の口が、あんなに細くってしかもよく血を吸うことが出来るのには感心し、もし人間がこんな細い管をつくろうとしたら随分大変だろうと思う。しかし蚊の口に驚いているなぞは幼稚な話で、もっともっと驚くべきこまかい細工を自然は平気でつくっている。生み出している。この生み出す能力、それの最も高級で、最も驚くべき現われが人間であることは言うまでもない。僕達は人間として、まだ随分不服を言いたい点もないことはないが、しかしこんな人間を生み得た自然には驚歎《きょうたん》しないわけにはゆかない。よくもつくったものである。そして人間はまだ不完全なところが多いが、それをだんだんおぎなって完全なものにする能力が、人間に多量に与えられているのに驚くものである。

何が人間を生んだか。地上に生物を生んだものは、何億年の間に実にいろいろのものを地上に生んだ、その内に遂に人間を生んだのだ。しかしその生む能力は、いくら考えても僕には不思議なのだ。

いくら不思議でも事実は事実と認めなければならないのだ。

自分の人生論はこの事実をすなおに見るに過ぎない。

人間は神がつくったということは僕は信じられない。神がつくったものとしては人間は無常すぎ、不完全すぎる。しかし自然が生んだとしたら、あまりに傑作すぎるように思うのだ。人間を生まないではおかなかったものは何か。自分はそれを知りたいと思うがまだ知ることは出来ないのだ。単細胞動物の内に、すでに人間にまで生長し得る、或《あるい》は進化し得る能力が与えられていたのかと思う。しかしそんなことは今問題にしようとは思わない。

僕は一個の人間として、人間はどんなものか、素直に見ようと思うのだ。

五

人間は人間がつくったものではない。子は親がつくったのだと思う馬鹿《ばか》はいないと思う。親がなければ子がない、それは事実だ。しかし親に子をつくる能力を与えたものは人間ではない。まして親ではない。又性慾《せいよく》なしには子は生まれない。そして性慾を人間に感じさせるものは人間ではなく自然だ。自然は子の前身が人間に生まれたいために親を刺戟《しげき》し、そして性慾を起させ、そして生まれようとし、その何億分、或は何万、何千万分の一が生まれることを許されるのだ。

生まれ得るものは実に僅《わず》かだ。しかし親が子を生みたくって子を生むより、むしろ子が生まれたくって親を動かすと言う方が、いく分本当にちかいのだ。

しかしそれも子供がそうつくられているからにすぎない。人間のつくったものは其《そ》処《こ》に少しも働いていない。自然に従順になるにすぎない。

我等はいかに自然につくられたままに生きているかを、証明することは実に楽なことだ。

たとえば神経を人間の身体にぬけめなくくばったものは誰か。言うまでもなく自然だ。人間は神経がなければ、何にも感じまい。神経があったって、それを感じる器官がなければものは感じない。しかしここで人間の生理の説明をしようとは思わないし、又出来もしない。その方の研究したい人には他に適当な本がある。ただ自分の言いたいのは、人間は自然によってつくられたまま生きているということだ。痛みを感じるのは自分だと人々は思っている。痛みを感じさせられるものは自分であるかも知れない。しかし痛みを感じる能力は自分にはないのだ。ないと言うのが言いすぎなら、神経をぬけ目なく我等の身体にくばられたので痛みを感じなければならないので、神経がなければ自分は痛みを感じない。

　例えば歯の神経をぬいてしまうと、歯の痛みは感ぜずにすむ、爪《つめ》や、毛を切っても痛くはない、それは神経がないからにすぎない。だから我々は爪や髪の毛を切って痛みを感じようと思っても駄目だ。それと同時に痛みを感じたくないと思っても、神経から痛みを感じることを強《し》いられては痛みを感じないわけにはゆかない。特殊な病気や、心理状態の時、この痛みを感じる器官が無神経になると痛みを感じないですめるが、それは普通の状態ではない。だから自分が痛みを感じると言うよりも感じさせられると言う方が事実なのだ。

　神経がなかったら人間は生きてゆけない。人間が生きてゆくには神経が必要だ。それで生命は自分に必要なものを生み出した。

神経の働きはいろいろある。受動的なものも、能動的なものもある。自分は人間に与えられた一番いやなものの一つである、肉体の苦痛に就《つい》て先《ま》ず考えて見たい。

六

この世に生きていて一番厄介なものは肉体の苦痛であろう。その最も劇《はげ》しきものは辛抱が出来ないようにつくられている。

「こんなに苦しくってはもう生きていたいとは思わない」これが僕にとって最も貴《とうと》き母の最後の言葉だった。病気の内には話にならない程、苦しいもの、痛いものがある。負傷、やけどなぞも耐えられない痛さだ。もう少し辛抱の出来る程度で許してくれてもよさそうなものだと思う。そして人間が気の毒になる。

この世で一番不愉快な話は、惨殺《ざんさつ》である。なぶり殺しである。人間の肉体を苦しめる話である。それは人間の弱点を人間の手によって利用されるので、二重に不愉快である。次ぎは天災や病気で苦しむ話である。人間に生まれたのが情けなくなるのは、そういう話をきく時だ。肉体の苦痛に耐えることを修行にする宗教があるが、それはこの人間の弱点を、肯定したい意志の表われで、こんな苦しい目にあっても人間は精神的に生きられる余裕があり得ることを示す点で、我等を慰める。

しかしそれは自然の意志にすなおな生き方ではない。

最も自然な肉体の苦痛にかつ方法は、健康をとり戻すということだ。負傷していれば、それをなおすことだ。病気していたら病気をなおすことだ。人間は健康になれば肉体の苦痛は感じないように出来ている。何処《どこ》か身体に故障があったり、不健康だったりするとそれをなおさせようと思って痛みを感じさせるのだから、その原因をなくして、一日も、一刻も早く健康になることが賢いのだ。痛ければ痛む原因を早く知り、又その原因をなくすことだ。辛抱出来る痛さだったら、人々はつい身体に悪いところがあっても、面倒でなおさないであろう。辛抱が出来ないから、仕方なしになおすように骨折るのだ。

早く用心したり、早くなおしたりしたらそう痛まずにすむであろう場合も少なくないと思う。

肉体の苦痛には腹が立つが、この苦痛なしには生きる努力を怠り勝ちの人間のことを思うとそれも仕方がないと思う。

だから自然は好んで我々を苦しめるのではないので、やむを得ず我等を苦しめるのだ。しかしその苦しめ方が人情的ではないから、不公平なことも多く、不人情の時もあり、実に気の毒な人も出来るのだ。

しかし大多数の人はこの肉体の苦痛によって、肉体のわるいところをなおし、その人としては出来るだけ長生きするようになるのだ。もし肉体の苦痛がなかったらくり返し言うが、人間は自分の身体の不健全に気がつかなく、又気がついてもなおすのを厄介がって、遂《つい》に手おくれになる恐れがあるのだ。

痛いのは、危険にさらされた肉体のあることを神経が知らすのだ。この通知があって、人間はやむを得ず自分の肉体に悪いところがあることに気がつくのだ。だから痛みが相当強く、時に強すぎるのは、人間を生かす上に必要なことなので、肉体の苦痛は実にいやなものではあるがやむを得ないことで、この苦痛が強いことは、それだけ人間を地上に生かしたがっている自然の意志の強さと正比例していると見ることが出来、感謝していいのだ。しかしそれは苦痛を愛することを意味するのではなく、健康を愛することを意味している。だから人間の第一の務《つとめ》は、健康を愛することであると言っていいので、それが自然の意志に叶《かな》うものだ。だから自分の健康は勿論、他人の健康の為《ため》に働くことは美徳であり、自然の意志に叶うことになるのだ。

身体の痛みはやむを得ず、自然が人間に与えたものだから、健康を害した時以外は、人間は肉体の痛みは感じないのだ。

しかし痛みを絶対にさけるということは人間には出来ないので、痛みにたいしても、人間のとるべき態度はいくらもある。
それに就て感じていることを段々かいて見よう。

七

肉体の痛みにもいろいろの種類と、強弱がある。自分はその一々に就て書こうとは思わない。

ただその痛みを感じるのは、前にも言ったように健康をそこねた場合が多いのだから、健康をとり戻すのが第一である。しかし健康をとり戻すということは中々容易ではない。身体をそこねることは一瞬で出来ても、なおすには時間を要することが多い。

それには痛みに耐えることも必要である。ただ痛い痛いとさわいでいても、なおらない。痛みをなおすには痛みに克《か》つことも必要な時がある。我等は痛みそのものは尊敬しないが、痛みを耐える人は尊敬すべきである。しかし痛みをただ耐えてなおそうとしない人は賢いとは言えない。痛みを耐えて早く健康をとり戻すものが賢い。又そのために助力するものは貴い。医は仁術なりと言うのは、他人の苦痛を最も自然の意志に叶ったなおし方をする人だからである。だから苦痛を一時的にごまかす方法は自然の意志には反しているので、どうしても根本からなおすようにしなければならない。

しかし根本からなおすように骨折れば、苦痛の役目はすむのだから、苦痛をなるべく感じさせないような方法をとるのは文明的な方法である。

一時的に苦痛をごまかして、健康のそこねるのをそのままにしておくのはよくない。しかし健康をとり戻すことが同じく出来るなら、なるべく苦痛は感じさせないのが、人間らしい方法で、文明がすすむに従って、苦痛を感じさせずに健康をとり戻すように骨折るだろう。

だから苦痛にまけるのは、よくない。苦痛に耐えるのは、その人の意志の強さを示す場合が多いが、しかしそれは健康を尊敬しての上の話でなければならない。

人間にとって最上のものは肉体ではないが、なにはともかく先《ま》ず健康でなければならない。だから自然が人間の健康の為に心をつかうのは当然である。

八

健康に就ても、言いたいことが沢山あるが、まず苦痛を感じた時の人々のとるべき態度に就てもう少し語ろう。

我等は自分や他人の健康を尊重することが大事なのは言うまでもない。そして肉体の苦痛は人間が健康でない時に感じるもので、それをなおすことが急務であることは今までに何度もかいた。しかし人間の肉体は不完全であるし、人間の寿命は無常のものであるから、いくら苦痛をなおそうと思っても、なおすことが出来ずに死んでしまう場合もある。死ぬために苦しんでいると思える時がある。苦しみ死にすることも決して珍らしくない。

その時、自然が人間を殺す為に苦しめるように見える。死ぬ人間をそんなに苦しめなくったっていいように思う。

しかしそれはひがんだ見方で、いくら苦しくとも生きようとする、生きようとして生きられないので苦しむと見るべきで、殺すことが目的で苦しめているのではない。生かしたがって、生かせないところに苦しみがあるのだ。しかしこの事実はたまらない事実である。人間がこの世でいろいろ働いて、そのあげく苦しみ死にに死んでゆくでは、人間は可哀《かわい》そうである。しかしやむを得ないのだ。人間は死ぬのが楽だったら、死ぬことが喜びだったら、生きる苦しみに参って、自殺するものが多く、今までに人類はとっくに死滅していると見るべきだ。人類が亡《ほろ》びるのを喜ばないものは死を相当に苦しいものにしておく必要がある。それに何と言っても、肉体の滅びる時だから、肉体は最後の苦しみ、最後の生死の戦をするのはやむを得ない。尤《もっと》も死そのものの苦しみはなく、死の瞬間はほのぼのとした快感さえあるという話も聞いたが、しかし病気によったり、負傷によったりしては、苦しみ死にをする場合も決して少なくなく、考えるだけでもいやな気がする。しかしそれをもって自然が人間を悪意をもって苦しめるのだととるよりは、人間を生きられるだけ生かすために必要なのだととる方がすなおである。

僕は人間として楽しく死にたい。しかし生きられるだけ生きるためには苦痛もやむを得ないと思う。人間が文明になるに従ってなるべく楽に死ねるようにするであろう。しかしそれは生きられるだけ生きるようにしてからの話である。

しかし自然が死を許してくれているのを、無理に注射をして静かな眠りを邪魔するのは、生きているものにとっては自然のことだが、死ぬものにとっては有がた迷惑の時もあると思う。それで又元気になれるのならいいが、ただ臨終をながくされるのでは困る。

しかし生き残るものにとっては、愛する者の生命を少しでも地上に生かしておきたいのは美しい人情であるから、それを悪いとは言えないが、死ぬものは閉口する場合もあるとは思う。

九

死に就てはあとでかく。

肉体の苦痛は個人的なものである。元来肉体は個人的なものであるが、肉体の苦痛も個人的で、甲が痛みを感じても、乙にはその痛みは如実《によじつ》には感じられない。

このことはいいことで、一人が肉体の苦痛を感じると同時に他の人も肉体の苦痛を感じたら、随分厄介なことが起り得る。看病なぞも出来なくなるし、他の人も仕事が出来なくなる。だから肉体の苦痛が他人に伝わらないのはいいが、そのかわり、残酷な人間が、他人の肉体を苦しめて平気でいられる点は、面白くない。

他人の肉体に苦痛を与えて快感を感じるものがあるとすれば、それは非人道的な人間であり、不人情な人間である。時に病的な人間である。他人の苦痛に平気ということは悪いとは言えない。同情心がないということは人間にとっては大なる恥ではあるが、しかし肉体の苦痛が他人に伝わらないことはいいことだ。しかしその為に他人に苦痛を与えることに平気になるのは面白くない。

そんな話を聞けば、公平な人なら誰でもいやな気がするであろう。

他人に平気で苦痛を与えるものが罰せられる話は痛快である。それが人情である。

自然が他人の肉体の苦痛を痛切に感じないように我等をつくってくれたということは、他人を傷つけていいということではないのだ。これは道徳について語る時、もう一度この問題にふれるつもりだ。
ただここでは肉体の苦痛が、個人的であることを指示し、だから他人をいじめてい
いと思う人が出ては困るということを注意する。

一〇

肉体の苦痛は他人に伝わらないから、他人に利害関係が少ない。随《したが》って他人にとっ
てはそう大事件ではない。当人にとっては絶対の痛さでも、他人はそれを滑稽《こっけい》にさえ
見る。
痛がらなければ他人に通じないが、あまり痛がって同情を強《し》いようと思っても、他
人はあまり同情はしてくれないもので、同情を強いると反《かえ》って嫌《きら》われる傾きがある。
それに反して苦痛を耐えて、他人の心を乱さないものは尊敬される。人間は元来利己
的に出来ている。他人の苦痛にあまり心を痛められるのを好まない。だから痛い痛い
と言ってさわぐものより、痛みを辛抱しているものの方を気持よく思う。勿論《もちろん》人間に
同情心がなかったら、他人が苦しむのを見ても平気なわけだが、人間はそうはつくら
れていない。他人の苦しむのを見ても、どうしていいかわからないので、ただ盲目的
同情をしても、どうにもならないのが、不快なのだ。どうにかして苦しむのを慰めた

い、またまぎらしたいと思いながらそれが出来ないので不快なのだから同情心がないのではないが、しかし他人のあまりに苦しむのを見ていやに思うのは、ほめたことではないが、事実だ。同情して何とか出来る程度なら、人々は喜んでその人の為につくしもするだろうが、どうにもならないことに、ただ心だけを苦しめるのは閉口なのだ。尤もその苦しむ人が、自分の子供だったり、愛するものだったりすれば、冷淡にはしていられない。しかしそういう場合はなお苦しむのを見ていられない。だから苦しみを辛抱強く忍耐するものは人々に賞讃《しょうさん》されるもので、美徳である。

時に美徳以上超人的な感じを与えることがある。

一一

痛みは個人的であって、他人に伝わらないと前に言った。又人間は元来利己的で他人の苦痛にあまり同情しないとも言った。しかしそれは程度であって、苦しむものを助けたいと思うのは事実で、見ていられずに、何とかして助けたいと思う場合は多いのだ。決して人間は他人の肉体の苦痛に冷淡だというのではないのだ。ただその同情には程度があることを前にかいてしまったのだ。その程度についてここで一寸《ちょっと》ふれたい。

他人の苦痛、苦悶《くもん》は静視していられない。それをなおすことが出来るものは、すぐそれをなおすことに骨折る。他人の苦しむのを人間が平気で見ていられたら、自力でなおす程度の負傷や、病気はいいが、それ以上の負傷や、病気の時、他人の助けを要する時に困る。人間の生命を愛するものは、そういう時には、他人の助力をかりるのに適当に人間をつくっている。その点ぬけ目がないのだ。しかしそれも程度である。他人の肉体の苦痛をなおせない人は、ただ見ているより仕方がない、勿論、医者をよびにゆくとか、医院にかつぎこむとか、家族の人に知らせるとかはそういう人でも出来る。冷淡すぎて、知らん顔してそういう人があっても通りすぎて、少しも助力を与えない人もあり得る、気の毒と思っても、厄介だと思って見ないふりして通りすぎるものもあろう。又何かのかかりあいになるのを恐れて知らん顔をしてすます人もあろう。しかしそういう人を見て気の毒に思う方が人情である。そう人間はつくられている。ただ時々反動的にいい気味だと思う病的な人もあり得る。しかしそれは無関心と言うよりも関心が強すぎてそれにまけるのがいやで逆に出てくる場合もある。だから気の弱い人間が反《かえ》って惨酷なことをするということもある。もとよりそれは同情心が少ないにちがいないが、殉情的な同情心に反抗的にならないではいられない気持も、今の時代にはわからないこともない。しかし理性的だとは言えない。そしてその結果は他人に反感を起させる。

他人の苦しむのを見て平気であったり、喜んだりするのは反人情的で不快な感じを我々に起させる。それに反して他人の不幸を同情し、それを助ける話は、我々を涙ぐませる程ありがたい気を起させる。

しかし他人の負傷とか、病気とかをなおす力のないくせに、ただ同情だけを押売りしてさわぐものは、利口とは言えない。そして我等にいやな感じを起させる。余計なおせっかいして、相手をますます悪くするのははがゆい以上腹の立つものだ。だから同情心が貴《とうと》いというよりも、相手を健康にするということが貴いのだ。殉情的にただ さわぐのは、それが純粋ならば憎めないで、同情出来る時もあり、美しい時もあるかも知れないが、しかしその結果は害があるばかりで、結果のわかる人から見たら、はがゆくもあり、腹も立つだろう。だから他人の負傷や病気に同情するのは美徳だが、しかしそれをなおす力がない時、美徳の押売りは面白くないことになる。要は、肉体の健全は個人的なものではあるが、それをなおす力は他人にもあるのだから、それをなおす資格のある人が、心配し、その為《ため》に働くことは直接であれ、間接であれ美徳になる。

しかしその資格のないものはそのことはその方の人に任せて、自分の仕事に忠実になることがいいのである。

ただ前にもかいたが、他人に肉体の苦痛を与えることで、自分の我意を果そうとする行為は野蛮であり、又不愉快な話である。弱い人間の弱さを利用するのだから、卑《ひ》怯《きよう》でもある。又自然の弱点を利用して他人を苦しめるのだから卑劣でもある。

そういう話を聞いて腹が立たないのは人間らしくないことである。

文明人になればなる程、そういうことが腹が立つであろう。病的な時代は、そういうことが行われがちで、用心すべき時である。

それは人々を病的にしやすく、人類の運命の正しき発展に害があるからだ。

一二

今度は健康に就て考えて見たい。

人生にとって健康は目的ではない。しかし最初の条件なのである。何をするにも先ず健康なのである。だから健康の時は人は自分の肉体のことを忘れる。「鞍《あん》下《か》馬なく、鞍上人なし」という言葉がある。健康の時は、人は肉体を忘れて、自分の仕事をすることが出来る。健康がそこねかけると始めて人は肉体の存在を知らされる。

歯がいたい時は人は歯の存在を忘れることは出来ない。しかし歯が痛くない時、人は歯を忘れている。ものを食っても味はわかるが歯で噛《か》んでいることは忘れているだろう。食う方にだけ夢中になれる。しかし歯が悪いとそうはゆかない。いやという程歯の存在を感じる。先ずなおすことが必要である。このことは前に書いた。

健康の価値は病気して始めてわかる。しかし健康になってしまえば、もう健康のことを忘れる。忘れるところが面白いところだ。

それは人生にとって健康は目的でない証拠である。人間はこの世にしてゆかなければならない使命をもってこの世に生まれたのだ。大事なのはその使命を果すことだ。(使命については後でかく)

健康が目的ではないのだ。しかし健康でなければ働けない。少なくも健康な程、働くに都合がいい、だから健康は先ず最初の必要条件だ。だから健康をそこねたものは、先ず健康になることが必要である。だからそういうものにとっては健康になること程望ましいことはないのだ。しかし健康になってしまえば、それでその望みは達してしまうのだ。

腹がへる、へりすぎる、ものが食べたくなる。食べることが健康に必要なのだ。其《そ》処《こ》で無事に食事にありつける、実にうまい。しかし腹がはってしまえば、それでもう食べたいと思ったことは忘れて、活動し出す。腹がはったあとでも、なお食慾《しょくよく》の快楽をむさぼろうとするのは自然ではない。不自然だ。人間は虫がいいから、腹がはってもなお味の快感をむさぼりたくなる場合がある。しかしそれは健康の為にはならない、不健康な病的な傾向を生じやすい。健全な食慾は腹がはると共に姿を消すべきだ。そして人々はすなおに、未練なく食卓からはなるべきだ。尤《もつと》も適当な休息は必要で、食ってすぐ活動するのは毒であろう。しかし食事の目的を果して、なお食い気だけ残そうというのは、自然の意志に反している。

喉《のど》がかわく、水をのむことが必要になる。それなのに水をのまないと、益〻《ますます》水がのみたくなる。それで水をのむ。実に生きかえったような喜びを感じる。それは健康に必要だからだ。そして健康に必要なだけの水をのめば、もうあとは飲みたくない。それ以上無理にのませば、拷問《ごうもん》である。健康に害があるからだ。人間に先ず健康が必要なのは、これ以上言う必要もあるまい。

だから人々を健康にする働きは、皆正しい働きであり、仕事だ。だから国民すべてが食えるようにすること、健康に必要なものを国民に与えること、それは政治家の先ず第一の務《つと》めである。国民もお互《たがい》に助けあって、すべての人が食えるように、又住めるように、又着られるようにすることが必要である。

つまりすべての人が健康を保って生長してゆくことが先ず大事なのである。それが全部ではない。しかしそれが最初の条件だ。その為に衛生も必要、医者も必要、運動も必要になるであろう。何が必要であるかは実際家に任せる。

健康が大事であることを、証明出来れば僕の望みは足りるのだ。そして自然が如何《いか》に人間に健康なれと命じているかを暗示出来ればそれで自分の望みは足りるのだ。

しかし同時にくりかえし言うが、健康は最後の目的ではないのだ。最初の条件なのだ。

一三

赤坊《あかんぼう》の時、子供の時は、まだ仕事が出来ない。彼等には健全に生長するということが全部である。だから彼等は仕事をしないでも、退屈もないし、良心も痛まない。ただ健康で次第に生長してゆけばいいのだ。

だから子供連は健康ならば元気だ。赤坊なぞ殊《こと》に御機嫌《ごきげん》がいい。大きくなるに従っていろいろの感情が入ってくるが、赤坊にはそういうところが無いから、身体が健康で工合よく育ってゆく時はいつも御機嫌だ。人間は喜べるもののように出来ていると思われる。

「悲しみより喜びが深い」とニイチェは言っていたと思うが、喜びは生命の泉からあふれるもので、悲しみや、苦しみはそれを拒否するものから生まれると言えると思う。太陽は喜びとすれば、雲が出てその光をさえぎる時、悲しみや苦しみが生まれるように思える。少なくも赤坊は健康な状態にいる時は、実に元気で喜んでいる。それが泣いたり、弱ったりしている時は必ず原因があり、その原因は何処《どこ》かが健康をそこねているか、健康に害のある状態に置かれているかだ。

腹がへる、おしめがぬれる、身体が窮屈だ、腫物《はれもの》が出来ている、腹がわるい、等々。そしてその原因がなくなり、健康の状態に置かれると赤坊は又嘻々《きき》とするのだ。大きくなるに従っていろいろのものが加わるから、いくら健康でも、泣くこともあり、悲しむこともある。（それ等に就てはあとでかく）

しかし大体健康なれば元気だ。若々しく、活気がある。つまらぬことに拘泥《こうでい》していない。年をとっても健康だと、落ちついた喜びがある。

「思うことなくてぞ見まし」というように思うことがあっては駄目だが、他に気にかかることがなければ、健康なれば何となく愉快であり、元気だ。

精神的な分子にはここではふれないでも健康は悪いものではない。健康をそこねることは困ったことである。

しかし赤坊に於《お》いては一番露骨に健康は喜びであることがわかる。

ここにもう一つ書いておきたいのは、健康をとり戻すことの出来ない病人や、不具になった人々に就てだ。

健康はとり返せるだけとり返すことが大事である。このために自分は勿論《もちろん》、他の人も役に立つ人は役に立つべきである。しかし人間は万能ではない。いくら健康に戻りたくも戻れない人がある。その人は健康になってから働こうと思っても不可能な人である。そういう人は健康のことは顧みず、なすべきことをなす方が賞讃《しょうさん》すべき場合も決して少なくないのだ。人間の目的は健康にあるのではなく、地上でなすべきことを完全になしてゆくにあるから、病気をなおしてから更《さら》に働こうということの出来ない人は病気したままでも、なすべきことをなすことは貴い。悲壮である。

死ぬまで義務を果した人間、死ぬまで自分に忠実だった人間、死ぬまで他人を愛することを忘れなかった人間、それは賞讃さるべきである。しかし病気がなおる望みがあれば、先ずなおすべきである。

それから不具になった人も、その不具をなおせない時は、そのままで悲観しているのは人間らしくないので、与えられないものはあきらめて、与えられたものだけを生かせばいいのだ。そういう人はその点ではもう肉体の苦痛は感じないであろう。たとえば片方の手を失った人があるとする。不便にはちがいないが、苦痛は段々感じなくなるであろう。なおる見込のある間はなおすべきだ。しかしどうしてもなおらない時はそれであきらめることが美しいのだ。

それはいかにつらい、心残りのことであろうとも、どうにもならぬことをくよくよするのは人情としては同情出来るが、賢いとは言えない。それにましてそのつらいところをあきらめて、許された範囲で楽天的な気持を失わず、出来る範囲で、自分のなすべきことをするものは、超人的な力をあらわし、普通の人では出来ないようなことをする。

僕達は不治の病気の人や、不具になった人には同情すべきではあるが、しかしその不幸をいつまでもなげく人間よりは、勇ましくあきらめて、許された範囲で、自分の仕事をしてゆくのを更に、更に感心する。

そういう人は健康な、不具でない人のように仕事が出来ないにしろ、普通の人よりずっと感心されていい人である。

その人の精神は普通の人より何倍も鍛えられているにちがいないのだ。

一四

健康は何度も言うが、最後の目的ではない、最初の条件だ。だから健康なれば肉体の痛みは感じない。健康をそこねる心配のない時、肉体は苦痛を感じない。しかしそれでいいというわけにはゆかないのは言うまでもない。

例《たと》えば、子供が健康だが、意地がわるいとか、弱いものいじめだとか、利己的だとか、怠け者だとか言えば、それは自慢にはならない。それは親にとって不名誉であろう。殊《こと》に乱暴だったり、うそつきだったり、盗癖があったりしたなら親は心配するであろう。

いくら身体は健康でも、性質が悪くっては面白くない。賞《ほ》めるわけにはゆかない。そして多くの人に軽蔑《けいべつ》されたり、嫌《きら》われたりするのはやむを得まい。勿論程度によるが。

自他の健康を害する行為はよくない。しかし肉体の苦痛は全部悪いもので、それはさけなければならないと、言うのは言い過ぎである。少しの肉体の苦痛も恐れてさけるようになったら、その人は勇気を失う。すぐ健康をとり戻せる程度の疲労や、骨折は恐れるべきではなく、むしろ耐えて働く方が美しい。しかしそれも程度で、とり返しがつかなくなると困るから、肉体の苦痛は耐える方が忍耐が強くって豪《えら》いと一概には言えないことは、くり返し言う必要はないと思う。

健康の次に我等が気にすべきことは、自己を正しく生かすことである。

健康ではあるが、自分の生かし方はまちがっているでは困る。健康だったら怠けていいとはゆかない。又健康でいれば、怠けていれば退屈するのがあたりまえで、何か活動する必要がある。人間はこの世に食うために生まれたのではなく、生きるために食うのである。そのように肉体を健全にするために我等は生きているのではなく、健全な肉体は正しく働くためにあるのだ。人によっては健康第一という意味をとりちがえて、自身の健康を目的にして働く人がある。病身の人にとっては健康になることは第一の目的である。それは腹がへった人にとって第一の目的は食うことであるようなものだ。食って腹がはったものには食うことは目的ではあり得ない。健康ではあるが働かないというのは、鍬《くわ》は買ったが、みがく為《ため》だというようなものだ。鍬で土を掘るのは勿体《もったい》ないというような百姓が居たら滑稽《こっけい》であろう。そのように健康を害すると困るから働かないというものも滑稽である。

尤《もっと》も働くにもいろいろある。自分の健康を損《そこ》ねて、しかも他の一人の個人の利己心を満足させるというような労働もある。それは食うためには今の世では仕方がないが、正しい世界から見ると、実に勿体ない、不合理な話である。

一人の人間の生命を、利己的な欲望の為に犠牲にしていいという理由はないのだ。一人の人間の本来の生命は尊敬すべきものである。

我等が働くのは、人間の生命を尊重することを意味する。隣人の生命に何かの役に立つことを働くのが、我等の務めである。他人の我利々々《がりがり》や、他人のまちがった欲望の為に働くことは我等の生命を侮辱するものである。

一つの例をとって言うと、富者の下男下女となって働く時でも、その働くことが、自分の為になり、自分の愛するものの為になる時、それは一概に悪いとは言えない。しかし富者を怠け者にする為に、自分を奴隷《どれい》にして、自分を卑劣にきり生かさなかったとしたら、それは勿体ない話である。自分を正しく生かせば、他人を正しく生かす為に随分役に立てるのに、それをせず、他人も自分も歪《いびつ》に生かして後悔しないというのは反理性的である。

自分より秀《すぐ》れた人の指導の下に立って働いて、そしてその秀れた人の仕事を助けることで、自分一人では出来ない程、他の人の生命の為に役にたつことが出来ればそれは美しいことである。しかし下らない人間の、利己的欲望の為に、貴き生命を無駄《むだ》にするのは、惜しみてもあまりあることだ。そして今の世にはそういう仕事をしないと食えない人が、相当多いらしいのは残念なことである。

一五

たとえば正しい仕事が出来、又は正しい仕事をする男の仕事を助けることが出来る女が、男を堕落に導いたり、一家を没落に導いたりする職業につくなぞはその一例である。

男の劣情に媚《こ》びて、それによって生活をしていながら、男は下等なものだと言う女がいれば、それは眼医者をやりながら、人間は眼の悪い人ばかりだと言うようなものである。

今の時代ではそれ等の仕事をするものを一概に悪口するわけにはゆかない。なぜかと言うと、一面そういう世界に落ち込むように今の社会は出来ているとも言えるし、社会も、人間も病的なところが多いので、その病的なところを利用して得をしようとする悪辣《あくらつ》なものがいるから、その犠牲になるものは必ずしも、悪人ではないからである。しかしそれはほめた仕事でないことは、仕事している当人も知っているところである。賤業《せんぎよう》という名さえついている。

今の多くの人は仕事と言えば金をとる事だと思っている。しかし本当の仕事と金をとる事とは必ずしも一致していない。寧《むし》ろ反対な場合が多い。正しい生活をし、正しい仕事をすればする程、金がとれるなら、孔子も言っているが、富者でないことは恥である。しかし今の世では正しい生活をすれば、金が取れない場合の方が多いので、清貧という言葉が尊敬される言葉になっている。

ただ金をとりたくって仕方がないものが、現世には多いので、その人達は自分がとりたくって取れないものをとっている人を成功者のように思い、富者を尊敬する傾きがあるが、人間をつくったものは金というもののことははっきり考えないで人間をつくっているので、金にあまり執着の強い人や、金万能の人には好感も、尊敬も持てない場合が多いのだ。

自分の生命より金にがつがつしているものを見ると浅ましい気がする。その執着に、何か不自然な醜いものを感じる。

勿論、今の時代では金は大事なものであり、有力なものである。金がなければいろいろのいい仕事が出来ない。生きてゆくのに金の必要なことはここでは言わない。自分の生活以上に、無限に金をほしがる人に就《つい》て一寸《ちよつと》ここでふれたいのだ。

つまり仕事の為に金がほしい人に就ては別に自分は非難しようとは思わない。ある仕事をしたい人には相当の金がいる。その仕事がいい仕事だったら、その仕事の為に集めた金は、所謂《いわゆる》浄財と言ってもいいであろう。しかし他方金をもうけるために仕事をする人がある。金が目的で一生をつぶす人がある。現代ではそういう人は存外少なくない。そして多少人々は金をとることが仕事だと心得る傾きがある。金とることは、生きる為でなく、金とる為に生きる人がある。つまり自己の健康の為に生きる人があるようなものであり、又食う為に働く人があるようなものだ。否《いな》、それ以上、そういう人は誤りを犯しやすい。

国家の為とか、隣人の為とか、或《あるい》はもっと大きく人類の為とかに貢献するには金が必要だ。だから金を大事にし、又もうけるだけもうけると言うのなら、それは金もうけの為に金をもうけているのではない。しかし世間には金を多く持つということを目的にして、当然と心得ている人が少なくなく、又現世ではそれが当然で、それに成功した人が本当の成功者だと思っている人が少なくないのだ。

尤もこの本を読むような人にはそういう人は少ないと思うが。

尤も今の時代は分業の時代だから、一方金もうけの人が居てくれるのは都合がいいこともあるであろう。損ばかりしている国民を持っていては困るであろう。だから金もうけのうまい人が居るのもいいかも知れないが、それだから人生の目的は金だとは言えない。

殊《こと》に金の為には自分の自我を殺し、他人の自我を殺し、不道徳なことを敢《あえ》てしてもいいと思っている人があれば、勿論まちがいである。金は目的にすべきものではない。殊に他人を損させてまで得をしたり、他人の人格を堕落させることで金をもうけたりすることは恥である。

例えば本屋がいい本をつくって金をとり、その金で益々《ますます》いい本を出すというのなら本屋の名誉であるが、下らない本をつくって、下らない人間の下らない欲情に媚びて、そして金をもうけさえすればいいでは、本屋の恥である。

例えば医者は仁術であるが、金をもうけることを目的として、病人の病気が早くなおるものをわざとなおさなかったり、健康に不必要なことに金をつかわしたり、殊にひどいのは病気をわざと重くして、金をもうけたとしたら、それは詐欺《さぎ》以上の悪事である。

金は正しいからもうかるとはきまらない。不正をしたからもうかるという場合もあるのだ。以上あげた例よりもっとひどい例はいくらもあげられる。戦争でもうける人々の内に、だから戦争があるといいなぞと言う人がたまにあるが、これなぞも随分無神経な言葉である。

人間にとって大事なのは金もうけではないのだ。金がありすぎることはむしろ人間を堕落させやすい。金をもうけることがうまいということはその人の自慢にならない。その金をよく生かすということは自慢になる。

そして金をもうけられないことは恥にはならないのだ。いい生活をしない、いい仕事をしないということは恥になる。

一六

正しい仕事に就て語る前に正しくない仕事に就て語りたい。

しかし今の時代では善良な人、同情すべき人が多く正しくない仕事をすることを強《し》いられている。だから正しくない仕事をしているからといってその人を軽蔑《けいべつ》するのはよくない、殊に非難するのはよくない。それは偽善者であり、パリサイ人であり、樗《ちょ》牛《ぎゅう》によって非難された道学者であり、それ以上、無反省な、思いやりのない、自分の欠点を知らずに他人の欠点に目のつく人間である。あまり感心出来ない。

姦婦《かんぷ》を最ものしる当人が姦婦だったり、道楽者だったりすることは世間にいくらでもある。虚栄心の強いものが他人の虚栄心を悪口し、怠け者が他人の怠けるのを非難することは日常のことである。

しかし其処《そこ》も面白いところだとも言える。お互《たがい》に許しあいすぎたら、社会の制裁というものは行われない。自分のことを顧みず、他人の欠点に気がつくので、お互に制裁しあうということも、存外役に立つ場合があるが、しかし自分のことは棚《たな》に上げて、他人のことを非難するのはみっともないことはたしかで、その人の無恥と、無良心を示すものである。ほめたことではない。

どんな場合でも思いやりのないことは、よくないことである。だから正しくない職業をしている人にも同情すべき点をよく知り、軽蔑はしない方が賢い。しかし正しくない仕事が公然と行われていることは、その社会がまだ健全でないことを意味しているのだから、その点を恥じるべきである。つまり、自分も一員である社会が健全でなく、自分の根性が健全でないことを顧みて反省すべきである。しかしそれもあまりくよくよはしないがいい。どうせ人間は何処《どこ》かに欠点や、醜点を持っているのだから、それはそれで謹《つつし》むことを知り、恥を知って、厚顔にならない程度にそっとしておき、そして大事な方に力を尽せば、それでいいので、自分の欠点や、醜点を誇張するのは反《かえ》って病的良心であって、健全な良心とは言えない。しかし自分の欠点や、醜いところを知らないのはいけない。反省がなくなるのはよくないが、それも程度である。

自分の仕事を少しずつ不正から遠ざけることを絶えず心がけるのは大事なことでもあり、いいことでもある。しかしどんな人だって、正しいことばかりはしていないのだから、生活の為、愛する者の為に、より悪い生活に入らない為に、よくない仕事でもやむを得ずやるのなら、小さくなってやる必要はない。どんな仕事でも、人情の美しさは生きる。しかし用心しないと、正しくない仕事は、人間の心を段々正しくない方に感化する力を持つものだ。

それなら正しくない仕事とはどういう仕事か。

それは第一に、自分と他人の健康を害する仕事だ。

第二に、自分の性質を下等にする仕事だ。つまり、元気がなくなったり、自尊心を傷つけたり、嘘《うそ》をついたり、媚《こ》びたりしなければならない仕事だ。自分を卑屈にする仕事や、自暴自棄にする仕事だ。

第三は、他人の性質を下等にする仕事だ。他人を怠けものにしたり、真面目《まじめ》な仕事をするのを馬鹿《ばか》気《げ》た気持にさせたり、他人の心を卑屈にさせたりする仕事だ。又無意味に他人の時間を占領するのもいいことではない。つまり他人をいじけた人間にしたり、下等な人間にしたりする仕事だ。

一々どういう仕事がわるいとは言わない。正しい仕事は人々に生きる喜びと勇気を与えるはずだ。人間はそうつくられている。しかし正しくない仕事は人間を段々堕落させ、病的にさせ、生きる勇気をしなびさす。

他人に快楽を一時的に与えても、それはその人の健康に害があったり、真面目に働く気を消耗させる仕事では面白くない。

自分の人格をさげる仕事、他人の人格をさげる仕事がよくないのだ。

一七

正しい仕事はつまり、自分の健康をそこねない。そして他人に迷惑を与えない。出来たら他人に喜びを与える。又他人の生活に役立つ仕事でなければならない。

人間はこの世に一人で生きていられるものではない。だから人間は協力するようにつくられている。受けつ与えつ、与えつ受けつが、人間相互の関係だ。与えるばかりが人間の能力ではない。個人の力は弱すぎるのだ。与える力は少ない。しかしその少ない力を他人の為《ため》に働かすので、又他人の力を受け入れることが出来るのだ。又他人の力を受け入れるので、自分の力を与え得るのだ。

だから他人を害して自分だけよければいいではすまされない。他人に利を与えることで自分も利を得なければならない。他人を損させなければ自分は得しないという時代は去るべきである。他人が得すれば自分も得し、自分が得すれば他人も得する時代が来るべきである。共に社会の為に働き、国家の為に働き、又人類の為に働く、それで始めて世界の平和が来るのだ。

損させられて喜ぶものはない。不正な犠牲を払わされて喜ぶものはない。

他人の生命に役立つことで、その人に喜ばれるのだ。お互に喜ぶにはお互に喜ぶようにしなければならない。

正しい仕事であれば、皆が喜ぶべきである。皆の食物をつくる、それを又人々にくばる。皆の住宅をつくる。皆の喜びになる本をつくる。皆の病気をなおす為に働く、皆の便利の為に働く、皆の健康の為を計る。少なくもそういう仕事を手つだう。

直接、間接でもいい何か人間の為に役に立つ仕事を、自分で考え出せれば考え出し、自分で考え出さないでもいい仕事なら手つだう。それは美しいことだ。

正しい仕事は何等かの意味で、人間の生命に奉仕する仕事だ。金もうけでなくとも、いい子供をつくる仕事も勿論《もちろん》立派な仕事だ。

立派な仕事は人生に役立つ仕事をすることだ。

どういう仕事が人生に害があり、どういう仕事が人生に役にたつか、そのことに就ては段々かきたいと思っている。

ここではただ正しき仕事は自他の生命を傷つけず、自他の人格を傷つけない、共存、共栄の本道をゆく仕事を言うのだとしておく。

一八

人間は自己を生かす為には他人と必ず衝突するもののように思っている人がある。利己心はたしかに他の利己心と衝突する。金もうけは多くの場合、他人と利害衝突する。現世では利益をあげようとすれば他と衝突する。

しかしそれは人間をつくったものは金というものを人間が発明するということに気がつかなかった。金は人間のつくったものである。そして金への欲望というものは自然の知らないものだ。自然の人間に与えた欲望はすぐ満たされればそれで満足する欲望だ。腹がへれば飯が食いたくなる、痛切に食いたくなる。しかし食えば少量で腹がはり満足する。他人の食物を奪ってまで食う必要はない。例外の時もあるが、そう他人の食を奪わなければ腹がはらないということはない。水をのみたい時でもそうである。その他自然が人間に与えた欲望は性慾《せいよく》であろうと、その欲望は無限ではない。それを満足させることは簡単で、短時間ですむ。しかし金の欲望にはきりがない。そしてそれが又いろいろの欲望を満たす必要品でもある。かくて人間は金をとることに熱中してとどまるところを知らない。その結果、経済上の複雑な関係で人々が動くようになるが、しかしこれは自然の知らないものだ。だからその欲望は宗教家や、人間性の強い人々には軽蔑《けいべつ》される欲望である。人間を益〻自然に健康にする欲望ではなく、人間を益〻人間らしくなくなす力を持っているものだ。

金が存在するようになってから、文明が進んだことは事実だ。しかし同時に人間社会が病的になり、人間同志の関係が不自然になり、病的になったのも事実である。しかしこれが人間の本当の関係だと思うとまちがいで、他日、金よりも人間の生活の方が主になる時代が又くるであろう。

金をもうけることは悪いとはきまらない。しかし他人を不幸にすることは悪いことだ。

人間は自然から与えられたもの以外は生かせないものだが、しかしその与えられたものを生かす生かし方に、人間のよさと、わるさが生きる。人間は完全でないから、病的なところがある。それをうまく利用して、自分の欲望を無限に発展させる。人間が金銭を考え出したのは、始め便利の為だったが、それがあまりに便利すぎるので、いろいろに発展しすぎて、遂《つい》に今日の状態になったのだ。

しかし金銭は元来、物々交換が厄介なところから生まれたものであり、非常に便利なものだから、今更に金銭の価値を自分は否定しないが、元来、自然から与えられたものでないから、金もうけと人間の生長力とは一致しているとはゆかないのだ。

自然が与えてくれた本能を健全に生かすことは他人が健全に自己の本能を生かすこととは矛盾をしないようにつくられているのが本当と思う。

だから自分が本当に正しく自己を生かすことは、他人が本当に自己を生かすことと衝突はせず、反《かえ》って助け合うように出来ているというのが、僕の信仰である。

たとえば自己を健康にすることは、決して他人を不健康にすることを意味しない。

一人の人の病気をなおすことは、同じ病気の他の人をなおすことを意味する。

一人の人がいい米の種を発見することは、決して他の人の米の種を悪くするものではない。

一人の人が勉強することは他の人を不勉強家にすることを意味しない。むしろその反対である。

一人が足が早くなることは、他人の足をおそくすることではない。

恋愛なぞは、一人の人が恋人を得れば、その同じ人を恋している人は失望しなければならないが、それは当然なことである。お互に愛しあい、子を生み、共同して子を育てることを意味しているのだから、自分を愛してもくれない異性を求めるものは、求める方がまちがっている。いくら未練があるとしても、自分に資格のないことはあきらめねばならない。

そういう人は自分とよろこんで夫婦になる人を他に捜すより仕方がない。

よこしまに自己を生かすことは、他人と衝突する。あいつはいやな奴《やつ》だと思えば、相手もそう思うだろう。

相手をなぐりたくなったから、なぐろうとした。しかし相手はそれを拒んだ。ふとどきな奴だと言ってもそれは通用しない。

自分の真価を高めず、自分の人のよさを生かさず、虫のよさだけを生かそうとすれば、他人と衝突するのは当然である。

自分が正しく自己を生かすことで、他人が正しく自己を生かすことと、衝突する場合は、僕には考えられない。自分が虫のいい根性を生かせば、すぐ他人の虫のいい根性と衝突する。しかし自分を正しい人間にすることで、他人と衝突することは、ない。ありとすればそれはお互に遠慮すべきで、其処《そこ》に礼が生まれてくる。

しかし人は或《あるい》は言うかも知れない。勢力をとりたいのは、自然な本能とすれば、他人を征服するのは自然だ。しかし人間は他人を征服したいものだが、自分は征服されることは嫌《きら》いである。だから自己を生かすことは、他人と必ず衝突すると。

しかし権力争いというものは実は虫のいい争いで、決して両方の人格を高める争いではない。勝てば物質上では得するかも知れないが、正しく自己を生かしたとは言えない。

一方が生きるために、他方が犠牲になる。現世ではそういうことはあり得る。むしろその方が普通と見えるが、しかしその時、生きた方も実は立派に道徳的に生きたのではなく、自分を病的に、利己的に生かしたので、正しい自我を生かしたのではないのだ。

真に自分を正しく生かすものは、自己の完成の為に働くと同時に他人の自己完成に役立つ人である。自分を真に生かして、他人に真に生きる道を教えたものこそ、真に自分を生かしたものと言えるのだ。

一九

金銭に就てもう少し書いておきたい。

金銭は元来は物々交換の為に人間が発明したものと思う。勿論《もちろん》、僕は学者でないから、経済の問題をここで説こうとは思わない。人間の欲望と金銭の関係を一寸《ちよつと》かいておきたいのだ。前に書いたことを、もう少しはっきり読者の頭に入れておきたいと思うのだ。

僕達が仕事をするのは金をとる場合が多い。金がとりたいから仕事をする人はいくらでもあるだろう。金をとる為でなければ書かないものも金をとる為には書く。金をとる為でなければ雇われたくないものが雇われる。働きたくなくも働く、詐欺《さぎ》のようなことをする人もある。朝から晩まで金をとることを考えている人もある。金の為には人殺しをするものもあり、貞操を売る者もあり、時間を売り、思想を売る人もある。

その金をとる理由は、大部分家族の生活の為である。家族の生活の為に主人が働くのは当然のことである。ただ正しい仕事で金がとれないことを残念に思うが、国家で許している仕事で家族の生活の為に必要な金の為に働くということは、今の世では当然なことである。そして多くの人は中々家族を健康に養うだけの金をとることも困難なので、それ等の人が金にがつがつするのは当然すぎる。

それは生活の為に働くのだ。健康の為に働くのだ。第一の条件の為に働くので、正しい以上必要なことだ。ただ気になることは、一人の人間が余りに機械になってしまって、それ以上のものになれない点だ。金をとるだけが一生の仕事の人が多すぎ、それもあまり面白くない仕事をする人が多い。その結果、人間が生きたり、働いたりするのは金をとる為だという誤解を招き易《やす》い点だ。その結果金さえとればいいということになる。

その結果金をとったり、金をもうけたりする仕事はどんな仕事でもいい、つまり楽して、金の多くもうかる仕事をするものが利口だということになる。

その結果、百姓の仕事なぞは一番馬鹿気た仕事になり、相場師とか、贅沢品《ぜいたくひん》をあつかうものとか、人間の病的欲望を刺戟《しげき》するとか、その他いろいろ人間の欲望を悪く利用するものが、出てくる。元来人間は、完全に出来ていないで、病的になり易く出来ている。それをうまく利用して金もうけをする人が出来る。

又一方、食えないでは困る人の弱点をつかんで、少しでももうけを多くする為に、過度の労働をさせる人も出て来る。

金はいくらもうけても、困るということのないものだから、人間の欲望は無限に発達し、又その欲望をうまく利用するものが出て来て、人間を益々《ますます》病的にして、人間の本来の欲望の健康さを忘れさす。

人間の目は美を好めば、健康に必要な着物以上に、人間の極度の好みに応じた着物をつくり、着る為《ため》よりも見せる為の着物を考え出す。それを美しい人が着るならまだわかるが、その着物と凡《およ》そ不つりあいな婆《ばあ》さん達も着るということになる。又男も、自分が着たって誰も顧みないような恰好《かっこう》のくせして、金持だということを証明して、金で動く人々に感心してもらおうとしたりする。僕は人間の着物の色彩の美しいことを好むものだが、しかし金をかけることが自慢になるのは馬鹿気ている以上、みっともないと思う。しかしそういう点でも人間はきりがないのだ。このきりのないということはよしあしである。健康の為に着物を着るのなら、必要の程度はきまっている。しかし趣味とか、好みとか、それもまだいいとして金のかかっていることを競争するようになったら、限りがない。又そういう着物をつくる為に、一生を費す人も出てくる。

僕は役者とか、特別に美しさをもって一般の人を喜ばす資格のあるものには、特に美しい着物を着る特権を国家で与えていいと思う。しかし普通の人が、あまり贅沢な風をするのは賞《ほ》めたことではないと思う。金がありすぎるということは、その人の利己的な人間であることを示すのだから、あまり自慢にはならないし、他人に反感を起させることで、いいことだとは言えない。しかしそれは着物ばかりではない。

贅沢をしだしたらきりはないのだ。食いものだって、健康に必要な程度なら人間の食える量も質もそう大したものではない。しかし人間に与えられた味覚を病的に発達させて、美味にあくことを知らない人間になれば、いくらでも贅沢な食いものを考え出し、我等の想像が出来ない贅沢な食事も人間はつくり出すことが出来るのだ。

健康第一で、進むことが僕には自然と思え、又人間の肉体や精神の為にもそれがいいのだと思う。

こういう贅沢は、したくないものにとっては、別に反感を持つ程のことでもなく、むしろ滑稽であったり、珍らしかったり、話のたねとして面白いと思うが、しかし一方、十分に飯さえ食えないものがあるのだから、そういう話は、反感や、不平を起させ易いし、それ以上、金というものの魅力をます力をもっている。

金がほしい、金持になりたい、金さえあればどんなことでも出来る。

これが現世であり、人間を病的にする大きな原因になっているのだと思う。

性的の欲望なぞは人間は実に強いのだから、美しい芸者なぞを見て、金があればと思う人は少ないとは言えまい。

かくて、人々は、金、金、金になり、金とることにだけ頭が向いて、その結果、金が出来た人はまだいいとして、金の出来ない多くの人は、不幸な恵まれない一生を終ることになる。

又金をもうけた人は人で、無限に金がほしくなるので、あくことを知らないし、金をつかって贅沢な生活をしたり、享楽《きようらく》的な生活をしたりしても、それは人間の本来の生命に忠実になったのではないから、益〻心の内が空虚になり、大事なことを忘れた生活になり、健康な喜びや、安心を得られなくなり、金に媚《こ》びる人々の虚偽のお世辞にとりまかれ、人間としての値打は益〻下落してゆくことになるのだ。

ただ金があっても、その金を益〻よく生かし、人間の為になる事業をしてゆくよき事業家ならば、金があることは、一概に悪いとは言えない。

金をもうけたくって仕方がないのに、頭や、心がけが悪くって貧乏な人もほめるわけにはゆかない。大事なのは人間として立派な生活を送ることで、金の有無ではない。金の有無をもし問題とすればむしろ僕は清貧の人を賞める。又質素な生活をする人に厚意をもつ、しかし貧でいじける人よりは、富んでも、積極的に何か人間の喜びになり、国民の生活の為に働く人を讃美《さんび》する。一番いけないのは、プラスのない人である。マイナスはないが、プラスはない人間よりは、欠点はあっても、長所のある人の方がまだましだ。害のある方は制裁出来るが、いい方のない人は、いいところを引っぱり出すことは困難だから。

人類は又長所をとって、短所をすてることが名人である。しかし金というものは魔物であることはたしかだ。その奴隷《どれい》にならないことが大事である。

二〇

人間は快楽の奴隷になりやすい。しかしこの快楽というものが、人間に与えられたことは我々は感謝しなければならない。

苦痛を感じるのも先天的なれば、快楽を感じるのも先天的で、我等が感じたくって感じるのではなく、感じるようにつくられているから感じるのである。

だから正当に快楽を味わうなら、それは自然の意志に叶《かな》っているので、自然は人間を快楽や、喜びで導いているので、人間が喜びや快楽を求めるのは当然である。喜びに就てはあとでかくとして、快楽は人間が味わうために与えられているもので、禁じる為に与えられているのではない。

しかし人間はずるいから、快楽を正当な代価を払って味わうのが厄介なので、快楽を人工的に盗み取ろうとする。その結果、快楽は不自然なものになり、過度になり、病的になる。そしてどうかすると罪悪にもなる。

正当な快楽は美しいものであり、尊重すべきであるが、盗みとった快楽は、有害の場合が多い。この区別をはっきり知ることが大事で、それを知らないと、快楽は全部罪悪のように思ったり、又快楽主義になったりする。快楽は目的でなく、目的を遂行さすために与えられた報酬である。人によってこれを誘惑と取ったり、落し穴ととったりするが、健全な快楽はもっと尊重すべきものである。

しかし人は快楽を主にして生活すれば罰を受けやすい。人生は快楽を求める為にある場所ではなく、もっと真面目《まじめ》なものである。ただ時々働いた褒美《ほうび》として快楽を許されるのである。腹がへらなければ飯を食う喜びは感じられない。

味覚の快楽だけを味わいたがって、満腹になることを不平にもつものは、自然が与えた快感を乱用するものである。

男女の関係なぞで殊《こと》にこの快楽は乱用され易《やす》い。快楽は主ではなく、主は、性慾《せいよく》の場合はよき子をつくるにある。

多くの人がお祭りをして喜ぶのも、何かお祝いをすべきことがあるから喜ぶので、理由もなしにただお祭りさわぎをしていたら、その社会は怠惰になって衰えだすにちがいない。快楽は馬鹿《ばか》にすべきではない。健全な快楽は尊重し、奨励し、国民に生きる喜びを与えることは大事だが、しかし快楽をあまり求めて、真面目に生活をするのが、馬鹿気て来たら面白くない。

人々が仲よく夢中に喜ぶことも年に一度や二度は悪くはない。しかしそれも、人間が真面目に仕事をした慰めとしてで、毎日のらくらしている人の時間つぶしとしては面白くない。

快楽にあまり執着するものはあさましい。大事なのは元気に生きてゆくことだ。こつこつ働くことだ。よき世界を築きあげることだ。快楽を過度に求めるものは、遂に病的な人間になるであろう。

しかし快楽そのものを罪悪視するのは面白くないと思う。人生に快楽を与えてくれた自然には感謝していいのだと思う。ただそれを求めることが人生だと思い、求められない時不服に思うのは、虫がいいことである。又快楽を頭から罪悪視するものに自分は組しないものである。

大事なことは他にあるのだ。

二一

性欲

性欲を罪悪視するのはまちがいである。しかし同時に性欲を放縦にすることは結果として罪悪に落ちやすい。慎むのに越したことはないのだ。しかし人間が生まれることに喜びを感じるものは、そして結婚や誕生を祝するものにとっては性欲は罪悪ではなく、人生にとって最も大きな役目を果している大事な本能の一つである。

しかしこの本能がなぜ罪悪視され易いかと言うと、無責任に子供をつくられると社会が困るからだ。

人間の子供を一人前に立派に育てるのは、中々大変なことである。子供をつくるのは易いからといって、無責任に子供をつくられては困る。だから社会は無責任に子供をつくる者を本能的に罪悪視するように出来ている。文学上の恋愛は誰にも同情され美しいものと思われるが、現実の恋愛はあまり第三者には同情されないし、又美しいものとは思われない。殊《こと》に日本ではその傾向が強いようだ。それは島国であるし、人口が多すぎたところから来たのかも知れないが、他人の恋愛をやきもきすることはあまり、美しいこととは思えない。

しかし無責任に子供をつくることは、つくられた子供にとっても、つくった親にとっても、又社会にとっても、幸福とは言えない。

勿論《もちろん》、無責任につくった子供が、立派に育つ場合もあり得るが、しかしそれははたで奨励すべきものでない。はたで監視して丁度いい位である。

だから性慾はあまり歓迎されない。それで罪悪視されるのではないかと思う。

それともう一つ性慾があまりに人間に過度に与えられているので、恥ずかしがることで、いくらか統制されることになっている。この恥ずかしがる本能から罪悪感が生じ易いように思える。

実際性慾は人間を生む為《ため》には過度に与えられている。用心深い自然は、どうしてでも人間をこの世にふやしてゆく為に性慾を過度に人間に与えた。性慾の快楽を過度に与えた。これは人にもよることだが、しかし今日まで生きて来られた人間は、性慾の弱い種族の子孫ではなく、強い種族であろうから、大体性慾が過剰に与えられていると見ていいのではないかと思う。十人も子供を持ったものは、子沢山になっているが、男の性慾は十人の子供を生むには多すぎると思う。女の方のことはよく知らない。

又この性慾の過度から起るいろいろの病的なところ、不自然なところをうまく利用して、金もうけをする仲間がいて、益〻《ますます》この欲望を誇張させるのも事実である。

しかし同時に性慾を一方誇張して罪悪視し、これに打ち克《か》つことを人生の美徳の主なもののように思っている人もある。

性慾を放縦にすることは固《もと》よりよくない。その人を不真面目にし、生理的に怠惰者にし、又罪悪を犯させやすい。慎むにこしたことはないが、しかし自然が我等に多量に性慾を与えてくれたことは、決して無意味ではない。孔子が「色を愛するほど、徳を愛する者がない」のをなげいているが、自然はそれでいいのだと言うのだろう。

尤《もっと》も性慾の過度は人間ばかりではない。だからこの慾を獣慾と言う言葉さえある。しかしその位で、人間は今日までいろいろの時代を通って生まれて来ることが出来たのだと思う。この欲望が弱かったら、前にもかいたが、人類は過去に於《おい》て死滅していたろう。人類の死滅を喜ばないように出来ている人間にとって、この欲望の弱くないことは感謝すべきだ。

しかし同時に用心することを忘れるわけにはゆかない。ここにこの欲望の矛盾があり、人々がこの欲望をもてあます傾きがある。そしてその反動も起ることになり、又その反動も起り、複雑な層をつくる。其処《そこ》が又厄介でもあり、又面白いところでもある。

人間は子を育てることが困難になればなる程、この欲望を満しても子供が出来ないようにすることを考え出す。

其処も人間らしいところだが、それは自然の意志に反している。しかし元々自然が過度に人間に与えたものだから、人間がそれを適当に調節するのも一概に悪いとも言えない。その調節の仕方が問題になるが、僕はそれに就ては各個人に任せる。

性慾の問題は公然と人々が発表しあうにはまだ秘密が必要なのではないかと思う。この秘密性があるために人々は堕落しないですんでいる。世の中は醜くなくすんでいるのだとも言える。其処にもこの欲望を罪悪のように思いまちがいする原因の一つがある。

要するにこの欲望は人類にとって大事な欲望であるから、人々はそれをなるべく尊重して健康を損せず、他人の運命を傷つけず、無責任に子供をつくらないように注意することが必要である。禁慾出来ればそれにこしたことはないが、しかしそれを儼然《げんぜん》と主張する資格は自分にはない。しかしそれを立派にしとげて、その為に立派な仕事を仕遂げた人は少なくないと思う。しかしこの欲望は秘密があるから、誰がそれを完全に実行したかは例を上げて話すわけにはゆかない。

しかし、レオナルド・ダ・ヴィンチや、ミケルアンゼロの仕事なぞは少なくも禁慾生活を送る習性のついた人で始めて出来る仕事ではないかと思う。二人についてもいろいろ言われているかと思う。しかし普通の生活ではあすこまでの仕事は一寸《ちよつと》出来ないように思われる。それ程、精神力が超人的だ。ベートベエンの作に就てもそう言うことが出来るかとも思う。しかしはっきりしたことは言えない。

禁慾さえすればいいのではない、禁慾しただけの立派な仕事をすることが大事なのである。宗教家が性慾を罪悪視して、禁慾生活を行うのも、つまりはそれによって強大な精神力を養成することが出来るからではないかと思う。形式的な禁慾はするが、益〻心がおちつかないでは、その禁慾生活はほめるわけにはゆかない。竹筒のなかでやむを得ず蛇《へび》が真直《まつす》ぐになったとしても、それは蛇にとって自慢にもならなければ、幸福にもなるまい。

又人によっては性慾も食慾と同じように自然である、だから食慾を恥じないように、性慾も恥じるべきでないと言う人がある。しかしこれは一を知って二を知らない人である。

食慾は衆と共に出来るものであり、他人の運命を傷つけないものだ。そして恥ずかしいと思う必要なく人間はつくられている。食いすぎる心配はあっても、それでそう他人に迷惑をあたえない。

しかし性慾は相手を要する。相手も喜ぶ時でも、子供の出来る心配がある。又周囲との不調和がある。勿論、そういう欲望を満たす為の商売相手もあるが、それは社会の病処の犠牲者である。好んで相手になるとはきまらない。好んでなったとしても其処にいろいろ不自然なことがある。金のいることは別としても。

それに性慾に伴う恥じる気持は、自然が人間に与えた気持で、それは無視していいものではない。その証拠に僕達は性慾的行為を露骨に見せられることがまるでないことでわかる。もしそれ等のことが公然大道で行われたら、世の中は出鱈目《でたらめ》になるだろう。

性慾を過度に人間に与えたものは、それを又制裁し、無責任に子供をつくらさないように、又その為に男女関係が出鱈目にならないように一方注意を忘れないのだ。

ここでも中庸が必要で、大目に見ることも大事であるが、放縦に流れないこと、殊に犠牲者の出ないように注意することが大事である。

性慾は子供を協力して立派に育て得る男女の間で行われた時、社会はそれを祝福し、自然もそれを祝福するのが、自然だと思う。しかしこういう境遇にない人は、慎むに越したことはないが、あとは信用して任せておくべきで、あまりやかましく言わない方がいいのだと思っている。どっちにしてもこれは禁じ切ることは難《むず》かしい。ただ犠牲者を出さないように用心することだ。そして慎むことが出来るように周囲をつくることはいいが、やかましく言うと、反《かえ》ってぼろが出るように思う。

厄介な問題だが、信用してほったらかしておけば、各自なんとかうまく解決をしてゆくのが事実と思う。

犠牲者は出さないように、又出たら保護すべきだが、又保護をたのみいいようにしておくことは大事と思うが、性慾を罪悪視することには僕は賛成出来ない。

しかし立派に禁慾生活を送り、それだけの力をほかの有益な方にまわすことの出来た人を讃美《さんび》することは忘れたくない。

二二

自分は次いで恋愛に就て一寸かいておきたい。恋愛はよき子供をつくる為にある。

その他の働きもするが、それはむしろ副作用である。自然がいかによき子を人間に生ましたがっているか、又それを立派に育てたがっているかは、恋愛の強さでわかる。失恋の悲しみは、子供を失った母親の悲しみに匹敵する。

恋愛はよき子をつくり得る二人のものを結びつける為にある。しかしここにも病的な分子が入りやすい。健全な、正しい恋愛するものよりも、空想的な、又真によき相手を得ない内に、恋愛に餓《う》えることで不十分な相手、或《あるい》は不相当な相手を恋することもあり得る。恋愛至上主義という言葉があるが、よき人間を生むことは実に大事なことだから、恋愛は相当価値の高いものだが、しかし恋愛の為の恋愛は食欲の為の食欲の如《ごと》きもので意味をなさない。食欲は腹をはらす為にあるのだ。恋愛の目的は二人の異性が協力してよき子供をつくり育てる為にあるのだ。

恋愛だけを享楽《きょうらく》しようと思うものは、腹がはるのを恐れる美食家のようなものである。

恋愛と性欲のちがいは、性欲には相手を尊重する必要はないのだ。相手の運命を気にしない。子供のことなぞ考えない。だから獣的なものと言われる。恋愛は相手を崇拝する、相手の運命を気にする。理想的だと思う相手にのみ起る。性欲は相手を軽蔑《けいべつ》しても起り得るが、恋愛は最上の異性と思うものに対して起るのだ。だからつまり自分がつくり得る最上の子をつくり得る相手にのみ起し得る感情だ。

しかし人間は最高のもののみ恋することが出来るとしても、それは理想的な場合で、そんな人間は滅多《めった》にいないし、第一自分が最上の人間ではないのだから、その恋も段々現実的になって来て、ある程度で妥協してしまうのが普通である。しかし正しき恋愛は、自分が接し得る異性の最高のものに感じる感情で、つまり自分がその人によって最高の子をつくり得るものに感ずる感情である。

その結果、ややもすると自分に不相応な相手を恋する喜劇を演じやすいのだ。相手は何とも思わないのに、自分だけ好きになるというようなことが。しかしそれは勿論、自分に資格がない相手はあきらめるより仕方がない。

人間は理想的に自分を生かすわけにはゆかない場合が実に多いのだから、恋愛だけ理想的に生かすというわけにはゆかない。それ相応のところで満足しなければならない。しかし出来るだけいい相手を選ぶことは大事なことにまちがいはない。

恋愛の正しくない姿をここに一々かく気はない。真の恋愛はどんなものかを見て、自然の意志を知る一つの方法としたい。

人間はどういう相手を恋するか。先《ま》ず第一にまちがいのないのは美しい人を恋するということだ。どういう人を美しく思うか、それは他のところにゆずりたい。しかし我等の目をつくったものは先天的に我等に美醜を区別させる。そして美を感じさせる。甲の見た美が必ずしも乙の見た美と同一というわけにはゆかない。しかし大体一致している。そして美しいものにたいして愛着をもつのは自然の意志だ。美を感じる能力を人間に与えたものは自然だからである。しかしその自然が目を持っていないのも、不思議の一つである。

しかし人間が美を愛するのは事実である。見ることを好むものを美と言うと言ってもいいかも知れない。ともかく我等は美人を見ればうっとりとするのである。

自分はこれは自然が美しい人間で地上を満したがっている意志のあらわれのように思う。尤も我等の熱愛する人物は必ずしも美男ではない。むしろ醜いと言える人物に我等の尊敬する人も少なくない。しかし美しい人間を愛する事実は否定出来ない。そして美しい人間を愛させる自然は地上に美しき人間を少しでも多く生ましたがっているととるべきだ。

だから美人が金の為にとか、何か他の不純な動機で醜い男と結婚する時は、何となく不調和を感じる。

尤もその男が何か他の方で図抜けた人間なら又別である。

しかしいくら美しくともその人の性質が下等だったら、その心が顔にも出てくるので、下等な人間でない限り、何処《どこ》か好きになれないものが出てくるだろう。それに反して心の美しいものは、何処かに美があらわれてくるものだ。しかしそれも程度である。

しかし美だけが我等の恋をきめるものではない。つきあうに従っていい性質が出てくることも必要だ。又お互に尊敬出来る点のあることも必要になる。真の恋愛は心の一致が必要である。体質もお互に調和することも必要であろう。両方で愛しあうことの必要は言うまでもない。

もう一つの恋愛の特色は、両方で、自分を立派な人間にしようと努力することだ。相手に好かれたい、相手に尊敬されたいとなれば、勢い自分を立派な人間にしないわけにはゆかない。其処で発憤する気になる。

心が又鍛えられる。責任を感じることで、実力を養うようになる。

恋愛は人間が独立する資格が出来る時分に、感じるものだが、同時にその時、一番人間の精神のかたまる時だから、抜け目のない自然は恋愛させると同時に、人間を鍛えることを忘れない。喜びや、快楽を与えるかわりに、それだけ責任の持てる人間に仕上げるように心をつかっている。

恋愛結婚は結果としてよくない場合があるが、それはお互に軽薄な恋愛に酔ったからの場合が多いようだ。真の恋愛はお互が愛しあうことで、赤の他人が喜んで夫婦になり、お互に尊敬出来る、又愛することの出来る人と子供をつくる為である。性慾だけでは、よき子をつくるのには不適当だと自然は思っているのだ。

だから正しい恋愛は尊敬されるべきだ。しかし恋愛している当人は、自然の目的が何処にあるかを考える余裕はない。ただ恋しく思うに過ぎない。そしてその思う程度が強烈なので盲目的にその力に支配されるにすぎない。自然は親に子供を愛させ、子供の病気を心配させ、子供の死を何よりも恐れさすのも、子供を地上に長生きさせるためだが、しかし親はそんなことを考える閑《ひま》なく、子供の病気を心配する。恋愛でも、目的を知らして自然は我等を導くのではない。盲目的に導かれてゆくうち、自然の思う通りの結果に到達するように出来ていて、その通り到達出来ると満足するように出来ている。しかし客観すれば目的ははっきりしているのだ。

だから恋愛結婚をしたとしても、その目的のよき子を生むことが出来なかった夫婦は、見合結婚でもよき子を生み、立派に育てることが出来た夫婦には及ばないのだ。自然はそういう夫婦の方を祝福する。

恋愛の快楽だけに夢中になって、よき子を生んだり、育てたりする方を考えない夫婦は自然の意志、生命の意志に叶《かな》わないものである。尤《もっと》も子供のない夫婦は夫婦になった目的の大半を失ったものだから、夫婦別れしても仕方がないと、僕は言おうとは思わない。子がない夫婦でも、夫婦の務《つと》めはいくらでもある。両親を失ったよき子をもらって育てるのも一つの方法であろう。夫婦が子供を育てるのにつくす労力や金や時間を、他の有益な仕事に向けることもたしかに一つの方法であろう。

しかし恋愛の目的が、よき子を生み、立派に子を育てるのにあることは、その二人が結婚することで恋愛に卒業することが出来、更に人間としての新しい楽しい務めが生まれるのでわかる。

だから恋愛が結婚したあと長つづきしないということは、当然すぎることで、いいことなのである。人間はいつも恋愛病にかかっている必要はないのだ。恋愛は一時的であるが故《ゆえ》に強烈であり、又貴いのである。

しかし一生に一度きり恋愛出来ないものかどうか。それは人々と、その境遇によってちがう。僕は結婚する前に、本当の恋愛を知り、そして結婚し、そしていつまでも仲よく、立派な子供をつくるものが、その点では一番仕合せなものと思っている。夫婦の落ちついた愛情、子供への愛の美しさに就ては、ここではふれない。

自然が恋愛を人生に与えた意味をよく知り、それを生かして、地上に立派な子を送るということは人間の立派な務めである。病的な恋愛や、詐欺《さぎ》的恋愛は恐れなければならない。それは第三者が注意すべきであるが、その注意は遅すぎないことが必要である。

肉欲《にくよく》の多さは恋愛の強さを意味しない。性欲の奴隷《どれい》は自分の人格をいくらでもさげることを恥じないが、真の恋愛はその人の人格を高める力をもっているが、低める力はもっていないのだ。だから下劣な態度をとることを恥じないものは、本当に恋をしている人間ではないのだ。

二三

恋愛の目的から見ると前に言ったようになる。しかし恋愛の本当の味は、目的から割り出すわけにゆかない。花はたしかに実を結ぶ為《ため》にある。しかし花の美しさは実を結ぶ為だということで説明は出来ない。恋は人生の花であって、その美しさは、詩や音楽であるところまであらわせるかも知れないが、目的を説くことで説明は出来ない。だから恋愛の価値は、その効果だけで説明が出来ると思うのはまちがいである。しかし目的は目的で知っておくべきである。その上で恋愛がいかに人生にとって美しき花であるかを知ることは恋愛の価値を知る上に必要なことと思う。

人生にもし恋愛がなかったら、人生は今よりずっと無味乾燥になり、文学、美術の世界はずっと貧弱なものになるであろう。

恋愛は人生の詩である。花である。喜びであり、美である。

我等は小説の人物の恋の為に好んで涙をながすものであり、一緒になって心配し、又喜ぶものである。ダンテにとってのビアトリーチェはダンテを神の世界に導く力を持っていた。真の恋にはそういう力があるのだ。

自分はここに恋の美しさを十分に讃美《さんび》する力はない。しかし恋はたしかに人間を永遠に結びつけるものだ。恋を知ることは人生の蕾《つぼみ》が花咲くことだ。献身的に、異性を愛する、その愛は母親の愛のように清くはないが、もっと熱烈な超生命的な力さえもっている。恋するものの献身的な愛の美しさ、又たよられるものにたいする男性的の勇気、共に純粋な熱烈な愛情で、生命さえ惜しまない力をもっている。

自然がいかに豊かに人生をつくっているかを、最も強く、露骨に示しているものは恋愛である。だからこそ恋する人間は同時に詩人になるのである。

それは冷静に見れば一時の熱病なのかも知れない。しかしこの位献身的な純な熱烈な感情というものは、人間は滅多に味わえるものではない。

たしかに恋愛は自然が人生に送った最も美しい微妙な贈り物の一つである。

だからこれを味わい得ないものは不幸だと言っていい。しかしこれを本当に味わい得るものは存外少ないのだ。多くの人は性慾が恋愛までに変化しない内に結婚してしまう。そして社会の習慣に従って、恋愛を味わう前に結婚してしまうのだ。

美しい花を咲かせないでも美しい実を結ぶ草木はある。人間も美しい花を咲かせずに、立派な実を結ぶことはあり得る。しかし折角咲かせる花ならば、美しいにしくはない。花も実も美しく、立派であることは幸福なことである。

失恋したものは必ずしも長い目で見て不幸ではない。失恋した為に反《かえ》って立派な人間になれた人はいくらでもあるだろう。しかし子供を失った親は、いくらその為に心が鍛えられても、子を失ってよかったとは言うまい。失恋は子を失ったのとは少しちがうが、しかしその淋《さび》しさ、その悲しみは、決して子を失った親におとらない。ただ可哀《かわい》そうだという気がしない点と、その後、他の人と結婚し、子供でも出来ると、自分が失恋しなかったら、こんな可愛《かわい》い子供は生まれなかっただろう、子供が可愛くもあり、可憐《かれん》でもありすると、その子が生まれなかったことが考えられないので、結果として失恋したことが運命だったと思うようになる。

しかし恋している時、誰も失恋していいとは思うまい。そんな暢気《のんき》な気持では、恋とは言えないわけだ。

恋はもっと絶対的なものである。少なくもその目的を達するまでは。

しかし恋愛は人生唯一《ゆいいつ》の仕事でないことはたしかだ。よき子供をつくること、それは人生にとって大事なことにはちがいないが、勿論《もちろん》全部ではない。殊《こと》に男にとってはそれは副業のようなものだと言える。女にとってはよき子を生み、それを育てることは相当に重大な仕事だ。母としては殊にその仕事が大部分になる。しかしそれが全部ではない。

殊に男にとってはそれは他の重大な仕事をするあいまに出来る仕事だ。

二四

男にとって重大な仕事は何か。人間はただ生き、そして子供を残せばいいというものではない。人類は生長することを欲するものだ。人類が生長する為には、個人は生きている間にいろいろのことをしておくことが必要だ。

人間は何かしに生まれたものだ。何もしない為に生まれたのではない。

それなら何をしたらいいか。

それは自己を完全に生かすように努力することと、隣人の為につくすことである。

人間はまだ正しく生きる事が中々出来ない境遇にいる。それを段々よくして人間全体が人間らしく生きられるように骨折ることを我等は命じられているのだ。

我等個人の力は小さい、しかし小さいなりに何かの形で我等は人類の生長を助けなければならない。

だから我等は真面目《まじめ》に働くことが必要であり、勉強することが必要であり、昨日の自分より今日の自分、今日の自分より明日の自分と進歩してゆくことが必要なのである。

決して一所に停滞して我等は満足するものではない。自分の天職と思う方で、日々進歩してゆかなければならない。

進歩が止まった時、その人は次の時代に席を譲らなければならない。新しきものは必ずしもいいものとは限らないが、しかし新しきものを少しもふくまないものは、人類からすてられる。たえず進歩することが必要なのである。

それは考だけではない。人の為に働くのでも、例えば道路をよくすることでも、田地をよくすることでも、よくする余地がある間それをよくすることは美しいことなのだ。

この世にはいくらでもよくすることが出来るものがある。それを小は小なりによくするものは救われる、生き甲斐《がい》を感じることが出来る。しかしよくすることを知りながら、それをよくするのが面倒でほったらかしておくものは怠け者だ。人類はそういう人を尊敬しないのだ。

そしてそういう人は内に力が段々無くなり、元気がなくなり、生き甲斐を感じることが出来ないのだ。

生き甲斐というものも、理窟《りくつ》ではないのだ、生理的にくる実感だ。精神的にそう感じないわけにゆかない自然から与えられた感情だ。だから自ずと元気になり、嬉《うれ》しくなれば、理窟はどうでも、元気になり、嬉しくなるのは事実として認めないわけにはゆかない。

いい音楽を聞けば、理窟はわからないが、嬉しくなり元気になり、生き生きする。時にうっとりとし、涙ぐみさえする。それは人間がそうつくられているからだ。人間がそうつくられているから作曲家は感動してその曲をつくり、演奏家は又感動してその曲を奏するのだ。だから聴衆もつい感動するのだ。

いい画を見てもそうだ。画家の感動が我等に伝わるのだ。悪い音楽や、悪い画は見かけだけで、内に深い感動がない。人間でも内に本当に感動があって生きてゆく人は又、他の人を動かすのだ。

精神力を否定して、人生の面白味を説くことは出来ない。

精神力も実は生命のあらわれにすぎないが、肉体は個人的なのに反して精神は人類全体の健全な発育の為にあるのだ。

だから精神を健全にするには人類全体が正しき姿に戻って生長することが必要だ。ところが今はそういう時ではない。だから精神の喜びを全き姿で味わい得るものは甚《はなは》だ少ない。多くの人は空虚な心を何か他のものでごまかそうとしている。

しかしそれは自然の意志に反している。だからそういう人は人生の意味をとりちがえ、人生の喜びを不自然な、病的なものから得ようとして、益〻《ますます》正しき道から迷い出て、帰るのを忘れるのだ。

本当に自然からくる、生命の喜びを味わいたい人は、健全な精神を生かすより仕方がない。健康な肉体の存在を忘れさすように、そして忘れて何となく元気なように、健全な精神は、自己の存在を忘れ、最も健全な無心の状態に入るのだ。そしてその時、その人は宇宙と調和するのだ。生きているまま真理に生きることが出来るのだ。これでよしという気になるのだ。歓喜は自《おのずか》らわいてくる。それは刺戟《しげき》の強いものではないが、落ちついた永遠と同化した気持だ。仏教徒の言う涅槃《ねはん》はそういう気持を名づけたのだと思う。

耶蘇《やそ》は神の国とその義《ただ》しきを求めれば、あとは自ずと得られるように言っているが、健全な精神の求めるものは、すべての生命が健全に生きる世界だ。

すべての人が健全に生きることは人間にはあり得ないことだから、人間は絶えず自分の無力を感じ、自分の努力の足りなさを思うものだが、自然は人間の力の足りないことは知っているから、すべての生命が健全に生きられないでも、その目的に向ってすなおに進歩してゆけば、一番深い喜びを我等に送ってくれるのだ。「俯仰《ふぎょう》天地に恥じず」。「我はなすべきことをなした」。「地上に恐るるものなし」。「すべてよし」。「何となくありがたし」。これ等の気持をその時、人間は味わい得るのだ。「私の力はこれっきりです。あとはあなたにお任せします。神よ」という気持になれるのだ。安心立命が出来るわけだ。

それは決して人間が勝手にそう感じるのではない、至誠に動かされて、自分の最上を尽すことが出来た時、又自分の心がすなおになりきれて神と内心がつながることが出来た時、その喜びは自ずと人の心の内に姿をあらわすのだ。澄んだ水が月影をうつすようなものだ。最も深い水脈を掘りあてた拍子に清水《しみず》がわき出してくるようなものだ。

これは理窟ではないのである。

この感じはなが続きしないかも知れない。人々の精神はいろいろのもので動揺しやすいから。しかしこの深い喜び、無心の喜びが人間に与えられていることを知るものは、其処《そこ》に人生の救いがあることを知るものだ。

いくら雲におおわれても、太陽のあることを知っているように、我等は帰るべき処《ところ》を知るのだ。自分の心がけさえよくし、そしてその心が欲することを行えば、永遠の喜びの泉から無限の喜びの水が流れてくることがわかっているのだ。人生に悲観するのは、自分の心がいたらないからだということがわかるのだ。

自分の至誠の不足、自分の愛の不足、自分の精進の不足、それが感じられるのだ。天を恨む気にはなれないのである。

二五

「一から一ひけば零《ゼロ》である。
人生から愛をひけば何が残る
土地から水分をとれば沙漠《さばく》になるようなものだ」

人生に愛がなかったら、人に生まれて親を愛することも出来ず、親から愛されもせず、齢《とし》ごろになっても誰も愛せず、誰にも愛されなかったら、親になって子供を愛せず、子供に愛されなかったら、何を見ても、花を見ても山を見ても愛する気がなかったら、人生は無味乾燥なものになるであろう。

この世に愛すべきものが一つもなく、この世に生きているものは、毛虫、百足《むかで》、蛇《へび》、ゲジゲジ、蚤《のみ》、蚊、蠅《はえ》のたぐいだったら、人生はどんなにいやなものであろう。人間に生まれたことは呪《のろ》われた世界に生まれたことになる。

それでも生きなければならなかったら、死の恐怖だけに監督されて、生きてゆかなければならなかったら、人生はたしかに呪うべきだ。

食うものに味がなく、見るものに色彩がなく、形に丸みがなく、美しきものが地上になかったら、そして聞くものは歯ぎしりのような、のこぎりの目立てのような、又下手《へた》なヴァイオリンのような音ばかりだったら、人生はどんなにすさまじいものであろう。

それでも人間に生まれてしまえば、あきらめねばならないであろう。

この世に親切な人がなく、優しい人がなく、残酷なうるおいのない人間の集まりだったら、お互に憎みと、軽蔑《けいべつ》と、冷酷ときり感じなかったら、人生は地獄のようなものであろう。

しかし人の世には、そういうものも存在しないとは言えない。しかしそれは人生の表面にはあまりあらわれて来ない。あらわれて来ても、それはごく一部にすぎない。

この世には美しいものが実に多く、愛すべきものが実に多く、愛しないではいられない人が決して少なくはない。優しい親切な人はいたるところにいる。

人間世界は理想的な世界と思えば、随分な反理想的な事が多い。この世に生きることは楽ではなく、病気は地上からなくなる時はあるまい。食うことに困っている人も沢山ある。弱いものいじめ、ゲジゲジ的人物も少ないとは言えないかも知れない。天災もあり、数えあげればきりがない。しかしそれは人間がまだ人間になりきらないからで、人間に与えられたものを十分に生かしてないからで、人間の宿命的不幸ではない。今後の人間の努力で大部分はさけられる。

しかしそういう時が来ても不幸な人間がなくなるとはゆかない。しかし人間はそれ等のことに拘泥《こうでい》していじけて生きてゆくものではなく、何処《どこ》までも積極的に元気に生きてゆくことを命じられている。

途中で倒れるもの、若くって死ぬもの、自然はそういう事を予算に入れているらしい。自然に僕がもし不服を言うとすれば、自然はあまりに人間を生かすことを考えて、死んでゆくものに同情が少ない点である。これは人間に限らない、あらゆる動物は生きることを強《し》いられていながら、必ず死ぬものであり、死ぬ時の苦しみ、恐怖に対して自然はあまり同情を払っていないらしい。

生まれる為《ため》には快楽で人間を導くことが必要で性欲《せいよく》というものを与えておきながら、

死ぬ時にはどうせいくら苦しくも死ぬものは死ぬし、生まれたものは生まれぬ前に戻れないのだから、苦しましても、人類は滅亡するわけはない、だから苦しましておけというようにもとれる。

お産でもそうである。どうせ出来たものは苦しくも生むにちがいない。子供をつくるのにお産の時のような苦しみが女に与えられていたら誰も子供はつくるまい。しかし出来たものは苦しくも生むにきまっているというので、自然はお産の苦しみにはあまり関心を持たないらしい。自然のやり方には万事そういうところがある。悪い病気にかかったものにも自然はあまり同情しない。人に同情心を起させるかわりに嫌悪《けんお》の情を起させることはよくあることだ。

勿論《もちろん》、病気が好きになられて、うつる方がいいとあっては人類の生長に害がある。だから病人を普通の人がさけるのは当然でもあるが、病人にとっては気の毒である。

人情はその気の毒な人の為に人間を働かせる場合も多いが、自然は冷淡であると言える。

死んでゆく人なぞはその点随分気の毒で、なぐさめようがない場合が少なくないようだ。しかしその為に生きてゆくものの勇気は失われてはならないのだ。人間らしい同情は美徳であるが、その為に厭世《えんせい》的になったり、生きる元気を失うのはよくない。

死んでゆくものの生き残る人々への愛は美しいものである。

死んでしまった者にたいして、生きた人間が、その功を感謝するのは当然なことであり、又自然なことである。死んだものはどうせそれを知ることは出来ないが、しかし死んだのち人々が自分に冷淡でないことを考えることは気持の悪いものではない。

死に就てはあとでかきたい。話が少しそれたが、人生に愛あることは、人生にうるおいのあることで、生きることを美しくし、あたたかにする。愛する能力が人間に与えられ、この世に愛する値打のあるものが多くあるということは喜びである。

二六

利己的な人間の最後は死滅である。なぜかと言うと自分というものは必ず死ぬものだから、いくら自分が可愛くも、自分本位で生きて、幸い不幸な目にもあわず、無事に病死をすることが出来ても、最後は死滅だ。愛のみ死に打ち克《か》つのだ。打ち克つと言い切るのは、少し早いが、愛のみ死滅から解放される力をもっているのだ。

愛は少なくも死で終らないのだ。自分の死が最後ではないのだ。母が子を愛する、自分が死ぬ時でも子供の幸福を望まないわけにはゆかない。そして子供の生命が、自分の生命よりも大事になる時、自分の死はその母にとって最後ではない。

また何か自分に仕事があり、生きている内にその仕事を完成したいと思い、幸いその仕事を完成したものにとって、死はその人の死滅を意味しない。その人は自分の仕事の内に生きていることを信仰しているから。

しかし自分のことばかり考え、他の人の為に働くことが馬鹿気《ばかげ》ている人にとっては死は最後でなければならない。あとには何も残るものはないのだ。自分の一生で万事終ることになる。そういう生き方をしている人は、結局、厭世的にならなければならない。空虚なものに自分を任せたことになる。

ある個人を目当の仕事も結局それとそうちがわない。なぜかと言うとその個人も死ぬからである。だから我等が死滅しないためには、死滅しないものを目標として、そのものを愛して生きてゆくことだ。

死滅しないものとは何か。

自然であり、美である。

我等はつくられたままに生きることである。

こう言ってもはっきりしないと思う。段々あらゆる方面から、我等が如何《いか》に生きるのが本当か、を見てゆきたいと思っている。

い。

二七

自分はこのむずかしい問題を突破する前に、まだいろいろの問題に就て考えて見たい。

自分は今まで何度も母の愛や、子供の問題にふれたが、しかしそれは他の話のついでにふれたので、この問題に正面からぶつかったのではない。

恋愛は今まで赤の他人だった異性を一つにし、そして新しい人生の門出をすると同時に、次の時代を背負うべき新しき人間をつくる為に自然から与えられたものだと思う。

だから恋愛は結婚で役目を終えるのである。勿論《もちろん》結婚すると同時に恋愛が終ると言うのではないが、熱烈な恋は結婚と共に終るのが当然である。ついで夫婦の愛が起るが、これは落ちついた快楽と言うよりはもっと真面目《まじめ》なものである。だから恋愛病患者は、結婚を恐れる。又結婚して失望し、次の恋愛を又求めることになる。現代の人はいく分誰もこの恋愛病患者になりかかっている。しかし今にそのことのまちがいであることを人々ははっきり知るであろう。人生はもっと真面目な働くところである。快楽に酔うことは人生の目的ではない。夫婦の間でも性慾は慎むにこしたことはない。

しかし同時に性慾をもっとも健全に、十分に、自然に満足させることは許されている以上、それも一つの務《つと》めでもある。自然から与えられたものを、最も健全に生かすこと、そして社会もそれを夫婦の間に於《おい》ては、祝福している。ただだからこの快楽に溺《おぼ》れていいと言うのではない。多淫《たいん》の夫をもったり、妻を持ったりすることはお互に不幸である。夫婦の間も慎みを知ることが、又夫婦愛の長くつづく一つの方法でもある。

そしてその結果としてよき子供が生まれるのは当然であり、それを又夫婦でよく育てるのは家庭の神聖な楽しみである。夫婦は子供をつくるだけが能ではない。お互がよく生き、社会の為に働くのも大事なことである。しかし母でありながら、子供をそっちのけにして、社交に没頭して、役にも立たないお饒舌《しゃべ》りをして時間をつぶす女があるとすればそれはほめたことにはならない。よき人間をつくることは人生の最も美しい仕事の一つである。

親が子を愛することは美しい。特に母が子を愛することは人生に与えられた最美の一つである。勿論これも、理想的な見かたで、現実の母は理想の母とは相当距離があるが、しかし、その愛は疑いようがない。ただここにも賢い母と愚かな母があり得る。可愛《かわい》いには変りがないが、子供の育て方のうまい下手《へた》もあり、見当ちがいもないとは言えない。しかし何と言っても母の愛は地上で最も美しいものの一つだ。

子供の愛らしさもまた無限である。

自分はこの世に生きることの楽でないこと、不安なこと、不幸が何処に待ちぶせしているかわからないことなぞで、子供がこの世に生まれたことが幸であるか不幸であるかを考えることがあり、なんだか生まれる機縁を与えたのが、気の毒なような気もしないことはないのだ。

しかし翻《ひるがえ》って考えるのに、僕は両親を愛しているので、この世に生んでくれたことを感謝こそすれ、少しも不幸に思っていない。そして父母を限りなく愛している。死んでしまったら神聖なもののような気さえする。決して不平などは持たない。自然はそう子供をつくっているのではないかと思う。

僕達は苦痛も、恐怖も、煩悶《はんもん》も、ただ自然から与えられたのでやむを得ず感じるので、感ぜずにすめばそれだけの話である。

石ころなら蹴《け》られても割られても、何ともないであろう。我等の髪毛や爪《つめ》は切られて捨てられても何ともない。我等が生きているのを不安に思うのは、そうつくられているからにすぎない。だから喜びを感じ、愛を感じ、不平を少しも持たないとあっては、親をうらみようがないのである。だから子供を愛する自分は、又子供から愛されていると思っていいだろうし、子供も生まれたことを不服には思ってくれないと思う。

勿論、子供は親がつくったのではなく、子供が親を刺戟《しげき》して自分がこの地上へ生まれ出るように盲目的に働きかけたと見るべきだ。しかし親に子供をつくった責任がないと言うのではない。其処《そこ》らも中々微妙なところである。

人間が生まれる神秘、自分が生まれた偶然さ、子供が生まれた偶然さなど、考えてゆくと実に生まれたということが嘘《うそ》だと思うより仕方がないことになる。

そのことに就ては他に書いたこともあるし、書くまでもないことである。自分が生まれたことが実に何十万分の一否《いな》それ以上の偶然にあたって生まれて来たのだが、自分の両親もそうだ。そして両親が結婚したのも偶然だ。その前、前へともどって人間の生まれるその前までさかのぼって考えてゆき、それ等の内の卵なり、精虫なりが、何かの故障にあったとしたら、自分は生まれては来ないのだ。つまり生まれる機会が何度かさなって自分は生まれて来たのか知らないが、それはとても想像がつかない程、偶然のかさなりなのだ。富籤《とみくじ》に当るのよりもっと偶然なことが、無限につづいて自分達は生まれたのである。

このことはどんな想像力の強い人も想像が出来ないことだ。

人間になってからも、隣の精虫が卵子のなかに入りこんだとしたら、自分は生まれてはいないのだ。

この不思議さは考えるだけでもへんな気がする。しかし生まれてしまった自分にとってはそんなことは少しも問題にならず、いかにも当然、生まれるべくして生まれたような顔をしている。

生まれなかった人間の前身が如何《いか》に多かったか。生まれたのが業《ごう》とすれば、その業はどんなことになるのか。私は知らない。

ただ知っているのは、私も君も、この世に生まれて、現在生きているということだ。しかしそれも無限の時間、空間に比したら、どんなことになるのか、しかしそんなことを気にするのは理窟《りくつ》にとらわれた人間のすることで、人間はつくられたままに生きてゆくより仕方がないのだ。

生まれた方がいいか、生まれなかった方がいいか、それはわからない、死んでしまえばそれまでである。同じことになる。しかし生きている間は生きていることが本当だから、その宿命に甘んじて、その宿命の内で、本当の生き方、自然が命じているままの生き方をするのが賢いのだ。自然の命じるままと言っても、それは人間らしい生き方でなければならない。そして人間らしい健康な幸福を人々が味わえるようにするのが賢いのだ。しかし幸福というものの内容もいろいろある、今はただぼんやりそう言っておく。

神の意志通りとか、天の命じるままとかいう言葉の方がなお好都合だが、神とか、天とかいう言葉の内容を説明するのが厄介だ。そう名づけてもいい自然の意志に従順になって、人々が幸福になるよう努めるのが、我等が人間である間の務めだと思う。自分に力のないことは、何かに任せるより仕方がない。

二八

どうも少し話がそれるが、母の愛は地上で最も美しいものの一つだ。これは尊敬されなければならない。

親はなくとも子は育つという言葉がある。十人いる子供の内で五人育っても、五人は育つと言える。母の愛なくしては育ちにくい子供というものはあり得るのだ。僕もその一人であった。

一茶《いっさ》の末っ子も母の愛があったら育ったかも知れない。しかし世の中にはいくらでも母を若く失った人々がいるのだから、母がなければ子は育たないということはない。しかしそうであっても母の愛は尊敬すべきだ。

また母にとって子供は随分育てるのは大へんなものだが、しかしそれだけ生きる喜びを与えるものである。だから子を持って知る親の恩も事実であり、子を持って知る子の恩も事実である。

しかし母は子を愛するのが当然であると思う人があれば早すぎる。動物があれば目があるのがあたりまえだと言う人は、母があれば子供を可愛がるのはあたりまえだと言うだろう。あたりまえにちがいないが、そのあたりまえの深さは何処《どこ》からくるか、その人は恐らく知るまい。私も知らない。ただ知らない故に無視せず、益〻《ますます》其処に無限なものの意志を見たいと思うのである。

親の愛がいかに深いものかということは、子供が病気をすればわかる。子供が死ねばなおわかる。自然は親に子供を何処までも育てることを命じて限りない愛を親に与えた。

だから子供に死なれては親は参るように出来ているのだ。しかしそれは子供を生かせるだけ生かす為で、死んでしまったものに未練を残させるためではないのだ。しかし結果としては同じことになり、可哀《かわい》そうなのは親ということになるのだ。

人々があたりまえと思う感情の内に、自然の意志が働いているのだ。人間はそれにただ支配されているのだ。自然がなぜこんなにまで深刻な感情を人間に与えたのかは知らないが、人間はその感情に支配されなければならない。

そして自然はよき子供が生まれることを望み、よく子の育つのを望んでいるのだから、自然の望み通りによき子を生み、立派にそれを育てることは母にとって最高の傲《おご》りである。

しかしその為《ため》には、先《ま》ず自分がよき人間であること、そしてよき夫を選ぶことが必要になる。遺伝の法則は馬鹿《ばか》には出来ないのだ。勿論《もちろん》二人の異なった人間のとりあわせは千変万化するから、同じく遺伝の法則に従った子供でも、兄弟姉妹で性質が全く異なる場合がいくらでもある。だからいい人同志、殊《こと》に表面のいい人同志の間に、悪い子が出来、表面悪い人同志の間にいい人が生まれることはいくらでもある。尭舜《ぎょうしゅん》の子は聖人ときまらず、禹《う》の父は賢者とはきまらない。

だがよき相手を選ぶことは大事なことにはかわりはないのである。

二九

自然は子供がよく育つ場合には親を喜ばせ、又安心させる。そして子供がよく育たない時、心配させ、悲しませる。自然はいつも二つの感情で人間を支配している。

恋愛の完成は喜びが無限であれば、失恋の淋《さび》しさは又無限である。少なくも瞬間にはそうである。

貞操を守るものには落ちつきがある。しかしそれを破る時、嫉妬《しっと》が起る。嫉妬はいかにいやなものであるかで、夫婦や、男女は貞操を守る必要を知らされる。

しかしそれでもその範囲をのり越せば、別れなければならなくなる。

それ等一々の場合をここで研究するわけにはゆかない。ただ自然が我等に与えた制裁の方面を平気でのり越えるものは賢い人間ではないことを注意しておく。

どうせ人間はそう賢いばかりとは言えない。あまりに人間に完全な人間を要求するものは、反《かえ》って罰を受けるであろう。

三〇

僕はくり返し言いたいのは、人間は自分でものを感じるのではない。感じさせられるから感じるので、そう感じさせられるのには無目的でなく、それによって自然が人間をどう生かしたがっているかを知ることが出来るということである。

自然は無意味に人間を苦しめるものでなく、又無意味に人間を喜ばすものでもない。適度に人間を喜ばせ、又適当に人間を苦しませたり、弱らしたりして人間を導くものだということを読者にはっきり知らせたく思うのだ。

だから賢い人間は、自然が人間を生かしたがっているようにすなおに生きようとする人間であり、又そう生きられるように社会をよくしてゆく人間であることを自分は証明したいのである。そしてその一番はっきりした例を今まであげて来たし、今後も二三、そういう例をあげて見たいと思っているのだ。

たとえば人間に与えられている一番いやなものの一つの死の恐怖も、人間の肉体の苦痛と同じくただ人間を苦しめるために与えられているのではない。

肉体の苦痛は健康を保つために与えられているように、死の恐怖は出来るだけながくその人を生かしたい為に与えられているのだ。

人間に死の恐怖を与えたのは人間でないことはわかっている。これは自然に与えられたもので、もし人間が勝手にこの死の恐怖に打ち克《か》てるように出来ていたら、人間はとっくに死滅していたであろう。死ぬことが苦しみでなく、恐ろしくもなく、平気であったら、生きているのが面倒になれば誰でも死んでゆく。いくら道徳で自殺はよくないと聞かされても、眠い時に眠るようなものだったら、生きている必要は感じまい。人間は何の為に生きているかわからないとしても、人間をつくってくれたものが人間を生かせるだけ生かしたがっていることは死の恐怖の強さでわかる。

死ぬのが怖《こわ》いというのは臆病《おくびょう》からばかりではない。自然が人間をどうしても生かしたがっているからだ。しかし個人の死ぬものだということは自然は知っているのだ。決して個人を不死なものだとは思っていないのだ。

個人は考えようによると一つの生命を託されているのだ。一つの生命をまかされているのだ。それをよく生かそうと悪く生かそうと、それはその人の自由である。勿論自由と言ったって絶対に自由ではないが、全部任されていることは事実だ。あるたかの金を主人にまかされて、これだけやるからいいようにつかえと言われた下男のようなものだ。何を買ってもいいのだ。しかしその買ったものによってその人の賢愚がわかる。有益にも有害にもつかい得るようなものだ。そして主人に気にいるように金をつかったものは主人に信用され、又愛されるだろう。金を主人がいやがるようにつかったら、主人はその下男には冷淡になるだろう。僕達はまかされた生命を自然に愛されるように、生命の王に喜ばれるように使わなければならない。さもないと罰を受けるのだ。勿論、運、不運もあり、罰を受けていい人が長生きしたり、物質的に恵まれたり、快楽を多く味わったりすることはあり得ないことではない。しかしそういう人でも心の内は空虚になり、深いところからくる生命の喜びとは段々縁がなく、自然に愛されているという気はなくなるであろう。

少なくも死の恐怖からそういう人はまぬかれないであろう。お前はなすべきことをなした。もう死んでもよろしいというような落ちついた喜びは得られないであろう。

人間に死の恐怖は与えられているが、同時に人間は死ぬものなのである。だから誰でも死の恐怖を味わって死ななければならないかと言うと、それは嘘《うそ》である。

自然から死んでもいいと許された時に死ぬものには、死は帰するが如《ごと》くなるのだ。そうなり切れない時、死が恐ろしいのだ。

死が恐ろしいのは、死なない為ではないのだ、生の使命を果させる為なのだ。

健全な死は安らかな死なのだ。無理に死なければならないから死が恐ろしいのだ。だから死の恐怖を味わうことは、その人がまだ生きてしなければならない仕事をしていないからだ。生きている内にその人がすることを命じられていることを仕上げたら、その人は死を許されるのだ。

もう一つは死以上の生活が出来ていないからだ。自分の一生を犠牲にしてもいいという仕事にぶつからないからだ。

その人が死ぬことを自然がより望む場合、その人は死を選ぶのだ。

その人が死ぬことで、他の人の生命が助かる時とか、その人が死ぬことで社会の人が助かるとか、又その人が死ぬことがその人の義務を果す時とか、そういう時、死は生以上に美しいことであり、人々はその人を讃美するのが自然であり、勇気のある人で始めて、そのことは行われることになる。

愛するものの為に死ぬことも、自分の主人や先生の為に死ぬことも、美しい死と言える。勿論それは自発的でなければならない。自然が許したのでなければならない。その方を自然や人類が望んでいる場合に限る。

自分に責任を任された先生が児童を救おうとして死んだ話なぞも、美しい話である。母が子を救おうとして死んだことも美しい話である。尤《もっと》もそれは一面悲しい事実である。もっと生かしておきたい人が、死んだのだから。しかし見殺しにして平気でいる話を考えれば、そうなる方が自然であり、勇ましいことでもあり、美しいことでもある。

しかしもっと平和な死は、自分のなすべきことをなし終ったものの死だ。

ソクラテスの死は毒殺されたのではあるが、実に落ちついた哲人らしい死である。弟子は悲しんだが、この時なぐさめたのは死んでゆくソクラテスで、慰められた方が生きのこる弟子である。

弟子が罪なくして殺されるのをなげいた時、ソクラテスは

「お前は私が罪があって死ぬのを望むのか」

と言ったと聞いている。その死や帰するが如しである。

釈迦《しゃか》が死ぬ時のことをかいたものに「既《すで》に度すべきものは度し終り」という言葉があるが、なすべきことをなしたものの死程、安らかなものはないように思う。それは

海に入りこんだ川のようなものだ。

我等が死を恐れるのは、なすべきことを何もせず、ぐうたらに生きているからだ。真剣に生きて、なすべきことをなした時は、死は恐怖の姿をあらわさず、親しみある姿を見せるか、まるでそんなことを超越することが出来るであろう。死を恐れなかった人は、昔から決して少なくない。名は惜むが死は惜まないという人も少なくなかった。

死の恐怖はたまらないものだが、これは自然が我等を生かす為に与えたものだから、生きる以上に自然に気に入った死に方をすれば、死は凱旋《がいせん》になり得るのだ。

よく自分を生かさず、生かしても我利々々《がりがり》に自己を生かしておいて死を恐れないですませようと思ってもそれは無理である。

人間は自己をはなれては生きられないように出来ているくせに、自己に執着すれば罰を受けなければならないように出来ているのだ。

それは人間は自己の為に生かされているものではなく、全体の為に生かされているものだからである。個人の死ぬことは自然は知っているのだ。ただ生きられるだけ生かして、その人の真価を出来るだけ地上に吐《は》き出させたがっているのだ。この地上でなすべきことを出来るだけさせたがっているのだ。だからこの地上でその人が最上の生き方をすれば、自然はそれ以上のことは人間に望まず、その人に死に克《か》つ特権を与えるのだ。

三一

人間が死を恐れる理由は、その人がまだ死ぬだけの資格がない時に起るのだ。生きて働ける余地のある時に人は死を恐れるのだ。だから死の覚悟が本当に出来た時は、死の恐怖は姿をけす、その覚悟の程度に比例して死の恐怖の強弱はきまるとも言える。もっと生きていられる、もっと生きていたいと思う余地のある時に死の恐怖は姿を見せる。人間は何とかして生きたくなる。犬死にしたくないという言葉があるが、これはたしかに、死の性質の一面を暗示している。死に甲斐《がい》のある死に方をしたい。どうせ死ぬなら立派に死にたい。死んでしまえば同じことであることは理窟《りくつ》では知っても人間の死の本能はそう思わないように出来ている。そして恥のない、名誉のある死に方の方を、不名誉な死よりもずっと強く、絶対と言いたい程強く望むようにつくられている。

個人の死が最後を意味するならば死が名誉であろうが、不名誉であろうが同じわけだ。しかし人間はそうはつくられていないのだ。自然は一人の人の死以上のものが人間に与えられていることを知っている。人類の完成がそれである。前途遼遠《りようえん》にしろ人類は完全に向って生長しようとしている。個人はそのために存在しているのだ。だから一個人が死んでも、それが他の個人や、全体をよりよく生かす為に役に立てばいいわけである。犠牲が美徳に思われるのはこの本能によるのだ。つまり個人は自己の為に生きることを自然から命じられているのではなく、全体の為に役立つ為に生きることを命じられているのだ。だからある特別な、非常時にその人が死ぬことが、愛する者や、祖国や、人類に役立つことがわかる時は、その人の死は美になるのだ。崇高なものになるのだ。死以上のものになるのだ。しかしその時でも生命を大事にしなければならないことは当然で、粗末にしていいという理由はない。しかし人間は寿命を全うすることだけが目的でないことは事実である。

だから我々は死の恐怖から教わるものは何か。それは先《ま》ず、生きられるだけ生きるということだ。だから自殺はどんな時でも、その人の弱さを他人に感じさせる。ただ自分が生きていると他の人に迷惑を与える場合、他の人に迷惑を与えたくない為に、自分の責任を痛感して自殺したものは同情出来る。又自分が自殺することで多くの人の生命を救った、戦時における落城の城主の話なぞは、美談とするに足りる。しかし自分だけの為の自殺はどうも、いい感じを持つわけにはゆかない。同情は出来る時はある。又自殺する者よりもっと下等な人間はいくらでもいるので、そういう人よりはいい感じを受けるが、しかし自分に託された一つの生命を勝手にちぢめて、もっといろいろの仕事を地上に残してもらいたがっているものの意志を無視したことは、残念に思わないわけにはゆかない。これは個人が私情でそう思うのではなく、人類がそう思うので、我々もそう思うと言いたいところだ。

死の恐怖に打ち克って自殺したのだから勇気があると思う人があれば、それはまちがいだ。肉体に苦痛が与えられているから、肉体を傷つけたり、故意に病気したりするものが、勇気があると言うのと同じで、馬鹿気《ばかげ》ている。死の恐怖が与えられていることは、人間の長生きすることを望んでいてくれることなのだから、その意志にすなおになって、生きてゆく方が本当なのである。

しかし生きていても穀《ごく》つぶしで、何も役に立つことが出来ず、却《かえ》って皆に不快を与えるばかりだという、変に消極的な気持で、生きてゆくのが不名誉な気がして、死にたくなる人も相当あるように思う。

この世では何か役に立つことが、大事なのだから、生きていても何も役に立たない、いな生きていると却って子供達にも迷惑を与えることになるという風な気持になると、死はわりに身近なものになる。なぜかと言うとその人は生きる意義を失ったからである。

生きることが自分の為《ため》ばかりなら、生きていることが不名誉だということは、そう大したことにはならないわけだが、生きていることは、何か他の人の為になることを意味しているから、その方に無力以下になると、自《おの》ずと生きる興味がなくなるのは当然である。そういう人は決心しなおして、どんな小さいことでもいいから、自分の修養をつとめ、他人の役に立つことをするように心がけ、自分の今までの心がけの悪かったことを何かに告白して、新生に入ることによって、生きる興味を見出《みいだ》すことが出来るであろう。

こういう死の恐怖以下の生活がこの世にはあり得る。それで自殺者が絶えないのだ。又恋愛には一時的ではあるが、死以上の力をもつものだから、これにのぼせているものは、わりに死をふみ越えることが、不断より楽らしい。しかしそれは、自然の弱点を利用したにすぎないので、美しいこととは言えない。

「死の恐怖」にすなおに生きる、第一歩は、健康を大事にして長生きをし、自分の真価を生かせる時間を獲得することである。

勿論《もちろん》人間は完全でないから、そう努力しても、早く死ななければならない場合もある。その時は、何かに自分の身を任せて、自然の懐《ふところ》になるべくすなおに、愛を周囲に生かせるだけ生かして帰るより仕方がない。
帰ってしまえば同じことである。

三二

死の恐怖を感じることは、その人がまだ自己を生かし切っていないからだから、自分の余力を尽して、自分の地上でしてゆこうと思うことを忠実にしてゆくことだ。そしてその仕事にその人の全力が生かされれば、その人は生き甲斐《がい》を感じ、同時に死に甲斐を感じるであろう。

大生命を生かすことが出来たもののみ、大往生が出来る、大生命を生かすことが出来ないくせに、大往生をとげたいと思ってもそれは無理である。

我等は死の恐怖を感じるのは、死の恐怖以下の生活をしていないことを示されたことにはなるが、同時に死の恐怖を超越した生活をしていないことを示している。

つまり、生きていていいという許しをうけていると同時に、しっかりしろ、お前の生活はまだ本当ではないぞ、まだ怠けている、まだ誠意が不足している、真剣でない、仕事が深いものの意志に叶《かな》っていないことを示されている。心がけもまだ本当にいいとはゆかないのだ。

生きている内にこの仕事だけはしたい。そういう仕事をしている人は、その仕事を仕上げるまでは生命が惜しいであろう。しかしその仕事が出来たら、もう死んでも心のこりはないと思うであろう。我々はまだそういう仕事をしていないから、死が怖《こわ》い、今死んでは恥が残ると思うのだ。

本当に力を出しきったら、大手をふって死んでゆけると信じている。

しかし中々そういう境になれないところを又面白く思っているのだ。

僕は死の恐怖は実に嫌《きら》いだが、しかしこの恐怖がなくなりきらないことに不服はないのだ。そしてまだ自分の地上になすべき仕事が多すぎることを思うのだ。

しかしどうしても死なければならない時は、すべての重荷をおろすことが出来た時で、死を許された時だとも思う。

「もう死んでもいいのですか、ありがとう」

そう言える身にもなって見たいと思う。

ソクラテスはそういう身分になれた人と思う。

三三

人間はただ生きる為に生まれたものではない。だからただ無意味に生きているだけではもの足りない。空虚だ。生き甲斐《がい》を感じられない。何かする為にこの世に生まれて来たのだ。

人生にとって長生きが唯一《ゆいいつ》の目的ではない。又健康であること、そのことが人生の目的ではない。健康も、長生きも、つまりはこの世に自分のなすべきことをしてゆく為に必要なのだ。

それなら何をしてもいいのか。自分は他の本にこのことに就てしつっこく書いたかと思うが、この本だけを読む人の為に、少しくそのことに就《つい》て書いておきたい。

人間はただ働けばいいというものではない。「幸福」という本をかいたヒルチーはそれに就て適切な例をあげていたと思う。人間は無意味なことはいくら金になってもやる気になれないものだとヒルチーは言って、一人の人に室のなかで手巾《ハンケチ》をただ上げたりおろしたりしていたら金をあげると言ったとしたら、その人は始めは承知してはい、、んけちを上げたりおろしたりして見るかも知れないが、その内馬鹿気て来て、いくら金になっても断るにちがいないと言うのだ。随分前に読んだので、言い方はちがっていると思うが、内容はちがっていないと思う。そしてこのことは本当だと思う。全く意味のないことをして貴い時間《とうと》をつぶすということは、自分を侮辱していることになる。馬鹿にしていると腹が立ってくるにちがいない。私を何だと思っているのだ。馬鹿にするにも程があると思うだろう。こう思うのも、実は人間がそうつくられているからにすぎない。人間は他人に馬鹿にされることは実に嫌いなように出来ている。それが又面白いところで、人間が一方快楽を求め、怠けたがる性質を持っていることを知っている自然は、人間を働かす一つの方法として、他人に負けたり、他人に侮辱されたりすることを実に嫌うようにつくっている。

他人に侮辱されても平気な人間は、侮辱されても仕方がないとあきらめ切った怠けものか、無気力者か、さもなければ、他人の理解のない侮辱を侮辱ととる必要がないほど自信の強い人間かである。つまり侮辱以下すぎる人間か、それを超越している侮辱以上の人間かである。

話はそれたが、

我等は働かなければならない。しかしそれは何かの役に立つことが必要である。ここまでは誰も反対はないと思う。

三四

何かに役に立つと言うのはどういう意味であるか。

つまり我等は我等個人の為に生きているのではなく人類の生長の為に生きている。

人類と言うと頭数で読者は考えるかと思う。人生の為と言ってもいいかも知れない。つまり人間の価値を高める仕事が個人に与えられているのだ。つまり自分や他人の生活の為、生命の為に役に立つ仕事をすることを命じられているのである。

だから、踏切りの番人のような仕事でも、人命を尊重する仕事だから、立派な仕事である。ただその仕事が機械でも出来る仕事であり、又その仕事をすることで自分の才能や技術の進歩することもなく、肉体をよくする仕事でも、又人格を高める仕事でもないから、大事な仕事ではあるが、その仕事だけを忠実にしているだけで満足出来るかどうかは疑問である。だからそういう仕事をする人は仕事を忠実にすると共に、余暇を利用して何か勉強することが必要である。しかしその仕事だけで満足出来れば、それを非難しようとは思わない。その職務に忠実で、人命を救う為に、わが身を犠牲にした話なぞがあるが、そうなると崇高な感じを起させ、美談になる。人々はそういう人には敬意を示すべきだ。しかし自分の仕事にもう一層注意深く無事故で終れば、なおその方が賞《ほ》められていいのかも知れない。しかし以上言ったような理由で、仕事として理想的な仕事とは言えまい。

三五

ここで一寸《ちょっと》、職業の貴賤《きせん》に就てかいておきたいと思う。仕事に貴賤はないという言葉があるように思う。しかしそんなことはない。たしかに仕事にいい仕事と悪い仕事がある。このことは前にも一寸かいた。しかしいい仕事をする人は皆よく、悪い仕事をする人は皆悪いかと言えば、言うまでもなくそんなことはない。

政治の仕事なぞも元来は悪い仕事ではない。いい仕事と言っていいであろう。そしていい政治家は、本当に自分の一生を国民に捧《ささ》げ、日夜、国民のことを思い、彼等を愛し、彼等を幸福にしてやりたいと思うであろう。そしてその為に出来るだけのことをして、それでもまだ自分の力の不足なのを痛感し、益〻《ますます》勉強もし、考えもし、人の忠言も入れ、この世の中をよくしようと思うであろう。彼は至誠の人であろう。又聡《そう》明《めい》な人であろう。少なくもそうなるように努力して、国民の為に尽すことを考えるであろう。

しかし悪い政治家は野心に満ちて、自分の出世のことばかり考え、他人はいくら利用してもいいものと心得、自分の生命は大事だが、他人の生命は自分の利益の前には問題にはせず、ただただ立身出世の機会をねらい、勢力をはることだけ考える。そういう政治家もないとは限らない。

同じ政治家であっても、人によってその仕事を善にもつかい、悪にもつかう。医者に就ては前にもかいたが、仁術と言われているが、随分金の為にはひどいことをするものがある。それに反して、芸者や酌婦《しゃくふ》の如《ごと》きは、男の肉慾《にくよく》を刺戟《しげき》して生活する者で、賤業と言っていいが、しかしそういう人間の内にも、人生に失望して、自棄《やけ》になりかけている男性を勇気づけて、再び勇ましく生きてゆかせる女もいないとは限らない。そういう場合その女のしたことは立派だと言える。

貴婦人にも、立派に夫の仕事を助け、またよき子を立派に育てる人もいる。しかし同時に又、自己には何の取柄もないのに、ただ傲然《ごうぜん》として、心ある人々から軽蔑《けいべつ》される者もある。又それ以上、夫や、他の男を堕落させるものもないとは言えない。

だから職業で、人の貴賤、善悪を簡単にきめるわけにはゆかない。しかし職業の選択は馬鹿に出来ない。ただ現代に於《お》いて大概金をとる職業は、理想的な仕事とは言えない。

理想的な職業と言うのは、その職業の為に働けば働く程、自分の為にもなり、他人の為にもなる仕事だ。その為になり方は物質的だけではなく、生命的に為になるのである。つまり働けば働く程、肉体も健康になり、精神も健全に満足出来る仕事である。

今の時代には一寸そういう仕事が見つからないと思うが、健全な社会がくれば、その社会で奨励されている仕事をすれば、それは自分の健康の為になると同時に、頭がよくなり、品性がよくなり、他人への愛がまし、自分の生命が向上すると同時に、他人の生命が向上する仕事である。

お互が協力し、研究し、労働し、人間の為になる仕事をすることで、金がとれるのだ。

ある学問を研究している人々には、正しい職業に従事しているという尊称を与えられるかと思う。

つまり、協力して人間に役に立つ職業で、自分の才能や趣味にぴったりする、他人と利害衝突をしない仕事である。

金もうけを唯一の仕事と思っている人には僕の言う、「誰もを損をさせない仕事」などというものは痴人の夢のように思うであろう。しかし金を考えずに、我等がただ仕事のことだけを考えれば、他人を損させない仕事はいくらでもある事に気がつくであろう。

又医者の例を出すと、金持の患者の奪いあいは金もうけの為には必要かも知れないが、金を考えなければ、病気をなおすのは誰でもいいわけで、なおりさえずればいいので、一人の医者が何人の患者をなおしたから、他の医者の仕事がなくなるというわけはない。なおしてくれればくれる程、外の人は楽が出来るにすぎない。

自分の身体を健康にすることは、他人の身体を不健康にすることは意味しない。自分が勉強することは他人の勉強の邪魔をするのではない。自分の畑をよくたがやしたから、隣人の畑が出来がわるくなったという理由はない。

自分の職業に忠実になることは他人の職業の邪魔をすることにならないことが自然の意志である。

尤《もっと》も自然というものは弱肉強食を許し、いくらでも生物を生んでおきながら食物を十分に与えない。その食物も食うか食われるかの場合が多い。だから人間の場合だけ、お互が自己を本当に生かすことでは衝突しないようにつくってあるわけはない、と言う人があるかも知れないが、僕は他の動物のことは知らない、人間同志は協力が出来、決して自己を正しく生かすことで他人を圧迫する必要がなく出来ていることを信じている。それが今の時代でうまくゆかないのは、人間がまだ十分に生長していないからで、社会が病的な状態からぬけ切ることが出来ないからだと思う。

つまり今の世は人々が自己の欲望を誇張して生かすように出来ているからで、本当に健全に自己を生かすことは、他人の自己を健全に生かすことの邪魔にはならない。

だから僕の望む健全な社会は、すべての人が正しく働くことが出来、そしてすべて

る。

今の人間は、まだ相当困難な労働を必要にしていると思うが、そういう労働は特に身体の健康な、犠牲的精神の進んでいる男子にしてもらう。そのかわりそういう労働は名誉なる労働になり、特に社会から優遇されていいと思う。そういう点をくわしくここに書く必要はないと思う。そういう社会がくれば、僕よりもその方にくわしい実際家が、うまくそういう点を処理してくれると思う。

自分が言いたいのは、人間の生命を有意味に、つまり生き甲斐《がい》を感じさせる仕事を人々が進んで実行出来るように、社会を健全なものにすることが、大事であることを知らしたいのだ。金銭を目的にする仕事は、人間を健全なものにせず、病的なものにしやすいことを注意したいのだ。

何の為に金が必要であるか、生きる為《ため》である。何の為に生きるのか、仕事をするためである。その仕事は社会の一員として、又国家の一員として是非しなければならない仕事だ。その仕事さえすれば生きるに必要な金はとれる。

つまり義務を果せば、自《おの》ずと金が入り、金が入れば又安心して義務が果せる。余暇は十分とれるようにして自分の好きなことで、他人に迷惑にならないことをする。

僕は人間の正しい欲望は出来るだけ満されるべきだと思うが、しかしその為に他人に迷惑を与えたり、他人を不幸にしたり、他人の独立性まで傷つけないようにするのが、礼儀である。だから義務を果しただけで得られる金で、買うことの出来ないものが、ほしい時は、同志の人と協力して余暇を生かしてそれを買えるように骨折るべきだ。しかし健康に生活するだけなら義務を果せばいいということになる。

しかし金もうけを目的にして人間が働いたり、働かされたりすると、それはきりのないものになり、これでいいという時はない。そして他人の販路を奪うことが必要になる。喧嘩《けんか》をしないわけにゆかない。人間は適度というものを知らなくなり、油断をするとやられてしまうから、いろいろの策略も必要になる。嘘《うそ》や、宣伝や、相手の悪口なぞが必要になる。そして共栄、共存、共生なぞということが口先ばかりになる。

自分の真価の競争は悪いことではない。それは相手の価値を落す必要がないからだ。そしてそれによって人間は進歩する。又よきものを発明するのも立派な仕事である。それで文明は進歩する。しかしよりいいものが、より安く売られるようになると、それに負けた品物を売って生活していた人々は失業することになるであろう。しかし国家が、よりいいものをつくることを奨励し、今までの品物をつくっていた人々に、よりいいものをつくるように転業させれば、別に失業者は出来ず、国民は得をしても損はしないわけだ。しかしそれも金もうけを主にしての商売本位の世の中ではうまくゆかない。いいものを発明しても、それが市場に出ると、自分達が損をするからと言って、いいものの日の目を見ないよう運動するものさえある。

どうも人間本位でなく、金本位の世の中は自然の意志に反して、人間と人間と争わす傾向があって恐るべきだ。

いつ人は金銭の奴隷《どれい》でなくなり、人間本来の生命に忠実になり切れるか、一寸今のところ見当はつかないが、いつかはそうなるであろう。

国民全体が協力して、国民全体を生かし、そして他の国民とは隣国として仲よく助けあい、又往来出来るのはいつの話か。

三六

僕は、人間は働くために生まれている、少なくもそうつくられていることを信じているが、しかしそれは金もうけをする為でなく、自他の生命に役立つ為である。

甲も生き、乙も生き、丙も生き、全部も生きる。そしてお互に尊敬しあい、愛しあい、助けあえる。それが、自然の我等人間に望んでいる生活方法である。だからその方向に向って働く限り、我々は生き甲斐を感じ得、元気になれる。

ところが今の多くの人は金もうけの仕事に終始している。随《したが》ってあくせくはし、よく働くが心は空虚になり、その空虚のよってくるところがわからないから、酒や女や賭博《とばく》や、その他の娯楽でその空虚さをごまかして、これが人生だと思っている。酔がさめると淋《さび》しく空虚なのだ。

自然から命じられている仕事をしないから、自然からくる深い落ちついた喜びを感じることが出来ないのだ。

それは自然の結果で、人間が勝手に空虚さを感じているのではない、感じないでいられなくって感じるのだ。

だから空虚さを感じることを好まず、何となく生き生きした、充実した、権威を内に感じるような生活がしたかったら、自己を完成し、隣人を愛することである。

自分に託された一つの生命、それは又他の人に託された一つの生命と、仲よくすることを望んでいるのだ。そして自然にとって、人類にとって、それは両方とも同じく大事なのだ。

だからその自然にとって大事なものをよく生かすように骨折れば、自然から愛されるのは当然である。

人間に与えられているものをよく生かせ。

三七

人間には本能と同時に理性が与えられている。理性に就て、僕らしく考えていることをかいておきたい。

人間に与えられた本能は一つとしてムダはない、そのものとして罪悪のものはない。ただその本能が程度を越し、病的になる時罪悪が生まれる。色欲《しきよく》も人間にとって大事なものだが、他人のことを考えず、生まれ来るものを考えず、相手が厭《いや》がるのを姦《かん》すれば罪になる。食いたいは人間の自然性であり、本能である。これがなかったら人間は食物をつくるのが厄介だし、又食物を得るのも大へんだから、つい食事をおろそかにして健康をそこねるだろう。又食欲がなく、何を食べても味もそっけもなく、ただ生きる為にいやいや食物を口の中に押しこまなければならなかったら、随分不愉快だろう。だがそれが事実なら仕方がない。病気の時、無理に食えと言われてもどうしても食う気になれないことはよくある。ところが食欲があり、味覚があるので、本当に喜んで、うまく食事をとることが出来る。喜びながら健康をたもつことが出来る。だから食欲は大事な本能だ。だが食欲に淫《いん》して腹をこわしたり、食うに困って、他人の金を盗んだり、食物を盗んだりするのは正しいとは言えない。人間の食物は働いて出来たものだから、それを怠け者がただでとり上げようというのは虫のいい話である。その他いろいろの本能にしても、人間の為になくてならない本能で、大事にすべきものだが、しかしそれがややもすると増長し、自他を傷つけることになる。

又いろいろの本能は常に仲のいいものではなく、それ等が調和して、うまく人間を生長させてゆくには、又別の役目をするものが人間に必要になる。この役目を果すものが理性だと思う。むずかしく言えばきりがないかも知れない。しかし僕達が普通言う理性は、この本能をうまく御《ぎょ》して、人間を健康に生長させ、そして他人の生長の邪魔をさせないために人間に与えられているものと思う。

理性的な人間は幾分冷静だ、分別がある。過ちを犯すことが少ない。そして礼儀を知っている。馬鹿《ばか》なことはしない。けたをはずさない。

本能が弱いのではない。それをよく御しているのだ。

意馬《いば》心猿《しんえん》という言葉がある。人間はつい怒りとか、猜《そね》みとか、恨みとか、嫉妬《しっと》とか、いろいろの激情にまきこまれやすい。理性はそういう時、その人を見守って過《あやま》ちを犯させないようにする役目を果す為にある。

孔子が「君子は窮するか」と聞かれた時、「元より君子も窮する。小人《しょうじん》は窮すれば濫《らん》す」と言った。

小人は理性が弱いから窮するとつい理性的でなくなり、自棄《やけ》を起しやすい。しかし君子はいくら窮しても自棄は起さず、理性を失わない。人間の尊厳を守ると言うのだ。しかし理性は無意味に本能を窒息させるものではない。又生命の活力を弱めるものではない。むしろその活力を最も有効に生かす為に与えられているものだ。

世間が怖《こわ》いとか、悪口を言われるのがいやだとか、誤解を恐れるとか、他人の思惑を恐れて、したいことも出来ない人間は理性的な人物とは言えない。そういう人は理性以下の人で、他人の制裁をうけてやっとどうにか悪いことをしない人間で、他人さえ気がつかなければいくらでも悪いことをして、すましていようという人間で、自分の生活、自分の生命を自分で導いてはいけない人々である。

こういう人はその時、その時の社会の大勢に支配されて、どうにかこうにか、あまり悪いこともせず生きてゆく人で、人間を進歩させたり、文明に導いたりする力の殆《ほとん》どない人々である。

理性的の人は社会の制裁よりはもっとはっきりした自覚をもつ人で、自分の理性に導かれて進む時は、他人の思惑はあまり気にしない。むしろ他人に、善悪正邪の観念をはっきり教える方の人で、他の人を高きに導く力を内に持つ人である。

又ソクラテスをつれてくるが、ソクラテスが青年を誘惑すると訴えられ、裁《さば》かれるが、その時裁くのは裁く市民ではなく、裁かれるソクラテスである。彼の方が遥《はる》かに理性的で、彼の言う方が、人間の本心なのだ。そして理性的なのだ。だから裁かれるのは彼ではなく、裁くのが彼である。彼はあまりに権威があったので反《かえ》って反感を持たれ死刑にされたと言われている。

社会よりもより理性的でない、罪人、病的な人間は社会に理性的に導かれるのはやむを得ない。そして法律によって、いろいろしてはならないことをきめられるのは当然である。

しかし社会一般より、もっと理性の発達している人は、社会から導かれる場合は反って、反理性的になる、そしてその人は反って社会を導く力をもつのだ。

その力は弱いように見えても、いつか勝利を得るであろう。

人間は理性に従うことが出来ない時でも、理性の声には耳を傾け、それを尊敬しないわけにはゆかない。なぜかと言えば、それは人間が正しき姿で生長する為に必要なことだからである。

三八

道徳は人間にとって最上のものではない。だが最も支配力をもっているものだ。人間に最も正しい命令権をもっているものは道徳である。道徳以上の人間はあり得る。少なくも道徳以上に生きている瞬間は人間には決して少なくない。しかし多くの人間は又道徳以下に生活している。

だから人間は絶えず反省して見て、自分の不正なことを知る時はなおすべきである。道徳はこの地上で人間世界にのみ存在するものである。人間以下の動物には道徳心はないであろう。又もし人間以上のものがあるとすれば、自分はあるとも思わないが、そのものには道徳は不必要なのだ。

自然の命ずるままに行って、その時その時の衝動で動くより他に能のないもの、そういうものには道徳はない。よりいいことを行う能力のないものに道徳は不必要だ。より悪いことを行う能力のないものにも道徳は不必要だ。丁度人間程度が、道徳に支配される必要があるのだ。そのくせ、人間の内に真の道徳に支配されて生きている人は実に稀《まれ》である。そして多くの人はあまり完全でない道徳にやむを得ず支配されているものが多い。

しかし道徳心が人間に与えられているのは事実である。そしてそれに支配されて生きてゆく時、その人は権威を内に感じる。それが自然なのである。

だから道徳を我等が重んじるのは、生き甲斐を感じたいからだ。道徳に背《そむ》くと何となく気がとがめて、俯仰《ふぎょう》天地に恥じずという気になれないのだ。俯仰天地に恥じずという気持で生きたければ、道徳に従わなければならない。

世の中には図々《ずうずう》しい人間がいる。厚顔なものがいる。君もその一人だと言う勿《なか》れ、一人でないとは言わないが、しかしそういう人間から本当の権威は生まれない。本当にその人の言うことに権威があるのは、その人が道徳心からものを言う時に限るのだ。真の道徳にはそれだけの力がある。もしその力がなければその人は口だけで似而非《えせ》道徳を称えているので、狼《おおかみ》が衣を着ているにすぎない。真実を愛する心のないものに、道徳の真意はわからない。

道徳の真意は人類を正しき運命に帰らし、健全に生長さす為にあるのだ。迷い出ているものに、その過《あやま》りを知らせ、そして正しき道を歩くことを命じるのが道徳である。道徳は人間をいじけさすものではない、人間をある型に入れるものではない。又病的な社会に都合のいい人間をつくる為に存在するものではない。

道徳は、人類の内にまちがった道を歩いているものが多いので、つまり亡《ほろ》びの道を歩いているものに、正しき道を教え、人類が正しき姿で、前進することを命令する為に人間に与えられたものである。だから権威があるのは当然であり、その命に従ったものは、人生は真面目《まじめ》な厳粛なものであることを感じ、ひきしまった気持で再生の道を歩く決心をするのである。

道徳心があるので、人間は何度も堕落の道から起き上り得るのである。日々決心を新たにすることが出来、心がけをなおし、勇気を得るのである。

これも自然から与えられたもので、人間が勝手につくり出したものではない。自然は人類が協力し、お互に尊敬しあい生長してゆくことを望んでいる。すべての人間が、本来の姿で尊重されることを望んでいる。しかし実際は、人間同志、決して協力して生きてもいないし、お互に尊敬もしていない。利害衝突があり、軽蔑《けいべつ》や嫉妬《しっと》があり、又お互に冷淡であり、争いの種のまきっこもしている。それでは人類はお互に傷つけあうことになる。お互に亡ぼしあうことになる。すると人間に与えられた、いろいろの貴いものが、日の目を見ずに亡びてゆくことになる。

そうなっては人類は生長せず、滅亡の道を歩くことになる。このことは人類を愛し、人類の生長することを望んでいるものが、喜ぶわけはない、其処《そこ》で何かそういう恐るべき結果に落入らない為《ため》に必要なものを用意することが必要になる。我等に道徳心が与えられているのは、その為で、人間が正しき姿で生長する為に大事な役目を果しているることになる。

今の世に道徳心なぞはあってもそれは力のないものだといって軽蔑する人がある。

見ようによればそれは事実である。「徳を愛すること、色を愛するが如き者を見ない」ことは孔子の嘆きばかりではない。いつの時代でも道徳の力は弱い。しかしそれにもかかわらず、我等が真剣に生きられる為には、道徳の力を借りなければならないのだ。我等を動物的に支配するには暴力で十分である。我等を誘惑的に支配するには金銭或《あるい》は女色が最も力強いかも知れない。しかし我等を理性的に、人間の価値を高める方法で支配しようとするならそれは道徳の力によるより仕方がない。道徳は我等のまちがいを根本から知らせてくれ、我等を益〻《ますます》人間らしくしてくれるものである。その力は弱いように見えても、根本的であり、理性的であり、人間的である。人間を奴隷《どれい》にすることを好むものは、道徳の感化力を軽蔑する。しかし人間が益〻人間らしくなることを望むものは道徳の力を無視することは出来ない。

しかし道徳は人間を正しく生かす為にあるので、人間をいじけさす為にあるのではない。又他人を支配する為にあるのではなく、自己を支配する為にあるのだ。各人が自己を支配する為にあるので、他人を制裁する為にあるのとはちがう。

不徳漢はもとより非難されるのはやむを得ないが、不徳漢でない人間は、事実滅多《めった》に居ないのだから、他人を責めすぎる者は、多く無反省の不徳漢である。反省力のある不徳漢は他人より自分の方が罪の重いことを知る。そして自分を少しでもよくしたいと思うのだ。自分の心がけをなおすのだ。生活の改善を心がけるのだ。他人に親切にしよう、自分の怠け心に打ち克《か》とう。自分の虫のいい考をやめよう。他人に迷惑をかけたり、不快な目にあわすのをよそう。そして自分の心がけをよくし、少しずつでも立派な人間にしよう。世の中に役に立つことをしよう。悪いことは出来るだけさけて、善事をするように心がけよう。

自分のことは棚《たな》に上げて他人のことばかり非難するものは、自己の生命に不忠実なものである。自分に託された一つの生命さえもてあまして、他人に任された一つの生命の世話をやくのは、道徳的だとは言えない。道徳の力は内心的に働くもので、他人に気がつかれなければいいというものではない。

もとより他人の不道徳を増長させたり、他人の不道徳を弁護したりする必要はない。それは勿論《もちろん》よくないことで、不道徳なところは反省させるのはいい。しかしその不道徳が他の人に害を及ぼさない時は、知らん顔する方がいい時がある。見るに見兼ねるということもある。しかしその見かねた原因に、猜《そね》みの心があってはよくない。自分の心に賤《いや》しいところがあって、他人を非難したところが、それは他人に不快を与えるにすぎない。本当にその人の本来の生命を愛して、自分に疚《やま》しいところがなく注意すべきことを注意するのはいい。しかし無為にして化するのが、徳の徳たるところであることを忘れることは面白くない。

道徳は相手が尤《もっと》もだと思った時、効が上るのだ。悪かったと思った時、ききめがあるのだ。刑罰で制裁しても、相手が本当に自分が悪かった、この位の罰を受けるのは当然だと思った時、その人は道徳的に反省した時で、再生することが出来るが、罰を恐れていやいや屈従したのでは、その人は道徳的に救われたとは言えない。だからそういう時、その人の心は清まらない。

現在の社会は、道徳的な社会ではない。だから現代の所謂《いわゆる》成功者は道徳的の成功者ではない。金もうけのうまい人間、出世の名人、運のいい人間にすぎない。人間の値打を高めることは反《かえ》って今の世では成功しない場合も少なくない。

しかしそういう時でも、本当に道徳に支配される者は、何処かに権威をもち、接する人を高め、生き甲斐《がい》を感じさせるであろう。

真の道徳心は、我等の生命を正しく生かす為に与えられているものだから、それに従って生きる者は自《おの》ずと人々の心を正しきところに導く力をもっている。

嘘《うそ》はよくない、他人をいじめるのはよくない。利己的になるのはいけない、欲望を病的にのさばらすのはいけない。他人の生命を尊重することが大事だ。等々。

つまり道徳はすべての人が大調和を得て、正しく生長してゆくことに必要な道で、それからはみ出すと、誰か犠牲者を出さなければならない。又恐ろしいことが起る危険性があるのだ。

だから、心がけもよく、生活もよかったら、自然はその人の生命をその瞬間は肯定する。其処《そこ》でその人も自然、自分の生命を肯定するのである。

自然に肯定されないのに、自分免許で自分の生命を肯定しようと思ってもそれは無理である。

三九

道徳は人生にとって最上のものではないと言った。それなら人生にとって最上のものは何か。

ある美である。

美は全部道徳以上とは言えない。又美にはいろいろの意味があって、一言で美と言っただけではわからない。

目で見ての美がある。精神的につかう美がある。

肉眼で見る美は道徳とは関係のないものにしろ、道徳以上とは言えない。自然の美に同化した気持は道徳以上かも知れない。しかし多くの場合、肉眼で見る美は、道徳とは交渉がなさすぎて、道徳以上という言葉をつかうのは不適当に思われる。超道徳とは言い得るかも知れない。

自然は自分に目をもたないくせに、人間には美を愛させる。なぜか。それは宇宙の調和というようなものを思わせるが、自分ははっきりしたことは言えない。

しかし目に見えない、精神的の美には、道徳以上のものがあることを自分は痛切に感じている。

その一例は母の愛である。母が子供を愛するのは道徳的ではない。いいから愛するのではない、もっと本能的である。もっと純であり、自然である。人生にとって最も美しきものの一つは母の愛である。その無私の愛である。道徳には何処《どこ》か窮屈なところがある、美になりきれないものがある。しかし母の愛は美である。少なくも純な母の愛は。それは自然のままで全しである。

子供に乳を与えている母は美である。それは肉体的であり、同時に善以上である。愛の極致である。しかも次の時代を用意しつつあるのだ。ここに於《おい》ては、自然、本能、愛、人類の意志が一つになっている。本能そのままが美である。

道徳は人間の不完全から生まれたものだ。

母の愛は人間の完全さから生まれたものだ。誰が母の愛を美しくないと言うか。そのままで美である。勿論《もちろん》母も人間だから、いろいろ他のものが交りうるが、母と子の間は純である。殊《こと》に赤坊に対しての母の愛は完全なもので、そのまま美である。

もし人間以上の世界があるとすれば、其処にあるものは道徳でなくって美である。そして母の愛はそういう世界に於ても通用する愛である。努力がなく、無理がなく、最も自然の姿に於てそのままいいのである。

恋愛も、もし完《まった》き姿の恋愛があり得たら、それは道徳的なものとは言えないが、美である。そのままでいいのだ。そのままで人類の生長に役立つのだ。愛に人間的努力はない。ありのままで完しでである。

そういうのを美と言うのだ。

それは本能そのままに従って完全なのだ。自然のままでいいのだ。あるべきところにあるのだ。道徳は其処まで純にはなり切れない。無心にはなれない。努力があるのだ。自力的なのだ。それが人間らしいいいところであり、我等を発憤させるところをもっているが、完き姿とはちがう。

努力、勤勉、精進、これは人間らしいものだ。常に反省して、心を正しく持ち、至誠をつくして人道を踏もうとつとめること、それは立派なことだが、其処に巨人的なものを感じさせられ、緊張はするが、安心はない。無心ではない。何かに任せ切った安らかさはない。

僕は努力、精進、生長を讃美《さんび》するが、それだけでは苦しい。

完成に目ざして進むのは如何《いか》にも人間的で巨人的だ。

だがそのままで完成されている。そのままでよしと見る。神的なもの、神に任せきれるもの、他力で安心していられる気持、無心のままで満足するもの、そこには努力も精進もなく、愛と融合があるのみ。

美よ。そういう美を讃美する。

四〇

人間はいろいろのものの集まりである。人間に与えられているものは、そのままでよしというものばかりではない。

この世はまだ地獄的なものを多くもっている。

人々はまだ災の種をまくことに熱中しているものが多く、幸福の種をまくものは少ない。

だが元気なものは少なくない。そして次から次と新しい人間が生まれてくる。

既に仕事をなしとげたものは、死ぬことを許されて死んでゆく。

しかし彼岸《ひがん》に達して死んでゆくものは実に少なく、途中で死んでゆくものが多い。
だが人間は次々と生まれ、
死んでゆくものの死骸《しがい》をのり越えて進んでゆく、
何処《どこ》まで進むか、誰も知らず、
進めるところまで進んでゆく。
生きられるところまで生きてゆく。
自然は生きているものの味方。
だが人間は死んでゆくものにも、
愛と敬意を送るなり。
人間の為に生きたもの、そして死んでゆくもの、
人間が愛さなかったら、誰が愛するか。

四一

「神は愛なり」と言う。愛こそ人間に与えられた最も美しい花である。
この花に就ては前に書いたと思う。だがもう一度、讃美さしてもらう。
人間に与えられたるいろいろの宝石、それは人生をかざる御空《みそら》の星である。

その星の内でも最も美しきは愛の星である。
その光りこそ、我等の心をあたため、我等の心をねぎらう。
愛なくて人は生きねばならなかったら、人生は遂《つい》に地獄のなかの地獄である。
死の神はこの世を支配して、余すところがない。
死の神も、愛の神を讃美《さんび》する為《ため》に、この世に使わされたものだと、誰かが言った。
私は知らないが、愛の星の輝くところ、
死にゆくものの目にも涙がながれるのを見る。
愛されること何ぞ嬉《うれ》しき、
愛すること何ぞ嬉しき。

四二

死は最後のものではない。
愛はそれに打ちかつ力をもっている。愛こそ我等を導くものだ。
だが愛は、この世の不幸の多いことをなげく、不幸はいつ地上から姿を消すのか。
勇ましき人々の群は、いつ地上に満ちて、愛の讃美の歌をうたうか。
やがてくる愛の世界、

やがてくる人々の心のつながり、
愛こそは我等を結びつけて
死を越えて、遥《はる》かにゆくもの、
愛こそは我をわが身より解放し、
神の国、美の国へと我等を導く、
我は愛を讃美するなり。
我が愛よすなおにゆけ、
我を愛する愛よ、すなおにわが心の内に入れ、
私は無力なれども、
我が愛はひろがりゆかん。
ひろがりゆきし愛は、
又多くの愛を伴い帰らん。
ああ、人々が愛しあい、助けあい、
美しき国を生み出すはいつか。

四三

人間に与えられた不幸は用捨なく人々をつかむ。その不幸につかまれた人は、生きる力も失うであろう。病気はたまらないものだ。負傷もまたたまらないものだ。なおるものは万歳だが、なおらぬ人は死によって解放されるより仕方がないのが、人間の運命である。

自然は死んでゆくものに冷淡だが、人間は冷淡であっていいとは言えない。出来るだけ人情をよく生かし、気の毒な人を助けるのは美しい。だが同時に生きているものは、その為に勇気を失ってはならないのだ。

人生にとって一番、面白くないのは、生き生きしない人間だ。くたびれたら休むがいい。休息は人間に必要なものだ。すべての人はよく休めることが必要だ。怠けるのはよくないが、安眠が出来ないのもよくない。

人々に安眠を与えることは大事なことである。それは人々を生き生きさせるからだ。生き生きした人間は必ず何かをこの地上にのこしてゆく、生き生きしながら、何にもしないということは出来ない。生き生きした肉体、生き生きした精神、それは人類生長の原動力だ、発電所だ。

赤坊や子供の元気さよ。彼等は生きんとする生命のかたまりだ。

生命の泉はこの生き生きした人間を通して、活躍するのだ。

現代は青年から若さを奪う傾きがある。現代の金とり仕事は人間を生き生きさせない。正しい労働で、人間が適当に疲れるのはいいことだ。しかしうじうじして、人間の傲《おご》りをなくしてでないと生きてゆけない世界は、何処かにまちがいのある世界だ。

生命力はそういう世界を内から融《と》かして、人間の生命にもっとぴったりした仕事をさせるところに変形する時がくるであろう。いつのことか知らないが、そうなる時、始めて健全な、すなおに生長する世界が生まれるであろう。

その時仕事をすればする程、身体もよくなり、頭もよくなり、道徳的にもなるであろう、生き甲斐《がい》を感じられる仕事、そして各自の才能も発達し、充実感を味わうことが出来る仕事、そういう仕事が本当の仕事である。

四四

話を少しかえて言葉について一言したい。人間の言葉の発展は、人間の脳の微妙さを示すものである。こんな言葉を必要に応じて生み出すことが出来る動物は人間以外にないと思う。そして人間は又実に言葉を多くつくり出すのに一番適している動物で、もう少し単純な頭きりもっていなかったら、人間は今日のようにいろいろのことを伝える言葉の必要は感じなかったであろう。又人間がもっと神に近いものだったら、言葉を通さずに人間の心は心に通じることが出来、別に言葉の必要がなかったろうと思う。ところが人間は丁度その間で、言葉を生み出すに適当な動物でもあり、又言葉の必要を感じる動物でもあった。それで人間のあるところ言葉があり、それも実に沢山の言葉を必要に応じてつくり、それによってお互の意志の疏通《そつう》をはかっている。言葉はまだ完全ではないが、しかしよくつくったものと感心する。なぜ人間はそれ程に言葉が必要なのか。

それは人間は孤立して生きているものではなく、又自分で一々経験しなければならない程の馬鹿《ばか》でもなく、他人の経験したことを自分のものにし、又他人の考えたことを自分のものにする能力があるからで、人間が他の動物より進歩出来たのは、人間相互が心を伝えあい、他の人から教えをうけるべきことは、残らず言葉を通して教えをうけたからである。

他の動物は一々自分で経験しなければならない。経験のやりなおしをし、他の仲間の経験の上に自分の経験をのせて、進歩するというわけにはゆかないのだ。

人間は過去の人、現在の人がいろいろ得て来た知識を全部自分のものにする能力がある。地球の丸いこと、地球にはどんな世界があるなぞということでも、人間は話さえ聞けば、大体の概念は得られる。人間は昔から何百億の頭をもち、身体をもっている。その個々の人が経験したことの内で、我々に役に立つことは、全部教わることが出来るのだ。だから人間の文明は今日まで進歩することが出来た。

これは換言すると、人間は誰でも一人の人が本当に会得《えとく》したことは、他の人も会得することが出来、一人の人が発明したことは、他の人もそれを教わって自分のものにすることが出来るのだ。かくて人間は進歩し、生長することが出来るのだ。

だから我々が何か発見したり、発明したり、又知ったりしたことは、すぐ他人のものにもなるのだ。人間はお互に知識の交換が出来、進歩の階段を助けあって登ることが出来るのである。

勿論《もちろん》言葉だけがその為に役に立つのでなく、人間はあらゆる方法で、過去の人類が人間の為に働いてくれた大事の遺産を受けつぎ、それを未来の人類に、自分達の力で加えられるものを加えて渡すのが人間の務めである。

かくて人類は進歩し、生長してゆき、この地上を人間世界に一番都合のいいように築きあげてゆくのだ。

人間が地上に生まれて今までに何年たつか知らないが、人間は随分物質的には進んで来たが、そして今後、どの位進歩するかわからないが、しかしそれで人間が真の意味で進歩して来たか、又正しき運命を通って来ているか、まだ迷路を夢中に歩きまわっているのか、それは簡単にどっちときめるわけにはゆかない。

僕は進歩して来たことは事実と思うが、しかし一番正しい道を人類が歩いて来たとは思っていない。寧《むし》ろ過去の人類は中々悪い、まちがった道を歩いて来たと思われる。

人類が今日まだ幸福になれず、文明がこんなに進んで来たのに、まだ生活の安定を得られない人が多く、正しい仕事を求めて得られないことが多く、人々は金をとることに夢中になって、人間の生命を正しく生かすことに無頓着《むとんじやく》すぎることは、決して人類が正しい道を歩いている事を示しているとは言えない。

西洋文明は、人類を正しい姿にもってくるにはあまりに白人種本位でありすぎたように思う。この点英国人は最も多くの反省を強《し》いられるべきだと思うが、今自分はそれ等のことにふれようとは思わない。

それ等のことは他の人に任せる。

自分はすんだことはすんだことと思う。我等に与えられたものは未来である。

人間は正しき姿で人間が生きられる世界を要求すべきで、その為に政治家や、実際家は働くべきである。

又個人々々も、事情が許す限りに於《お》いて、自分の生活を正しく築きあげるように協力すべきである。

決して僕は人間に不可能なことは求めない。又力のない人間に、力以上のことをしなければ救われないとは言わない。人間は自分の力相当のことをすれば、それでいいのであり、それで又充実も出来、喜びも得られるのだ。

しかし力が出来るに従って人間は自分の力相当に人類の為に働くことが必要になるのだ。

言葉で人間の役に立つ事が出来るものは言葉で人間の為に働くがいい。実行で人間の為に働けるものは実行で働くがいい。金のあるものは金で、体力のあるものは体力で、人間の為に働くのもいいのだ。

しかし人間の為に働くということは実に広いのだ。決して窮屈に考える必要はないのだ。いろいろの人が居るのだ。いろいろの方法で人間の為に働くべきで、すべての人が一色になる必要はない。

どんな小さい一つの研究も、それはどんな大きなことと関係するかわからないのだ。一人の人物を助けることは、何千何万の人間を助けることにもなるのだ。人類は頭数が多すぎるから、少し位無駄《むだ》が出来ても困らない。しかし人間は、自分が無駄な人間になるかも知れないから、無駄な人間を軽蔑《けいべつ》していいということにはならない。どんなつまらぬ人間の生命も尊重出来たら尊重すべきだ。しかし自分一人の生命さえもてあましているものが、他人の世話をやきすぎるのは考えものである。

四五

自分の仕事、自分の時間、自分の生命を先ず大事にするのは当然である。しかし大事にするというのは甘やかすことではない。贅沢《ぜいたく》させることではない、怠けものにすることではない。自分の仕事が出来るものは自分だけだからである。そして自分が本当に生かし得るものは自分だけだからである。常住坐臥《ざが》自分から人間ははなれるわけにはゆかない。他人はいくら愛したからと言って、他人である、そう自分の自由になるわけのものでない。いざという時に、自分のわきにいるものでもない。一々他人に相談してことをきめるわけにもゆかない。他人は他人の仕事をもち、時間をもっている。だから他人には他人を任せておくのがいいが、自分は自分の一生に就《つい》て責任ももたなければならないし、よく生かさなければならない。人間の為に働くと言っても、自分の言うことを一番よく聞いて忠実に働くものは自分以外にはない。

他人を信用しないのはいけないが、その信用の仕方は、他人は他人という基礎を許しての上の信用でなければならない。勿論信用出来ない人もいるが、信用出来る人は信用しなければならない。しかし他人に求むべからざるものを求めるのは、まちがいの元であり、人間は信用は出来ないなぞという結果になる。

人間はある程度の利己的なところがあるのは当然である。いかに友情が厚くも、いかに忠義な家来でも、わが身可愛《かわい》いにかわりはない。肉体の苦痛は他人に通じはしない。その人その人が自己の生命を愛し、又出来るだけ自分に託された一つの生命に忠実になろうとすることはよいことなので、自分の為に他人をまげようとするのは、まげようとする方がよくないので、その時他人が曲らなかったからと不平を言う権利はないのだ。

友情の価値は両方が独立性を傷つけずにつきあえるという点にあるのだ。

お互に自己を伴《いつわ》って仲よくなっているのだったら、その友情はお互に害がある。お互が自我を守り、お互が自己を生かし、それで益〻《ますます》お互に信頼出来、尊敬出来るところに美しい友情はなり立つのだ。勿論特別な場合、犠牲的にお互に助けあう必要な時もあるであろう。生命の危険を忘れて助けることもあろう。しかしそれはいざという時である。不断、一番あたりまえの時の友情は、お互が自己を曲げずに、自分の確信のままに生き、自分のいいと思う道を各自、歩きつつ仲よくやってゆけるのが、本当の友情である。

甲が七分自分の我を通すと、乙は三分きり我が通せなくなる。其処《そこ》で乙は三分の我で辛抱し、甲は七分の我で押通し、其処で友情がやっとたもてる、もし友情というものがそういうものなら、友情は馬鹿気たものである。

しかし友情はそんなものではないのだ。

甲は十、自分を生かし、乙は又十、自分を生かしてそれで益〻仲よく出来るところが友情の面白いところであり、又価値のあるところだ。

四六

人間は先《ま》ず自分をよく生かす、それから家族のものの為《ため》に先ず働く。これは決して悪いことではない。又エゴイストなことではない。国家にたいし、社会にたいする義務だ。

自分一人を持てあまして、他人に迷惑を与えて当然なことのように思っているものも時にあるが、そういう人は段々人々に嫌《きら》われ、排斥される。人間は自分のことだけでやっとであり、生きている内にしたいことは多いのだから、中々他の人のことまで手もとどかないし、責任ももてない。

しかし自分の家族にたいしては責任を持つ必要がある。なぜかと言うと、家族は一つの社会をつくる単位であるから、その単位にたいして人々は責任をもたなければならない。他人に迷惑を与えず、自分達だけで立派にそれを保ってゆかなければならない。

勿論、いろいろの理由があって、人間のことだから誰が死なないとも限らない。働きものに死なれて、いくら他人に迷惑を与えたくなくとも、どうにもならない家庭もあるであろう。そういう家庭は国家で係りの人をつくり、保護する必要がある。しかし働き者が居、責任をもって家庭をつくったものは、自分の妻子のことで、或《あるい》は自分の夫や子供のことで、他人の助力を求めるのは恥ずべきである。

我等は家族の為に生きればいいとは言わない。しかしせめて家族の為だけは働く必要がある。これが小単位と思う。

孝子が賞《ほ》められるのは、この家庭の重荷を親にかわって子供が背負い、他人に迷惑を与えないからである。主人がそれをするのは当然すぎるが、子が親を養うのは、殊《こと》に少年少女で、その大任を果すことは、いじらしいが、賞めていいことである。

家庭をよくたもつことは、子供をよく育てることを意味している。健全な家庭は、国家の柱であり、人類の生長に役立っている。立派な新しい人間をつくる程、人類の生長に役立つものはない。

だから恋愛とか、母の愛とか、父の愛とかが与えられていて、自然はぬけ目なく新しいよき人間をつくるようにさせている。

だからある年齢になると、一人ではおちつかず、よき相手をさがして家を持ちたくさせるのは自然の意志である。

ただ特に選ばれた人、特に仕事をもつ人は独身を許され、なお立派な仕事をすることを命じられる場合もあるが、普通は、よき家庭を持つことをもって人生の幸福とし、又人生の門出として祝されるのだ。

夫婦の調和も友情と同じく、両方が自分を曲げずに調和出来るのを一番いいとする。だから詐欺《さぎ》的結婚は、どうもいいとは言えない。

財産の詐欺は法律上の罪人になるが、生命の詐欺である詐《いつわ》っての結婚は、それが二重結婚だったり、所謂《いわゆる》結婚詐欺だと罰せられるだろうが、本当に詐って結婚し、家庭をもってしまう者は罰せられず、その為に泣き寝入りする人も少なくないのではないかと思う。

尤《もっと》も両方がだましあっている場合も多いのだから、あまりやかましく言う必要もない場合もあると思うが、用心すべきである。

無責任な仲人口《なこうどぐち》は慎むべきであると同時に、口さきに瞞《だま》されないことが必要で、惚《ほ》れっぽくなっている時は、殊に注意を要する。

殊に女の人は男の性欲と恋愛との区別がわからない為に、男の性欲を恋愛と思って身を任せて、あとですてられてあたら一生をムダにする人があるようだ。性欲《せいよく》は相手の運命を考えない。弄《もてあそ》べばいいのだ。どんなことでも言うのだ。自分の人格をさげることは平気なのだ。恋愛は人格を高める作用をするから、恋愛は男を賤《いや》しくしない。責任の持てないことは安うけあいしない。恥を知っている。

女の人が男の性欲を熱烈な恋愛のあらわれとまちがえているのを見るのは、はげちょろけの鍍金《めっき》を見て純金だと思っているのと同じように馬鹿気て見える。信用出来る人に相談すべきである。

四七

個人の力は少ない、だからあまりにいろいろの事を引受けることは出来ない。しかし自分の務《つと》めを果すことは出来る。だから何かの意味で奉公することは必要だ。奉公というのは勿論《もちろん》、女中に行ったり、小僧に行ったりするのではない。公《おお》けに奉仕するのだ。しかしこの奉仕にいろいろの仕方があるから、ある形の奉仕を強制するのは牛の角を曲げて牛を殺すような愚をする。人間には実にいろいろの人がいる。十人十色、百人百色、千人千色である。勿論、各自を勝手にさしていいというわけではない。百人の内七八十人は、勝手にさしておいたら怠けるかも知れない。又碌《ろく》でもない結果に落入るかも知れない。

教育は必要である。よき教育をすれば、三十人の内、二十四五人は立派な人間になり得る。僕は自分の僅《わず》かの経験で言うのだから、これが標準になるとは思っていない。ごく大ざっぱのいい方だが、人間が三十人いれば、病的な人は別として、その内の二三人は出来の中々いい人がいるように思う。そして又二三人頭の悪い人がいる、性質の面白くない人も一人二人いるかも知れない。

その他は普通である。普通な人は善良な人間になればそれでいいのだと思っている。彼等は幸福に勤勉に、自分に与えられた仕事をし、よき家庭をもち、日曜日をたのしく過ごし、適当の娯楽をとることが出来ればそれで不服なく生きてゆける人と思う。

善良な愛すべき人は、害のない、頼りにはあまりならないにしろ、国家にとっては一番大事な人と言ってもいいかも知れない。なぜかと言えばそういう人は一番すなおな国民になり得るからだ。その時の社会の命じるままに、善を善とし、悪を悪とし、別にそれに大して疑いもはさまない人と思う。勿論そういう人も、金も、名誉も嫌《きら》いではないが、ごく平凡な一生を送って、別に苦しみもしないように思う。たのしくらせればそれでいい人だ。下等な方の少数な人は、これは健全な社会だったらそう害もおよぼさないが、しかし信用の出来ない、ずるい、何をするかわからない。自分の娘は、こんな人にはやりたくないと思う人々である。頭の悪い人は世間的に敗者の位置につくべき人で、保護していい人である。

あとに残った頭のいい、性質のいい、又面白い二三の人は、有為の人になれる人で、信用の出来る人だ。

僕はそういう人が境遇の為に、自分の真価を十分に発揮出来ずに終ることを惜むものだ。こういう人は国家が保護して、あらゆる方面に、その人のやりたいことをやらして、発達出来るところまで発達さして見たいと思う。

人間は素質よりも、不断の勉強で進歩するものだが、この進歩出来る素質というものがある。進歩があるところまでは早いが其処で止まるという人と、進歩は早くっていつまでも止まらない人、遅いがいつまでも止まらない人がある。このいつまでも止まらずに進むことが出来るものに自分は大いに期待するもので、こういう人は、その人に向く仕事をさせるべきで、傍《はた》で何をしろと命じるべき人とは思わない。

その人に十分の力をのばせるように注意して、その人間の力を十分にのばしてもらうことが必要である。

我等は死んだ人間を尊敬するのはいい。過去に人類の為に働いたものに人類が感謝し、過去に国家の為に働いたものに国家が感謝するのは当然である。

しかし死んだものは死んだものだ。それ以上働いてもらうわけにはゆかない。今後生まれる人も、さぞいい人が生まれてくれると思うが生まれるまではどうにもならない。

我等は今生まれているもの、そして生きているものに、出来るだけ働いてもらうようにするより仕方がない。文明というのは、そういう人の真価を地上にはき出せるだけはき出させることが出来る、設備が出来ていることを意味する。

享楽《きょうらく》的な設備は文明の悪い花である。それを一々否定はしないが、文明の健全な花はより尊敬されなければならない。

文明の健全な花には健全な実が結ぶであろう。真の文明は讃美《さんび》すべきだ。人々は其処では人間の手によってつくられる限りの極楽を、この地上に建設することが出来るであろう。それはいつのことか知らないが、人間の本来の生命が尊敬され、それが美しく生育するところにその文明の実が結ぶであろう。人々は生活を楽しみ、失業の心配は勿論、生活の心配から解放され、器械は人間に奉仕して、奴隷《どれい》の役目をひきうけ、人々は独立人として、お互に迷惑をかけずにすみ、すべての人が、今の金持以上の豊かな生活が出来、この世は限りなく美しく、芸術の楽しみは誰も味わいたい時味わえ、友情は美しく生きて、進んで義務を果たせ、お互に尊敬しあえる世界。耐えがたき肉体の苦痛は征服され、耐えることが出来る適当の苦痛は喜びの加味料程度にのこされるであろう。

人々は平和に死んでゆけ、愛はすなおに生きる。地球上ゆきたいところにはいつでもゆけ、行くさきでは何処《どこ》でも歓迎され、生命の危険がなく、言葉の不自由もなく、誰とも心からつきあうことが出来る。

かくて人類は益〻《ますます》進歩し、人間の生活は益〻豊かに楽しくなる。誰でも人間に生まれたことを喜ばないものはなく、そして死ぬ時は又、何となく死ぬことが愉快に安らかになる。死の恐怖の苦痛は人間の手によって征服される。しかも人々は喜んで生きてゆくのだ。

自然は遂《つい》に人間が自分の思う通りの世界へ入ったので、人間に人間を任せて安心するのだ。

かくて遂に人間の世界は来て、人々は美を讃美し、愛しあえばいいのだ。すぐれた音楽家で一杯、すぐれた画家も一杯。すぐれた詩人も一杯。すぐれた舞踊家、美しい人間も一杯。見るもの聞くもの、美しきものばかり、しかも人の心は美しく、努力なくして道に叶《かな》い、欲するところを行うも、規《のり》を越えない。

この世は美しきかな。

しかしこれは今の我々にとっては夢である。

料理の名人、衛生はゆきとどき、金はなくとも何一つ不自由はない世界、皆が一家のようにくらすのだ。自分のものに金を払う馬鹿はないのだ。しかも食いたいものは満足するまでたべられる。何処へいっても兄弟姉妹、二三時間も働けば働きすぎる。その時でも人間は、もっといいもの、もっと美しきもの、もっと人の心を喜ばすものを求めて進んでゆくであろう。

四八

未来のことは未来の人に任せよう。現在の我等は理想の世界に遠いことを残念に思うが、しかし我等はいたずらに悲観するのをやめよう。過去の人間はもっと苦しい時代を生きて来た。人間は随分今までにいろいろの時代を通過した。そして我等はそういう時代を通過し、突破したものの子孫だ。意気地のないことは言わずに、我等は与えられた運命を人間らしく生かそう。

人間は何よりも生きぬくことが必要だ。死ぬまでは生きるのである。生きている以上は何かするのである。自分の仕事を忠実に果すのが大事だ。しかし諸君等の仕事が下らない仕事だったら、適当にそれはやってのけて、そして自分の時間でこつこつ勉強すべきだ。

何にもやりたいことがなかったら、先ず身体を大事にし、そして読みたい本でも読むがいい。そしてよき友でも見出《みいだ》すがいい。諸君は出世したかったら十人並の誠実さでは駄目《だめ》である。又十人並の努力や、勉強では駄目である。しかし世間的に出世したくなかったら、仕事によったら、そうムキになる必要もあるまい。今の時代には金となる仕事には、面白くない仕事もあるから、その仕事にムキになれとは僕は言わない。

しかしムキになれる仕事を幸い諸君がやっているなら、何処までもムキになってその仕事を忠実にやるべきだ。喜びはその内にあり、君達の智慧《ちえ》は増し、才能もますであろう。人間にとっての喜びの一つは進歩である。

人間は段々馬鹿《ばか》になりたい動物ではない。段々下手《へた》になりたい動物ではない。益〻利口になり、益〻上手《じょうず》になりたい動物だ。いろいろのことが段々わかってゆくことは喜びだ、健全な喜びだ。それ以上、この仕事はどうしたら更によくゆくかを考えることは立派なことである。同じく働く人々を、どうしたら幸福に出来るかと考えるのも美しい事だ。しかし己《おの》れの力を知らないで、いいことさえすればいいと言うのはまちがいだ。この世はいろいろの関係で進んで来ているのだから、その関係がなおらずに、一つの歯車だけをなおすというわけにはゆかない。無責任なことも、性急もいけない。しかしいいと思うことは何処までも考え、信用の出来る人と相談するのはいい。しかし、不平や、反感で事は中々うまくはゆかない。親切と、同情と、察しが必要だ。人間同志の関係は中々微妙だ。人間は誰でも世の中をよくしたいとは思っているのだ。しかし中々ならないのだ。だから自分の力を買いかぶるのはよくない。しかしこうすればよくなるということが、わかっていたらその考《かんがえ》を黙っているのも惜しい。友人に話すのもいいだろう。信用のおける人に聞いてもらうのはなおいいであろう。

この世の中を段々よくすることは美しいことだ。よくならないにしろ、まちがいのない意見なら、何処かに友を見出《みいだ》すだろう。孔子は「徳孤ならず必ず隣あり」と言った。

ききめはないと思うところに、いつかききめはあらわれてくる。

それよりまちがいのないことは、自分をよき人間にすることだ。親切な信用のおける、真面目な人間に築きあげることだ。よき本を読むことも必要、考えることも必要、実行して見ることも必要。

人間が生長するには、先《ま》ず教われるだけ他人から教わり、自分でそれがまちがいであるかどうかを考え、しかる後に実行することだ。

いいと思ったことはどんな小さいことでもするがいい。早起がいいと思えば早起、勉強するがいいと思ったら勉強、仕事を忠実にしようと思ったら忠実に、怒るのをやめようと思ったら怒らないように、怠け心と戦う方がいいと思ったら戦え。

どんな小さいことでも少しずついいことをすることはその人の心を新鮮にし、元気にさせる。

自分をよくする余地がある限り自分をよくする。自分をよくすることは間違いないことだ。しかし他人の思惑を考えて、いいことをするのは面白くない。他人はどうせ冷淡なものだ。注意して見てはしない、苦心の効果は他人本位だとゼロにちかいであろう。その為《ため》に馬鹿気ているとか、つまらないという考を起すなら始めっからやらない方がいい。

よくするのは自分を元気にするため、自分の気持を充実させ、何となく自信を得る為なら、必ずその効果は上る。そして勇気もわく。しかし他人本位でやったら偽善になり、却《かえ》って他人に嫌《きら》われる。

自分をよくすれば、自然や、人類に愛されることはたしかだ。もし自然や人類から愛されず、内から生命がわいて来なければ、それは本当の意味で自分をよくしたのではない。其処《そこ》に何かまじりものがある。

真に自分を少しずつでもよくしてゆくことが出来たら、自《おの》ずと愉快になり、又力がわいてくるのは事実である。決心を新たにして、勇気がわかなかったら、それは決心を新たにしたのではない。

四九

自分の生命にぴったりした仕事をやることが出来るものは仕合せである。その人は自分の仕事をしていれば、益〻頭がよくなり、元気になり、はっきりいろいろのことがわかってくる。自分の仕事に、自分を捧《ささ》げて後悔しない。ただ自分の力の不足を残念に思うばかりだ。しかしそれでも一日々々実力がませば、自ずと愉快になるわけである。

「彼も人間、我も人間、彼に出来ることは我に出来ないわけはない」

こういう言葉がある。だが人間は一足とびに名人になるわけにはゆかない。碁将棋《ごしょうぎ》の名人とヘボとの間は随分ひどい差があるであろう。両方人間にはちがいないが、年期の入れ方がちがい、精神のつかい方がちがう。

　それの如《ごと》くどんな仕事でも全精神をこめて仕事をするものが、五年十年二十年と同じ仕事に、同じく熱心に力を集注すれば、遂には他の人には出来ないことを平気でやってのけるようになるであろう。それは一朝一夕の骨折りではない。だから人間は何か仕事をしようとし、その点で万人に優《まさ》るものになろうと思えば、それだけの努力、苦心、精進、年期が要《い》る。他の人に真似《まね》が出来ないだけにその道に力を尽したものは、いつのまにか、他の人を追い越して段々他の人が真似が出来ないところまで入りこむ。つまり堂に入るわけだ。

　それは見かけだけの勉強や、修業では駄目だ、真剣に毎日、仕事に取組んで、あらゆる方面から目ざす方に肉薄してゆくことが必要だ。それが出来る人なら、そして十年一日の如く精進する人なら、遂にものになる。その人でないと出来ない仕事が出来、人類を大木に比較すると、その人は一本の枝を、今までよりも一寸なり、二寸なりのばしたことになり、人類はそれだけ生長したことになる。

　自分は人間は努力だけで救われるとは思わないが、しかしこういう努力をした人は、どの方面でも尊敬されていい人と思う。その道では天下の人を導く力を持っているわけだ。

僕は人類が生長する一つの方法として、自分の天職を何処《どこ》までも掘りさげ、又進歩させたものをほめる。仕事によっては大小もあり、尊敬の程度に差はあるが、しかし前人未踏の世界へ入りこめた人はほめていいと思う。

五〇

教育の方面でも、大衆を教育することも一つの立派な仕事である。それも人類の文明のレベルを高めることだ。人類の生活の地平線がそれで高まるから。

しかし大衆には直接理解されないでも、大衆の先生の先生、又その先生という人もあり得る。その人は自分だけで、進めるだけ進んだ人で、すぐ大衆はその人の言葉を聞いてもわからないが、先生の先生にはそれがわかり、その本当さがわかる。その先生が次の先生にわかるように説明し、その次の先生が大衆にわかるように説明するということもあり得る。だからいきなり大衆を教えないでも、自分だけ進みすぎて真理を会得した人も、決して無意味な仕事をしたものでなく、実に立派な仕事をしたと言うべきで、かかる人こそ、滅多に出ない天才とも言われるのだ。

その人その人に、その人に適当な使命があるのだ。鵜《う》の真似をする烏《からす》は馬鹿気ているように烏の真似をする鵜はなお馬鹿である。

五一

自分の仕事に没頭出来るものは自分の仕事に没頭させるがいい。怠けものは仕方がないが、真理を求める人、世の中の為に働こうという人、人間の為になることを研究している人、その範囲は広い、そういう人にはその方に没頭してもらうがいい。

天才ある芸術家なぞもそうである。他のことをやってもらえば、半人分か、三分の一人前きり働けないものが、画をかかせれば、人類のある限り、美と喜びを送ることが出来る画家があったらそれは画をかいてもらうがいい。

ろくな画がかけないくせに、画家でございと言ってすましていられるのは迷惑だが、しかしそれも他に自分の仕事をもって、余暇でやるなら、いい楽しみだと言える。しかしそんな画をかいて、他の国民の義務を怠っていいと思われてはたまらない。食えない画家がこの世にいるのは当然である。しかし秀《すぐ》れた芸術家は尊敬すべきだ。大衆にわからないでも、すぐれた人々を喜ばす芸術家というものはあり得る。それは又それでいいのである。

金とり仕事は、そのとった金で家族を養ったり、何か有益なことにそれを使うならいいが、金とるそのことだけでは、我等の人格は高めないし、我等の叡智《えいち》は深めない。

又我等の良心を喜ばさない。よりいい仕事をしてゆくことはそのことで愉快であり、進歩したことになる。

又他人の生命に奉仕する仕事も美しい。つまり我等は、我等に託された生命、又他人に託された生命のために、直接、間接、働くことを、自然や、人間に命じられているのだ。だからそういう仕事をしていれば、心が安心し、傲《おご》りを感じることが出来るが、誰の役にもたたない、自分や他人を下等にするだけの仕事をしていたのでは、気がひけるように出来ているのだ。

しかし大体の人は病的な社会に圧倒されて生き生きした感じをなくしている、彼等も生き生きした人を愛しはするが、中には自分が怠け者であることをごまかす為に、他人も怠けることを奨励するものもある。又自分をよくすることで競争する生長力がなくなっているので、他人を悪くすることで自分の方が勝ちたがるものもある。他人の生き生きすることに嫉妬《しっと》を感じるものもある。だがそんなことを恐れてはいけない。他の人はどうあろうとも、自分の仕事に忠実に、誠意をつくすことが必要である。多くの人が生長力を失う時は、なおさら元気に生長してゆく必要がある。

生き生きすることが必要であり、学ぶことが必要であり、決心を日々新たにし、本当と思うことを行うことが必要である。

五二

人生は理窟《りくつ》で見ればくだらないものである。客観して見れば虫の生活とそうちがわない。自然にとって、宇宙にとって、我等の生死は問題ではない。

この世のあらゆる不幸なことも、自然の目から見たら、零《ゼロ》に等しい。しかし人間にとってはそうではない。其処が面白いのだ。

我等は人間だから、百も生きた人を見ると、その人が長生きしたのに驚き、何か人間ばなれをした人のような気がするのだ。七十八十までも生きれば相当長生きした気になるのだ。無限の時間に比較して人生の長さを我等ははからないのだ。

我等はそうつくられているのだ。我等が二本の腕をもつことで満足し、二つの目、一つの鼻で満足している。それはそれで満足するようにつくられているからだ。三つの目、四つの目なんかほしくはない。我等の嗅覚《きゅうかく》は犬のように鋭敏でないことを我等は少しも不服に思わない。むしろそれを喜んでいる。

我等は、つくられたもので満足するように出来ている。満足するという感じも自然から与えられたもので、人間が勝手に感じるものではない。

其処が人間の面白いところで、其処に人間の救いがある。主観は人間が勝手に感じるのではない。そう感じることを自然に命じられてそう感じるにすぎない。

このことを自分はしつっこく言うのは、人間の救いが其処にあるからだ。

我等は勝手に生きることで、我等をつくったものを喜ばすわけにはゆかない。其処に我等の罰がある。身体《からだ》を大事にしないと、病気になる、どうせ人間は死ぬものだ、病気なぞ何でもないと理窟は言うかも知れない。しかし病気になれば、実に弱る、実に困る、実に不快だ。病気なんかどうでもいいなぞとは言えない。

健康になると、実に元気になり、気持がよくなる。それは理窟ではない事実だ。我等が怠けると何となく心が空虚になり、たよりがなくなるのは事実だ。そういう時に発奮して自分のなすべきことを立派にすると実に気持がいい、それは事実だ。

気がとがめるということは実にいやなものだ。だがさっぱりするということは嬉《うれ》しいことだ。

人間は人間の手でどうにもならないことはあきらめねばならない。しかし少しでも自分をよくする余暇や、余力があったら、よくしてゆくことが必要だ。それが出来る時は、何となく愉快であり、はりあいがあり、充実した気持になれる。

それは人間はよりよき世界を望む動物だからである。

この世に生まれて風の吹き廻しで、無意味に生きればそれでいいと言う人は、少なくもその間は酔生夢死でいい、なるようになる。元気に任せて、人類の運命から迷い出ても、別に罰を受けずにすむかも知れない。道徳は法律ではない、運命や自然は人間のことにあまりこせこせしない。だから悪人栄え、善人亡《ほろ》びることもあり得ないことはない。

しかしそれだから悪を行っていいと言うのではない。悪は結局罰を受けるだろう。しかし善だってこの世的に罰を受けることはいくらでもある。

しかしそういうことは別として、我等は悪を行って罰せられることよりは、善を行って罰せられることを傲りにする。我等を導くものは内心の傲りである。それは我等が勝手に感じるのではない。

「内を省みて疚《やま》しくなければ、何を懼《おそ》れ何を憂《うれ》えん」と孔子の言ったことは本当である。

肉体は時に驚くかも知れないが、精神は驚かない。悪い時は悪かったと言うべきだ。しかし悪くない時に悪いとは言えない。

我等を導くものは、我等の内に働くものだ。

他人の裁きにはどうしてもわからないものがある。我等はそれを承服出来ない時がある。しかし内に働くものは、我等を偽らない。心が空虚になったり、とがめたり、自信がなくなったりする。正しい時はその反対で、我等は権威を内に感じることが出来るのだ。

ありがたいと思う時はありがたいのだ。元気な時は元気だ。愉快な時は愉快である。心が満足している時、無理に不満足を感じなければならないということはない。

それは自然から許された感じなのだ。だから死ぬ時、勝利の感じを持ち、凱旋《がいせん》するような気持で死ぬことが出来れば、それは死に負けたのではない。

人間は石ではない。人間は又山や海ではない。人間は感覚や、感情を自然から与えられている。それは無意味に与えられているのではなく、実に人間相当に与えられているのだ。

だから人間はその天与のものを尊重して、それによって人生を肯定すべきだ。

人間が他の動物とちがうことは、人間の心が複雑であり、人間の欲も複雑であり、感じも複雑なことだ。他の生物は、自分の心の調和なぞは問題にしまい、又あらゆる自然から与えられたいろいろの材料を人間のように生かすことは出来まい。

それだけ簡単であり、単純である。彼等も幸福とばかりはゆかない。しかし彼等は肉体だけ健全で、死の恐怖さえなければ、彼等は仕合せで、心の煩悶《はんもん》は少ない。尤《もっと》も彼等の内にも社会性の実に発達したものがあって、全体として協力して生きてゆく仲間がある。個人的でない生活をしているものがある。蜂《はち》とか蟻《あり》とかはその最も著しい例であろう。

そして其処《そこ》にはある道徳のようなものもあるかも知れない。しかしその能力は人間にくらべたら零に等しい。少なくも本能だけたよりにしている。人間は存外本能によって、ひきずり廻されてはいるが、しかし、人間は彼等よりあらゆる方面が発達し、よくこんなに賢い、利口な、よくいろいろのことがわかる、頭というものが、人間に与えられたものと思う。実に不思議なことで、こういう風に物質を組立てるのは大したものと思う。遺伝の法則なぞも事実だから認めるので、それで不思議でないとは言えない。

かく人間は微妙につくられていて、この地上にあるもの、又天体にあるものの、いろいろのことを知り、又それを自分達の生活に応用することを知っている。今にどの位人間が進むか、見当はつかない。

それだけの能力が与えられているので、却って人間は自然の意志——神の意志、天道と言ってもいい——からはみ出やすいのだ。その結果、人間の本来の生命の姿を見失い、どう生きるのが本当かということを忘れ、何度も言うが、人間の弱点を利用し、又社会の病所を利用して、働かずに褒美《ほうび》ばかりをもらおうとする。美食を享楽《きょうらく》するために、腹がはることに不平をこぼし、性慾《せいよく》の快楽をより多く享楽するために子供を生まずに快楽だけを盗みとることを考えだす。

それもある程度なら、見のがしていいと思うが、その為に、大事な務《つと》めを忘れ、主人から命じられた仕事をせずに、遊ぶことばかり考える下男のような生活を送り、それで自然から愛されないことを不平に思い、不思議に思う。

彼等のあるものは生まれた以上は、生かしてくれるのが当然だ。喜びを与えてくれるべきだ、不幸に逢《あ》わす法はないなぞ言う。まるで生まれる時神様の口車にのってつい生まれてやったのだという顔をする。

しかし我等は神様にだまされて生まれて来たものではない。自分が生まれたがって、盲目的に他を排して生まれて来たのだ。

勿論《もちろん》生まれた責任を自分はやかましく言おうとは思わないが、勝手に虫のいい要求をする資格はないのだ。

その資格がないにかかわらず、我等が多くのものを与えられていることを喜び、それをよく生かして、まるでヴァイオリンの名人が四絃《げん》をいかすように、よく生かして、生命を肯定する曲を一生をもって奏しようと努力すべきである。

それが出来た人間が、聖人であり、哲人であり、賢者である。又詩人であり、芸術家である。又人間の教師であり、優《すぐ》れた人々である。下手《へた》なところに石をおいては運命と碁《ご》をやってもまけるのは仕方がないのだ。

人間に精進が必要なのは、人間は自分が与えられてい、それを十分に生かすことを命じられているからだ。

五三

しかし個人の力は知れたものであり、人間の寿命は無常なものである。我等をつくったものは我等の力を知っている。力のないことをしろとは言わない。だからするだけのことをして、あとは何かに任せるより仕方がないのだ。人間は不可能なことをもって、人間を責めるものを、わからず屋と言う。

溺死《できし》しかけている子供を救おうとして共に死んだ教師を誰が責めるか、一人が死ぬところを二人死んだと言って責める人があるか。人情を持っているものなら、その教師の死を讃美《さんび》し、涙をながし、美談として語り伝えるであろう。不可能なことをもって、人間は人間を責めないのである。

五四

智慧《ちえ》を自分は馬鹿《ばか》にしない、愚かな母は子供を愛しても、その子を健康に育てることを知らない。立派に育てたく思っても立派に育てることは出来ない。

愚かな先生は、誠意はあっても、子供に正しくものを教えることは出来ず、ごまかしの生徒をつくり、意気地なしの、生長力の弱い生徒をつくる。

人間の肉体が鍛えられるに従って丈夫になるように、又発達するように、人間の脳の細胞もよく働かすことによって、質を緻密《ちみつ》にし、又よく活動するようになる。人間は考える動物で、それが人間を今日まで進めて来た、大きな原因の一つだから、智慧は馬鹿に出来ないことはわかっている。

いくら人が善良でも頭が悪くっては、過《あやま》ちを犯しやすい。だから正しい教育が必要になるのだ。

愚かな医者にみてもらった患者は気の毒だ。愚かな政治家に国政をとられる国は気の毒だ。人間にとって馬鹿と言われることは大なる恥である。しかし人間の智慧を最上のものと思うものは又利口ではない。

人間の智慧で理解し得られる範囲は、実に僅《わず》かなものである。人間はいろいろのことを知っている。時に知りすぎている。しかし大事なことは何も知らないという人が多いのである。金もうけはうまい、しかし人間はどう生きればいいかはまるで知らない人がある。

ある知識はある知識として尊敬するのはいいが、それ以上のものがあることを知らなければならない。

地球はどうして出来た、それは説明が出来るかも知れない。しかし何の為《ため》に地球が出来たかを知る人はあるまい。

地球は始め気体のかたまりであった。そして何十億年前に地球は今に似た形になり、ある機会に生物が生まれた。それはわかる時があるかも知れない。しかしそれが人間までなぜ発達することが出来たか、なぜ又発達する必要があったか、地上は石ころばかりでもいいのではないか。

月のようであってはなぜいけないのだ。生命のあるところなぜ生きるに必要なものが生じたのか、それはわかるまい。

それがわかれば、我等の生きる道もわかるわけである。しかし知識的にそれがわかるか。人間の感情がどんな微妙な動きをするものか、それが人間の智慧でわかるか。わかることは大ざっぱのことで大事なことはわかっていない。大事なことがわかっている人があるなら、自分はいろいろ聞きたいことがある。

しかしわからないから、我等はつまらなくくらさなければならないということはないのだ。最高賢者の一人は何も自分は知らないことを知り、又それに匹敵する賢者は「知らざることを知らずとせよ」と言った。知らざることを知らずとするもので、始めて知ったことが役に立つのだ。何でも知っていると思うものに導かれるものは禍《わざわ》いである。

彼等がもし人間をつくったら、どんなにグロな、そしてぬけ目だらけのものをつくったろう。第一それだって出来ないにきまっている。

我等は色彩を目が感じるのは、光の波動の工合だということを知っている。しかしなぜ形の美しさとか、色の美しさを感じるか、それは知らない。知らないでも我等は美を感じる事実に動かされることに変りはない。

味は舌に有る味覚が刺戟《しげき》されて、それをある神経を通して、我等は感じるのであろう。どう刺戟したらうまさを感じるか我等は知らないでもうまさを感じるのだ。

今に人間が進歩して腹をはらさずに味覚を刺戟して美味のオーケストラ位発明するかも知れない。しかしそういう刺戟をするとどうしてうまみを感じるかそれはわからないであろう。事実を事実として認めるだけの話である。

我等が友達を好きになる。或《あ》る友達とは気らくに何でも言えるようになる。それは何故《なぜ》だか知らない。しかし事実その友と話せば気持がいいことだけ知っている。

知識は決して馬鹿にしていいと言うのではないが、一番大事なことは知識ではわからない。知識はその大事なものをどう生かせばいいかを知るもので、大事なものをつくり出す力はないのだ。

そしてなまじっかの知識をもっている、所謂《いわゆる》半物識《ものしり》よりは無智《むち》な人間の方が、生きして、気持のいい場合はいくらでもあり得るのだ。なまじっかの智慧者は物質的にものを見、人情を軽蔑《けいべつ》し、人間の生命を尊重しない。尊重するとしても、それは人間らしい人間として尊敬するのではない。功利的な意味で尊重するのだ。智慧は人間に必要な物質をつくり出すのに役に立つ。又戦争なぞも智慧がなければ負けるだろう。我等は野蛮人でないことを喜ぶ。文明は人間の知識が生み出したと言える。しかしそれだけに、今の文明の病所もまちがった知識の為だと言える。

もし正しい知識で、人間にとって一番大事なものを中心にして、文明をつくることが出来たら、我々は現世よりもっと楽しく、お互に愛しあい、尊敬しあって生きてゆけたであろう。

多くの人の智慧や労働は金とりに向けられて、人間の生命がよりよく生きる方に向けられなかった。現代では我々は亡国の民にはなりたくないから、外国と戦って負けないだけの用意はいつも必要と思うが、それと同時に国民の生活を、人情を中心にして美しく形づくることが必要である。

我等は器械の器械になったり、金もうけの器械になったりして、最も人間らしい心をすりへらされている。僕等はまだ不幸な人間の方ではない。不幸な人間はいくらでもいる。それを助けたがっている人も居るのだ。何かの方法で、人間は正しき労働をすれば、過労せずに生活の安定が出来、病気の時は安心して養生が出来、そして美しい家庭を持つことが出来、美しき友情にかこまれ、そして時々勇壮なスポーツをやるなり、見るなりし、又いい音楽や、芸術にふれることも出来、学問したい人はいくらでも学問し、学問のいやな人は自分に適当な労働をし、そして金がほしい人は、余暇で働いてつくるなり、他人を貧しくしない方法では自由に金とりを考えられるようにし、それ以上、自己完成と、他人への愛や、友愛が自然に生きられるようになったら、この世はずっと住みいい、気持のいい、健康なものになると思う。

その時でも優《すぐ》れた人は、立派な仕事をし、又人々のために犠牲的精神も生かし、人々に尊敬されるようになるだろう。

そして普通の人は幸福に健康をたのしめるであろう。

その時でも不幸な人はあると思うが、それは出来るだけ守護され、同情され、慰められて死ぬ時は死んでゆくだろう。それはやむを得ない。しかしなおせばなおる病気、ひどくならない内に十分の養生が出来る世界だったら、今の世に若くって死ななければならないものが長生き出来るようになるだろう。

僕は人間の本来の生命を健全に生きられるだけ生かすことが、人間世界に許された、一番幸福なことと思う。そして自分の義務を悠々《ゆうゆう》と、立派に果して、その余暇を十分に楽しめたら、人生は愉快なものになるはずと思う。この世は人生を中心として建設されるべきで金銭をもうけるべきところではない。ただ外国と戦って不敗の用意は必要であるから、その手段は講じる必要があると思うが、その為に金も必要と思うが、それは金の為に人間が働くことを意味しない、祖国の為、又同胞の為に働くことを意味している。そして祖国の人々の生命が美しく生き出したら、外国の人達も、我等の国の人々を羨望《せんぼう》し、同じように生活出来るようになることを望むようになり、我に教えを請《こ》うようになるであろう。

我等は先《ま》ず協力して祖国の人々の生活を正しき基礎の上におきたい。それは正しき労働の上に生活を築きたい。他人の利己的な仕事を手つだうことによって生活せずに、国家の繁栄、国民の生命完成の仕事の為に先ず働きたい。人間の生命の為に働きたい。

正しき学問、正しき労働、正しき技術、正しき自己完成は必ず人間の為になるべきである。

日本を健全な国にすること、つまり日本の国民が一人でも多く自己を健全にすることが出来るようにすること、それはこの世に於《おい》て正しい仕事である。先ず自己の義務を果す。それは立派なことである。だから我々は出来るだけ己《おの》れの真価を知り、自分はいかなる方面に進んだらいいかをきめ、その方に出来るだけ熱心に進むべきである。しかしいろいろの事情が許さぬ時は、暫《しば》し実力を養って許された仕事で生活するのも仕方がない。しかしいい機会が与えられたら、自分の信じる道を歩くのがいいと思う。しかし現実の力を知らぬものが、虫のいい考を起して自分の実力を考えずに自分のしたいことをしようとしたら失敗するにちがいない。我等の内に働く生命力は決して弱くはないが、しかし現実の力も決して馬鹿にはならない。

だから真に自分の本心に従って生きようとした宗教家達は乞食《こじき》の生活を恐れなかった。現実にやっつけられるだけやっつけられても、乞食以上にはやっつけられないことを知っていた彼等は、その生活に甘んじて、自分の行いたいことを行い、言いたいことを言った。しかし其処《そこ》まで決心のつかないものは、現実とある妥協が必要になる。この妥協を多くの人はよぎなくされるので現実はついに勝利を得、社会は益〻《ますます》人間の生命を無視して進歩するように見える。しかし人間の内心の要求はなくならないのだ。人は本心に従わないと精神上の朗かな健康さは得られないのだ。

「青空のもとにわれ立てば俯仰《ふぎょう》恥じるものなし」

というような気持にはなれないのだ。何となく気がひけるのだ。しかしそれだけ正しい世界を憧《あこが》れて修業をつめば、充実した気持を味わうことが出来るのだ。

「ふまれても、ふまれても、
我はおき上るなり
青空を見て微笑《ほほえ》むなり、
星は我に光をさずけ給《たも》うなり」

「歩いてゆけなければ
はってもゆこう
極楽の道
すべての人の生きる道
途中でくたばったら
叫ぼう
あとからくる者万歳

私達に出来なかったことは君達がする。
君達に出来なかったことは又あとの人がする。
人間は生きぬくのだ
貫徹するのだ。
極楽の道
すべての人が生きる道」

五五

生命の泉から真っすぐに生命の血が流れている。噴出している。この力によって人々は生まれかえり、生きかえる。そしてくたばるまで地上で戦いぬき、くたばるとあとの人に任せて自分は地上から去ってゆく、残るものは白骨とその人の地上でした仕事ばかりである。人類は自分に害のあるものは忘却の谷にほうりこんでしまう。三本の十字架にかけられた男の内、人類はキリストだけを覚えている。

多くの人は生きて死んだ、すべての人を覚えなければならなかったら大へんだ。忘れていい人が多いことは実にありがたいことだ。しかし名は忘れられたが、その人の仕事は忘れられないことはいくらでもある。君一人の身体をつくったものの名は殆《ほとん》ど忘れられているだろう。御両親の名、その御両親の名等々は覚えているかも知れないが。

ミロのビーナスをつくった男は誰か。名は忘れられたが、作品は輝いている。その作者に影響した人々、その作者が生まれるまでの人々、何処《どこ》かへ消えたが、無意味に消えたとは言わさない。

よし作者の名がわかったとしたところで、その作者のことを本当に知っている人があるか。

レオナルド・ダ・ヴィンチ。あんな孤独な男が何処にあるか。

大勢御弟子をつれていたが芭蕉《ばしょう》の心が本当にわかっていた人は何人いるか、芭蕉は孤独でなかったとは言えまい。

孤独は人間の運命である。不平を言うのは勿体《もったい》ない。其処に何か来てその人を抱いている。

君は自然を不思議とは思わないか。

僕がここで一番言いたいのは、自然のその不思議さなのだが、しかしあまりに人間はその不思議さになれていて、どの位不思議かということを感じさせることが出来ない。

五六

僕はすぐれた人間や、美しい人間をいくらでも平気でつくり、平気で齢《とし》とらせ、平気で死なせてゆく自然に驚く、しかしそれ以上にこの地上に人間のような微妙な生物をつくり得た、その原動力に驚き、その結果に驚く、何と何の化合でこんなものが出来るのだ。生命のあるところ、生命に必要な細胞を生き出させる能力に感心するのだ。人間の知性でそれが説明出来た時、人間がなぜこの地上に生まれたか説明が出来る時だろう。しかしその説明が出来ない限り、我等は、目あるが故《ゆえ》に見、耳あるが故に聞き、舌あるが故に食い又饒舌《しゃべ》るより仕方ない。そして与えられた能力を人間らしく最上に生かして、人間生活を光輝あるものに努力するより仕方がない。

そして肉体をこれ程まで微妙につくったものが、人間の本能とか精神とかを無意味につくるわけはないことを信じるのだ。そしてその微妙さに感心すればする程、我等はそれを畏《かしこ》んで、それをよく生かしたく思うのだ。

ヴァイオリンを少しきりひくことが出来ないへボ音楽者はヴァイオリンの絃《げん》が四本なので不自由だ、もっと絃が多くないといい音が出ないと言うかも知れない。少なくも彼等はいい音を出さないのは事実で、その責任をヴァイオリンのせいにしかねないであろう。

これは譬話《たとえばなし》であるが、たしかに四絃をよく生かすことの出来ないものには、ヴァイオリンは悪《あ》しき楽器であろう。彼等はどんないいヴァイオリンをひいても、ろくな音楽を奏することは出来ないであろう。そして彼等は、自分が悪いとは思わず楽器が悪いと言うだろう。

ある文士が、人生が下らないのだからいい文学はかけないと言ったと聞いたことがある。聞きまちがいかと思うが、万一そういう文士のような俗人がいるとすると、それはこのヴァイオリンを悪口言う音楽者以上に愚かな人間である。

名人はヴァイオリンをいくらひいても、いくらひいても、なお自分の力の足りないことを感じる。決してヴァイオリンの悪口は言わない。自分の力の不足がよくわかるからだ。もう一息、もう二息というところがわかるからだ。微妙な上にも微妙な呼吸がわかるからだ。人間はどうしてああまで微妙に、また自在に、音で感じが出せ、又伝えることが出来るかと思う程だ。人間の出来の微妙さはこれでもわかると思う。そのように、否《いな》、それ以上に人生の天才は人生に与えられているものが、あまりに豊富なのに驚くのだ。

どの方面、どの方面でも、わけゆけば限りがないのだ。どうして人生に愛想がつかせよう。この世にはしたいこと、又しなければならないことがいくらでもあるのだ。それは人生の価値を高める仕事だ。この世の中をよくする仕事だ。自分の一生を立派に生かすことだ。他人の生命に役立つことだ。自分の天職をこつこつ果すことだ。義務を立派に果して、余力で自己完成をつとめることだ。

我等はいくらでもしたいことはあるのだからすることを許されている範囲内で、先《ま》ずこつこつ仕事をすることだ。

第一は他人から教われることは全部教わることだ。しかしそれは頭から感心して教わるのではなく、一々自分の血や肉にして教わるのだ。自分が本当だと思うことだけ本当だと思えばいいので、わからないことは、わかる時まで待てばいいのだ。わかりもしないことをわかったふりすると、その人は本当のことがわからない人になり、何事でもごまかさなければならなくなる。

本当だ、本当だと、つい嬉《うれ》しくなり、夢中になり、霊と霊とがふれあうようにはっきりわかった時に、本当にわかったのだ。その他の時は、その人の血や肉になったのではない。

若い時はなるべくいろいろのものを読むのがいいが、しかし本当に読みたいものを読むべきである。

十七歳から二十二三歳の間にいい本を沢山よんでおくことはその人の一生にとって大事なことのように僕には思える。

この大事な齢につまらぬものを読むのは惜しいことである。出来るだけ第一流の本を読むべきである。

そうすれば人生が如何《いか》に宝に満ちているものか、そしてその宝をほり出すのに暢気《のんき》な心がけでは駄目なことがわかり、本気になって修業をし、心の鍛錬をする必要を感じ、いざという時動かないだけの信念を持つことが出来、真の勇気、真に立派な人物、真に愛すべき人間、尊敬すべき人間がどんな人かよく知り、それ等の人と精神的な友人となることが出来、この世に真剣に生き、真剣に仕事をしなければならないことを知るであろう。

我等はこの世の古今東西に愛敬する多くの友人を持つことが出来、それ等の人を信じることで、人生に対する信頼を失われずにすむことが出来る。

「自分より偉い奴《やつ》がいる。

自分より真剣な奴がいる」

自分より真剣に生きぬいた男のことを知るのは実にいい鼓舞をうける。彼等には我等を真剣にさす力がある。負けずにやれという気になる。

男らしい競争、最善を尽し、尊敬しあっての競争、相手は知らぬかも知れないが、尊敬するものに負けないだけの仕事を地上にして行こうというのは男らしい意気である。

五七

生活の為《ため》にも、出来たら人間の傲《おご》りを失わない仕事を、農業は美しい仕事と思う。現世の仕事としては馬鹿気《ばかげ》た仕事だと思う人があるかも知れない。しかし人間の生命の必需品を製産する仕事は立派な仕事である。殊《こと》に、精神も肉体もこめて研究的にやり、一年々々とその仕事の秘密を会得してゆくものにとっては立派な仕事であり、多くの農民を助ける仕事でもある。

一々どういう仕事が立派でどういう仕事が立派でないと自分は説明はしない。自分がこれに就《つい》て言いたいことは既にかいた。自分は最後に言いたいのは、人生は理窟《りくつ》で解決しようとしてもそれでは益〻人生の無意味さを感じるに過ぎないこと。

これはまるで腹がへった時、どんな食物にはどれだけのカロリがあるという話を聞かされても腹がはらないようなものだ。

人間はこの世に理窟をこねに来たのではない。我等はこの世に生きる為に来たのだ。

生きるのは食う為ではない、働くためだ。

働くのは無意味に消えてゆくためではない。

何かこの世に生まれただけのことをしてゆくことだ。

修業時代は、本気に修業することだ。自分の身心を鍛えられるだけ鍛えることだ。健康第一、しかし健康は目的ではなく、自分の一生をなるべく有益に生かす為に健康を大事にするのだ。栴檀《せんだん》は二葉《ふたば》より香《かん》ばしと言う。この本をわざわざ読む人は、十人並の人間で満足出来ない人々であろう。それなら、まず修業時代に十人並以上に豪気な気質をもって、自分を鍛錬すべきだ。早起もいいであろう。運動もいい。二宮尊徳にまけない働きものに自分をつくり上げるのもいいであろう。又よき本を熱心によみ、よき友達と心をうちあけて話したり、議論するのもいいだろう。よき先生が居たら教われるだけ教わるがいい。怠けるくせはつけないがいい。半物知りや、嘘《うそ》つきや、ごまかしは、人間を本当には鍛えてはくれない。

早く有名になろうとか、早く成功しようとか思わずに、最後に勝利を得る、まちがいのない道をこつこつと歩くべきである。

君達が立派な若者になれば君達を待っているものは美しき家庭である。

人間は自分さえ生きればいいのではない。よき子孫をつくることは君達の義務である。

しかし失恋したからといって参りきるのは見《みっ》ともない。苦しみや、悲しみが強ければ強いだけ君達は試煉《しれん》されているのだ。

その試煉は苦しければ苦しいだけ、耐え忍び、遂《つい》に打ち克《か》てた時は、君達は更に立派な人間になっているだろう。

幸福をつかむのを恐れるな。だが不幸を又ごまかすな。正面から耐えて進むのが、若者らしい。

五八

子供の時から逆境に鍛えぬかれて、しかも戦いぬいて自己を卑《いや》しくしなかったもの万歳。

子供の時からあまやかされても、内に深き道念をもち、自分の修業の不足を常に顧みて、倦《う》まず修業をするもの万歳。

人間はたえず進むべきである。他の人のことは問題にするな。するなら、自分が尊敬しないではいられない人々を問題にすべきだ。

元気に何ものも恐れずに生きる点ではホイットマンを。

寂しくってまいっている時は、もっと苦しい谷をさまよったドストエフスキーを。良心のするどさでは、トルストイを。

おちつきはらってまちがいない道を悠然《ゆうぜん》と歩く点ではゲーテを。勿論《もちろん》、そう簡単に言い切れないが、我等は我等よりすぐれた人々がこの世界には何人も何人もいてくれたのだから、その人達のことを思って、自分の力の不足を知るべきだ。

自分の力の不足を先ず知ることは、人間を不平家にしない。

「苦しいという言葉だけはどんなことがあっても言わないでよそうじゃないか」高杉晋作《しんさく》はそう言ったと聞く。

人間は自分に不可能なことに責任をもつ必要はない。しかし自分の力をまだ十分に出しもしないで、私には出来ないとあきらめるのは早い。

「勉強、勉強、勉強のみよく奇蹟《きせき》を生む」

自分はそう思っている。しかしそれには男子の意気が必要だ。奇蹟という言葉にひっかかってはいけない。出来ないと思われることが出来るという意味で、あたりまえと言えばあたりまえなのだ。ただ今まで出来なかったことが、いつのまにか出来るようになるのだ。

自分は十八九の時文章をかくことが下手《へた》だった。あることで文章をかく必要を感じた。それから毎日必ず何かかくことにした。一年つづけている内に、いくらかかけるようになった。

自分は又画をかくことが実にまずい、形さえとれなかった。しかし十年暇を見て勉強している内にどうにか形がとれて来た。僕が画をかくなぞと言ったら昔の僕きり知らないものは奇蹟のように驚くであろう。

人間にも不可能なことはいくらもあるだろう。しかし人間は本当に不可能なことはしたいとは思わない。人間に可能なことだけが出来たら大したことなのだ。そして人間に可能なことをやりとげるには根気と勉強である。あとは年月である。一年で出来ないことは二年で、三年で、四年で、五年で、十年で、十年一日の如《ごと》く勉強出来るものは必ず一方に図抜けることの出来る人間だと自分は思っている。

惰性で仕事をするのでは駄目である。全精神をこめて仕事をすることが先人未踏の路《みち》を切りひらくのに必要である。

僕は先人未踏の世界に入りこまなければならないとは言わない。しかしそこまでゆく意気は必要である。

君達がもし他人のお伴《とも》で満足出来るならば、お伴でいい、しかし自分を本当に生かしたいと思ったら、人並以上の勉強家にならなければならない。

自分の天職がきまったら、その方に全精力を集注することが必要である。身体《からだ》を大事にし、あせらずに、大成することが必要である。

五九

死は恐ろしいものに大体きまっている。人間は中々今死んでいいという時にぶつかれるものではない。しかし死を恐れることは利口ではない。尤《もっと》も死を恐れないのも利口ではない。生命は出来るだけ大事にすべきだ。

人間は恐れても死ぬ時は死ぬし、死なない時は死なない。人間は死ぬまでは死なないものだ。そして死んでしまった時は、もう生きたいとは思わない時だ。だから人間は死ぬまでは、つまり生きている限りは生きている間にすべきことをすることが人間の務めだ。

人間は過《あやまち》を犯したり、罪を行ったりすることは出来るだけさけなければならない。しかしすんでしまったことをくよくよ思うのは馬鹿気たことである。何にも役に立たない。後悔は今後の為には役に立つが、過去の為には役に立たない。

だから真に人間の生きる道を知り、最も深い生命の意志を知っているものは、そういう人には、悔改めることをすすめ、又「過を改めることに憚《はばか》ること勿《なか》れ」と言っている。改心し、決心し、日々新たになって、より完全な人間になって生きればいいのだ。

だから本当に後悔したものは許されなければならない。ただ人間というものの心が、かわりやすいので、信用出来ない人がたまにはあるのが残念だ。

君達はそんな人間ではないと思う。まちがったと思った場合、悪かったと思った場合、率直に自分の悪いところをなおし、罪ほろぼしとしてなお他の人には寛大になり、親切になり、自分には厳格になり、努力すべきである。

死んでしまえば、僕達はもう義務から解放されるのだ。生長力から解放されるのだ。いろいろの煩悶《はんもん》や、苦しみからも解放されるのだ。しかし生きている間は、人間らしく生きるべきである。いくら困難でも、苦しくも、それに打ち克《か》つものには、それは勝利の冠を飾る桂《かつら》の一つの葉にすぎない。負けたらおしまいだ。一人で負けそうなら友人の助けを借りるがいい。しかしいい友人を持つには、自分が先ずいい友人にならねばならない。

自分が他人の生命に役に立たずに、他人を自分の生命の役に立たそうと思っても駄《だ》目《め》である。相手の美を感じるには、こっちの愛を捧《ささ》げねばならない。

自分の心が金で一杯だったら、花を見ても美しくは思うまい。これを売ればいくらになるとは思うだろうが。友情を、この友を持てば、いくら得が出来ると考えていては、いい友が出来るわけはない。その時は友もこいつとつきあえばいくらもうかると思うであろう。

人間は自分が与えるものを、自分で受けとる場合が、存外多いのである。だから心清きものは幸いになるのだ。すべてが清く見える。

良寛の世界は、良寛が自分の心のかけらを拾って歩いていたようなものである。

六〇

愛を播《ま》くものは愛を収穫《とりい》れ
憎を播くものは憎を収穫れる。
神と悪魔は、まけずに種を播いて
自分の収穫れるものをとり入れた。
悪魔は自分の方の収穫の多いのを喜んで
神を見てあざけった。
「あなたの収穫は実に多いですね」
神はそれには答えず、涙ぐみながら、

収穫れたものを眺《なが》めていた。
「人間て何て美しいものだ」
思わず神は言った。
「人間が美しいのですって」
悪魔は嘲笑《あざわら》った。
神はその時、悪魔を見て言った。
「なんてお前は空《むな》しきことがすきなのだ。
お前のとったものは、何のたしにもならない。
消えてゆくものばかりだ。
人間は時にはお前の奴隷《どれい》になるが、
それは消えてゆくにすぎないものだ」
悪魔は「そんなことあるものか」と言った。
だが見よ、悪魔の収穫は山とつまれるに従って消えていった。
そして神のとられた収穫だけは
いやが上にかがやき出した。
其処《そこ》へ人類がやって来た。

神は人類を見ると嬉《うれ》しそうに言った。

「お前の子供は、又こんなに立派な仕事を残したぞ、お前はますます生長するばかりだ。今にこの我より大きくなるかも知れない」

「どういたしまして」

人類は畏《かしこ》まって言った。

悪魔はそれを見て、くやしがって言った。

「人類、これを見ろ、これでもお前は得意になって、人類は生長していると言えるのか」

「何を見るのですか」

「これだ」

「見えない」

「これだ」

「何にも見えない。

私には私の生命に役に立たないものは

見えない、見えても、すぐ忘れてしまう。
空しきことに骨折るお馬鹿さん、
だが私はお前さんも好きだ、
人間を時々喜ばしてくれるからね。
人間はまだ神様だけじゃ少し可哀《かわい》そうだ」
だが悪魔にはその意味がわからなかった。

六一

人間は鉱山なんかでは廃物の方で山の価値をきめず、其処にある鉱物によって価値をきめる。我等はものを食べる時でも、有害なものは困るが、無益無害のものはそのまま排泄《はいせつ》して、我等の血と肉になるものだけをとる。人間もその人のくだらない方面は問題にならず、その人の人間に役にたつ方面だけを問題にすればいいのだ。自然は又それをよく心得ている。我等は我等を馬鹿《ばか》にするものから馬鹿になる材料をとらない。賢くなる為《ため》に勉強をする。又身体を悪くすることを目的にはせず、よくすることを目的にする。我等は怠ける方が好きな時が多いが、しかし自己完成の道を歩くことを好み、自分をより不完全にすることを好まない。

人間は自力ばかりで押し通すことが出来ない時はよくあるが、しかし自力を馬鹿にしてはいけない。出来るだけ自力を鍛え、磨《みが》くことは大事だ。そして全力を出せる時は、なるべく全力を出しきるがいい。その時、その人は進歩し、又生長する。決して全力を出しきらないものの全力は増さない。優《すぐ》れた人は全力をいやが上にも出しきれる人である。そうしてゆく内にその人の実力は増すのだ。

将棋や碁のようなものも本当にうまくなるためには全力を出しきらなければならない。文芸は勿論、学問、その他の仕事でも自分の全精神、全体力をもってその仕事に没頭しないでは他の人に優《まさ》るところまでは深入りすることは出来ない。素質もあるが、自分の素質に合った仕事を選択出来たら前にも言ったが全力を尽すべきだ。

自分の全精神をたたきこむのに不適当な仕事をしているものは、自分の仕事では一人前の仕事以上は出来ない場合が多いと思うが、そういう人は自分の尊敬する人々の仕事を助けるなり、子供や、他人の生活を助けることによって、間接に人間の為に働けることになる。又その人が人間としての美しさを持っている人だったら、その方で人々の心を美しくすることが出来、周囲の人に生きる喜びを与えることも出来る。

僕は人間は自分だけで救われるものとは思わないが、自力を馬鹿にしてはいけないことを書いておく。

あまりに自力主義は、息苦しく、傲慢《ごうまん》になりやすく、他人の生命に思いやりがなくなりやすい。

正義や、道徳は人間の尊敬しなければならないものだが、無反省に、自分のことを棚《たな》に上げて、正義や、道徳をふり廻すものは他人を傷つけ、又自己を傷つけやすい。

それ等は人間の理想に向う為に必要なものだが、人間は完全なものでなく、又いろいろの方面で、正直になりきれないところがあるのだから、あまり、正義家風や、道徳家の真似《まね》はしないがいい。それは虫葉のない木を捜すようなもので、人間嫌《ぎら》いになる傾向が出来る。もっと質《たち》がわるいのは偽善者になり、もっと下等なのは他人を強迫して金をとるゴロツキになる。

無反省な、他人の目の内の塵《ちり》を気にして、自分の目の内の梁《はり》を気にしない男は、最も下等な人間の一つの標本である。

六二

自力を無視するのは生命力を無視するものだ。しかし人間には不可能なことが多いのだ。

だから人事を尽して天命を待つのは大事なことである。

自分のすることが悪くなかったら、あとは何かに任せて、安心すべきである。人間は遂《つい》に他力に自己を任すべき運命をもっているのだ。しかし自力を馬鹿にしてはいけない。

「するだけのことはしました。
あとはあなたにお任せします、
神よ。
なんだか知らないが、
私は何かにまかせるのだ」
何かに任せるのだ。
それは我等をつくったものだ。我等の力を知り、我等の無力を知るものだ。
人間に実にいろいろのものを与えながら、
しかも人間の不幸を救い得ないものだ。
祈ることはいいことだ。だがそれはただ祈るだけなのだ。
心を清くし、すべての人を祝福する祈り、それは美しいものだ。
「魂と魂のふれあい、
生命の泉への復帰

宇宙への調和
美への恍惚《こうこつ》
心と心の舞踊
生と死の融合
すなおに流れる水よ
宇宙をめぐる星々
私達は小さいが
お前達の兄弟
太陽と大地の子だ」

六三

「私は思う
目を与えたものを
なぜこの小さい瞳《ひとみ》に
この大きな宇宙がうつるのだ。
なぜこんなものがつくり出せたのだ。

自然は目を持たないのに。
人間に美のわかる目を与えたものは誰か、
私はそれに感心して、
そのものの言うことを聞こうと思う。

私はめくら
だが私の耳は
いろいろの音をきく
無限の音を、美しき宇宙の調べを。
自然は耳を持たないのに
人間にこんな美のわかる耳を与えたのは誰か、
私はそれに感心しきって
そのものの言うことを聞こうと思う。

私はめくら
私はつんぼ

だが私の心の内にかよってくるのは
宇宙の心、たましい、神か、
私は知らないが、
無限に美しい宇宙の心が感じられる。
自然は心を持たないのに、
誰が私の心にこんなに美しい心を送ってくれるのだろう。
私はそれに感心し切って、
そのものの言うことを聞こうと思う」

六四

「わが愛する愛するものよ、
人間の為に働きたいとは思わないか、
我等にいろいろのものを与えてくれたものの意志を畏《かしこ》んで」
我等はすべての人が健康に、元気に、愛しあって、卑屈な心を持たずに、朗《ほが》らかに、
すべての人々が尊敬されて、排斥されることなく、お互に調和して生きてゆける世界
をのぞむのだ。そして我等の内に咲かせたがっている個性を十分に咲かせ、そしてお

互の生命を讃歎《さんたん》しあいたいのだ。

人間を人間あつかいせず、人間を器械の奴隷《どれい》、金の奴隷にし、又人々の正しき生命の要求をこばみ、邪魔するものには反省してもらうことにして、我等は美しき人間らしい世界がこの地上に湧出《ゆうしゅつ》するよう努力し、又祈ろうではないか。

九十になったヨハネは涙を目にためながらひとりごとをくりかえし言っていたそうだ。

「ゆるしあって、愛しあってくれ、愛しあってくれ」と。

私は権威なきものだが、涙ぐんで祈りたい。

「すべての生命よ、地上に生きられるだけ美しく生きてくれ

そして死の神が月桂冠《げっけいかん》をもってお迎いにくるまで生きてくれ」と。

II

新しき村に就《つい》ての対話（抜萃《ばっすい》）

第一の対話

A。先生。

先生。Aか。暫《しばら》くだね。

A。先生は相変らず御元気で結構ですね。

先生。ああ、まあ元気にしているよ。

A。この頃は何か書いていらっしゃいますか。

先生。別に何もかいていない。この頃は色々のことが解《わか》らなくなっている。以前はあることに疑問を挟《はさ》めばそれでよかった。解決は他人に任せて安心していられた。或《あるい》はとても解決の得られないことを、疑問なら疑問なりに饒舌《しゃべ》れば、それで他人に反省をうながすことが出来るので、それで安心していた。それで満足しないまでも、それで自分の義務を幾分か果した事になった。しかしこの頃は、それに自分であるところまで答えを与えたくなった。それで自分はぼんやり色々のことを考えている。が、それがもっと形の出来るまで、何にも書きたくない。それで黙っている。

A。どんな事をぼんやり考えていらっしゃるのですか。

先生。いろいろの事だ。しかし一言《ひとこと》で云《い》えば、この世がどうなれば一番合理的であるか、そして世の中がそうなるにはどうしたらいいかと云う事を考えている。しかし自分は実際家ではない。唯《ただ》考えているだけだ。先《ま》ず僕は一つの家を建てる設計家だ。大工ではない。自分はある理想的な家の計画だけを生きている間に、はっきり作って置きたく思っている。

A。お出来になる積りですか。

先生。少し夢のような話だが、出来ないものとは思えない。

A。その夢のような話を聞かして戴《いただ》く訳には往《ゆ》きませんか。

先生。聞いてくれればしてもいい。然《しか》し余りに虫のいい空想と思うだろう。ともかく其処《そこ》の石に腰かけよう。そして俺《おれ》が沈黙している内に本当に進歩したか、退歩したか聞いて貰《もら》おう。僕はこう云う事を考えている。と云って僕の云うことは甚《はなは》だ平凡な事だからその心算《つもり》でいてほしい。僕はこの世の中に食う為《ため》に働く人が一人でもいれば、それはこの世の中のまだ完全でない証拠と思っている。額に汗して汝《なんじ》の糧《かて》をつくるべしと言う時代は既に過ぎ去っているべき筈《はず》なのだと思っている。

A。先生は相変らず楽天家ですね。

先生。僕は現世について云っているのではない。現世は汝の糧の為には汝の一生を売るべしと言い兼ねない。現在そう云う境遇の人は幾らでもいる。しかしそれは社会の制度がまだ成長し切っていないからだ。自分は労働を呪《のろ》いはしない。しかし食うためにいやいやしなければならない労働は呪いたい。労働は人間が人間らしく生きるのに必要なものとしてなら讃美《さんび》する。その労働は男は男らしく、女は女らしくする労働で、人間を人間らしくする労働でなければならない。労働という名は新しい時代に於《お》いては、中世における武士と云う名と同じく誇りある名でなければならない。人々は強《し》いられずに、名誉の為に、人類の為に労働をすると云う時代が来なければならない。労働は享楽《きょうらく》ではない、しかし人間としての誇りある務めだ。労働の価値は高まる。そして人々は喜びと人間の誇りをもって労働する。そう云う時代が来ることを自分は望んでいる。

A。先生は相変らず空想家ですね。

先生。相変らず空想家だ。しかしそう云う時代が来ることは君も認めるだろう。僕は社会主義を恐れるものは、今の労働者から労働を奪い、その代りに食を与えるにあると思う。我々は農夫と労働者の御蔭《おかげ》で生きている。そして我々の分まで労苦している。そしてその為に我々は労働の方には無資格になっている。我々の労働者に対する恐怖は、我々が彼等のように労働することが出来ないと云う点にある。彼等の貧しきを利用して彼等に不当のことをしている点にある。国家の為に社会主義や共産主義が害があるかどうかは別にする。又人類の進歩に向ってそれ等のものが害があるかないかは別にする。しかしとにかく我々が労働者になれないと云うことは我々の弱味である。僕はその点労働者には頭が上らない。彼等は僕達の出来ないことをしている。子供の時からの教育が違う。人類に必要欠くべからざる労働に対して、自分達は何等の負担を持たないでいいように教育されている。それは人類に対してもすまないことであり、又気のひけることである。自分は分業と云うことは認める。一個人がどの労働も出来なければならないと云うことはない。しかし何か人類が生きる為に必要な労働の分け前を幾分か分担していないことは弱味だ。それは今の社会の弱味でこの弱味をなくして真の意味の万民平等に人々を教育するのが、今後の為政者《いせいしゃ》の又教育家の務《つとめ》である。労働は尠《すくな》くも一家族の問題ではない、一町村の問題だ。社会の問題だ。食うと云う事に於ては各人共通だ。だから食う為に各人共に働くのが至当でもあり、好都合でもある。そして各人協力して労力の負担を少なくして結果を多くする為に頭も身体《からだ》も資本もつかうべきである。こんなことは自分が云うまでもない事だが、合理的の社会をつくる第一条件として必要だから述べる。しかしこう云う制度が実行される為には、各人が賢くなり、そして共同の精神が発達する必要がある。教育の方針から段々そう云う風にかえて往《ゆ》かなければならない。そして制裁が行きわたると同時に出来るだけ思い遣《や》りが行きわたらなければならない。そして動きのとれない法律ではなく、不文律で皆勇んでするのでなければならない。そして健康を尊重し出来るだけ各自の才能を生かし、出来るだけ喜びを以て労働するように骨折らなければならない。

A。先生からそう云うお話は一度伺ったように思います。

先生。もう何度も云ったかも知れない。しかし自分はそう云う社会が出来るまでは社会上の不穏な空気は失われない。そしてもしこう云う議論に反対する人があれば、それは平等と云うことを本当には知らない人だ。僕の考えが社会主義に似ているかいないかそれは知らない。僕はこの主義のことはまるで知らない。しかしともかく自分の云った事は当り前すぎる程、当り前のことで、もし人間の幸福、進歩、健全を望むなら、以上自分の云ったことは承知しなければならない。細《こまか》い色々の面倒はあるが、一日でも早くこの事を実行することは戦争をする事よりも有益な事である。

A。しかし先生、自分達の労働することを考えると考えものですよ。

先生。君はまだいいさ、身体がいいから。しかし僕なんか、下手《へた》に労働を強《し》いられたら寿命が縮まるし、自分の本職をする根気がなくなるだろう。しかし、それだけにある強迫観念を受けて、なお今の労働の分配の不公平を思う。そして労働するのに不適当な人間をつくる今の教育の過失を知る。今、労働と云う言葉から受ける感じと、今後の世界で労働と云う言葉のもつ内容とは、随分違うに違いない。われわれは健全に人間らしい生活をする為に労働が必要であると云う人があっても、自分はそれを認めるわけにはゆかない。自分は労働者を尊敬したい気さえしている、そして労働者は過度に労働をしているにかかわらず、わりに愉快に暮していると云うことを認めるにしろ、今の労働者の労働を正しい、そして健全なものとは思えない。

A。先生、そんなことは判《わか》り切っています。

先生。それは解り切っている。しかし自分の云おうと思うことをはっきりする為には、もう少しこの点をはっきりさしておきたい。自分の云いたいことは労働問題のことではない。人間が労働しない時間にはどう生きなければならないかと云う問題だ。

自分は人間としての本性の要求に従って、我々が最も人間らしい生活をするには、どうしたらいいかを考えたい。僕はすべての人が労働しなければならないと思うからだ。人は、すべての人が労働をする以上の生活をしなければならないと云うのは、パンのみで生きることは出来ないと云うことを知る自分は、パンのみでやっと生きる人がこの世にいることを認めて済ましているわけにはゆかない。労働にもいろいろある。われわれが生きる為に必要欠くべからざる労働と、そう必要のない労働とある。この必要欠くべからざる労働を一部の人に分担させて他の人々が呑気《のんき》にしているのは、今の世では已《や》むを得ないことにしろ、正しいことではない。自分は便宜上日本と云う言葉を借りて饒舌《しゃべ》るとする。日本人はすべて日本人であって、同胞である。我々は今日の日本に必要な労働を日本人全体で引き受けるとする。そして体格や土地の関係や、その人の趣味によって労働の範囲をきめ、そしてなるべく器械を応用し、なるべく労働を健康にそして楽にするように骨折り、利欲や生活難の伴《ともな》わない労働をするようにしたら、今のある人々が苦しめられている労働とはまるで違う程、労働は苦しくなくなっていい筈《はず》と思っている。このことは、判り切ったことである。そして既に誰もが心の底では感じていることである。自分はこんなことを今更云うのも恥ずかしい気がする。それで今仮りにこの問題を卒業したことにする。

今や人々は人間の義務として一定の労働を進んですることになる。それは尠《すくな》くも兵士になることの如《ごと》く、名誉なことになる。工場は共有のものとなり、人々は其処《そこ》で食う心配なく働く。男は男らしく、女は女らしく。そして最もよく働くものには最も早き自由が来る。一生の間に一人の人の働く義務量は定められて、その他は自由気儘《きまま》に自分のしたいことが出来る。其処に始めて自由があり、競争があってもいい。しかしともかく国民全体が健康を損《そこ》ねないだけの衣食住は得られる。

A。労働の出来ない人はどうするのですか。

先生。それは身体の弱い人が徴兵にとられないように、どんな労働をすら出来ない身体の人は労働しないでもいい。又図抜けて、一方に才能をもつ人も、労働しないでも、なおその人の才能を研《みが》くことが、社会にとって有益な場合は労働をしないでもいい許可を貰うことも出来る。医者と薬は病人にとってはただである。少なくも人間が人間らしく健全に生きる為に必要なものはすべてただでなければならない。それ等のものをただで要求するだけの権利を有するだけの義務は、各人が働くことによって払っているわけだ。そして不幸なる隣人のためにも、皆が働いた訳なのだ。だからただで不思議はない。そう云う世界に於て第一に必要なのは教育だ。十七八までは教育される。そしてその内に頭のいい人と悪い人の区別は分けられる。あまり頭のよくない人は他の仕事を選ばなければならない。又その間にある才能の芽を出した人は、その才能が人間にとって必要なものならば、その人の意志でその才能を発揮する道につくことが出来る。人によって学問の好きな人と嫌《きら》いな人がある。学問は好きな人だけすれば沢山だ。そして学問をするのは勿論《もちろん》ただである。しかしある専門の高級な学問をすることを許される人は少数な人だけで、その他の人は他にしなければならない事をした余暇に勉強するのはいいが、勉強ばかりする人間になれる為にはある資格が必要だ。文芸もその方に図抜けた才を持つことを示すまでは社会の人間としてするだけのことをした余暇でやる。なるべく必要な労働は少なくし、有志や自由意志の労働を多くするように努め、義務年限を短くして自由の時を多くするように計るのは云うまでもない、全国の人間は同じ教育を受け、その進歩の工合によって、人才を適所につかい、各人をして天与の宝を何処《どこ》までも発揮させるようにする。そうすれば人力の浪費が段々少なくなり、皆が天職を果す機会が与えられる。自分はそう云う時代に向っての用意を余り怠ると、革命と云うものが必然に起ると思う。革命を恐れるものは、人間をして益〻《ますます》人間らしく生きられるようにするより仕方がない。そして各人が人力を尽して天命を待つことが出来るようにすることが政治家の理想でなければならない。

A。先生はそう云う時が本当に、来ると思っておいでですか。

先生。本当に来ると思っている。少なくもそう云う時代が来なければならないと思っている。そう云う時代が来たらそれで人生の問題が解決されると云うのではない。しかしそう云う時代が来ない間は、人間は良心に責められない生活は出来ないのは確かだ。富めるものも貧しきものも今の時代では人類に対する正しい義務を果すことが出来ずにいる。どうしたら果せるかを知らずにいる。各個人が正しき位置にいないので、自己の位置の不正を知らない。よし気が付いてもどうすることも出来ない。だから気がつかない振りをするより仕方がない。不公平と不正は当然のものの様な顔をしている。人は金の奴隷《どれい》になるより仕方がない。そして金のあるものは金がある為に不正な事をし、金のない者は金がない為に不正な事をする。今の世で正しき生活をしようと少しでも考えた者は、その不可能なことを感じるであろう。釈《しゃ》迦《か》や耶蘇《やそ》の生活を一番正しいものとは自分達には思えなくなっている。僕達はもう少し現世を信用することが出来る。エゴイストを肯定することが出来る。所謂《いわゆる》第三帝国の住民になり得る資格を持っていることを自覚しかけている。これは物欲に目が眩《くら》んで、少しでも快楽を盗み食いしたいと云う根性からばかりで云うのではない。もっと根本的に人間を作ったものを讃美《さんび》したい心から出ている。人類すべてが、他人を人間らしく生活させることによって、自己が人間らしき生活が出来、自己を人間らしく生活させることによって、他人を人間らしく生活させることが出来ると云う確信は、今度の戦争によっても猶《なお》はっきりしたろうと思う。自分はこう云うことは云い切るのは恐ろしくはあるが、自分の本音《ほんね》を吐くと、どうも今のところそう云うより、仕方がない。そしてこの事を人間を作ったものに感謝する。人間は間違った道を歩くことによって平和は得られない。正しき道に帰るまでは血腥《ちなまぐ》さい事件は続いて起る。人間は今のままで平和を楽しむことは出来ない。それは坂に玉を転《ころ》がして止るのを待っているようなものだ。又少数の人間が自己の幸福を多数の人間の不幸の上に築いていて、天下泰平を楽しむことは出来ない。すべてが人為的には平等にならなければならない。それはすべての人が今の労働者になることを意味していない。又凡《すべ》ての人が今の紳士になることも意味していない。凡ての人が人間であることを意味する。健全な独立した、人類に対する義務は果すが、同等に自己を何《ど》処《こ》までも生かす人間であることを意味する。カイザルのものはカイザルに返せ。しかし神のものは神に返せと云う言葉がある。人類のものは人類にかえせ、国家のものは国家にかえせ、しかし個人のものは個人に返せ、そしてそれがお互に調和することが出来る時代こそ、我等の憧《あこ》がれている時代で、それにすべての人が一定の労働の義務を果すことによって、すべての衣食住の心配から超越することが出来る時代でなければならない。健全なる生活に必要になる衣食住、それを国民に与えることが出来ない国家は、泰平を喜ぶことが出来ない。そうしてそう云う時代が来ても、その上の自由を楽しむことはその人の働きによって自由なのだ。かくてこそ、すべての人を同胞と安心して云うことが出来るのだ。

A。先生は相変らず空想家ですね。

先生。いや、空想家ではない。僕の云《い》うことは現在実現出来ないことにしろ、そう遠くない未来において実現出来る。自分はそれを信じている。それは自分の信仰だ。しかしそう云う社会は暴力によって得られるか、暴力なしにも得られるかと云うことは、その時の個人の進歩の程度による。今の人間はまだそう云う社会に適応しない多くの悪をもっている。悪と云うよりは不明と云う方が本当かも知れない。そう云う社会が来ることを、土竜《もぐら》が日光を恐れるように恐れている。そう云う社会が来て、始めて人間は幸福を得られるものだと云うことを知らないのだ。今の人は幸福と快楽の区別を知らない。快楽を得ることを幸福だと思っている。又安楽と幸福をごっちゃにしている。しかし本当の幸福は心の平和を得なければ得られない。吾人の内にある個人的本能と、社会的本能との全《まった》き調和から幸福は生まれるものだ。

そしてその全き調和を得る為には、そう云う平等な、公平な、一個人が人類に対して納むべき労働（税）のいかなるものであるかをちゃんと心得、そしてそれを実行する事が出来る社会に住まなければならない。このことは明瞭《めいりよう》な事実だ。そう云う社会では奴僕《ぬぼく》と云うものや女中と云うものはなくなるであろう。その代り、同胞が助けあってもっと簡易に衣食住を得られることになる。各自に飯を炊《た》く必要はない、それは不経済である。あるところで飯を炊く、それを自動車に乗せて運搬して廻る。家の掃除なども、立派な器械でやってのける。簡単にすむに違いない。その上各自が暇を利用して、より自分に気持のいいようにするのはいい。規定以上に自分のしたい事をし、それで報酬をとり、それで買いたいものを買うのはいい。勿論《もちろん》そう云う時代では金の力は余程、不当の暴力を振う事は出来ない。しかしもっと正当な力を振うことは出来る。決して金持も今より不幸にはならない。病気になってもよき医者にかかることが出来る。よき医者はそう云う時代がくれば今よりも沢山出来るに違いない。金の為に医者になりたくもなれないと云う人はないから。そして医者に対する標準が今より高くなるに違いないから。金持が貧乏人と同等になることは、金持が貧乏人になると云うことではない。金持も貧乏人も同じく人間として人間らしく生きると云うことにすぎない。今の金持は人間らしい生活をしていると云えない場合が多い、少なくも正しい金持なら、そう云う時代が来たら、喜悦を感じるに違いない。そう云う時代が来ても、すべての人の才能が平等と云うわけにはゆかない。各個人が皆から受ける尊敬が平等だと云うわけにはゆかない。社会にとって一人前以上働くものは、一人前以下の人より尊敬されるのは当然だ。特別の才能のあるものが、才能のなきものより尊敬されるのは当然だ。又操行の正しきものが、正しくないものより尊敬されるのも至当だ。又人に愛される素質をもつ人が、嫌《きら》われる素質をもつ人より愛されるのも当然だ。寧《むし》ろそう云う時代が来てこそ、人は本当に尊敬すべきものを尊敬するのだ。従って努力仕甲斐《しがい》もなお現われるわけなのだ。自分はすべての人がそう云う社会が来るといいと思うべきであると思う。

A。そう理想的にゆけばですね。

先生。しかし、もし万人がそう云う世界を真に憧がれたら、そう云う世界は実現されるべき筈だ。それは今までの習慣とは悖《もと》っていることが多い。そしてある労働は熟練を要する。しかしそれも社会がそう云う人間を要求すればそう云う人間は生まれてくる。又そう云う人間を作ろうとすれば出来る。人々が人類に対する個人の義務を本当に知ったなら、そしてその義務をより立派に果すものには名誉と特権とが与えられるならば、可なり苦しい労働も人は自ら進んでするものに違いない。自分の仕事は自由に選択させる。しかしそれである労働を志願するものが多すぎた時、そして他のある労働の志願者の少ない時、生理的資格や、才能の資格を見て一部の人間に志願しない労働をして貰《もら》わなければならない時があるだろう。しかし志願者の少ない労働を自ら進んで引受ける者はそれだけの報いがあっていい筈である。自分は血腥《ちなまぐ》さい革命なしに平和の裡《うち》に、人間の理性の力によって、一歩ずつそう云う世界に近づき得るものと思っている。自分はそう云う世界に対する憧がれを十五六年前から持っている。そして自分の憧がれている世界が、来なければならないことを益〻感じている。自分はそれについての自分の考があまり進歩しないことを知っている。理想があまりはっきりしているから、進歩する余地もない程だ。人々は助けあってすべての人が人間らしく生きられるようにしなければならない。衣食住の心配からすべての人が解放されてもいいだけに文明は進歩している。それなのに衣食住の為にのみ齷齪《あくせく》している人間が多いのはよくない事だ。病人は休息しなければならない。そして人智によって獲得された方法によって、出来るだけ早く健康を回復すべきである。しかし今の時代ではそれは許されていない。金の無い為に天命を全《まっと》うしない人間は幾らもある。これ等のことは有り触れた事実だ、この事実は人力で無くなせるだけは無くならそうとしなければならない。自分はその最もよき方法としては、各自が人類に向って捧《ささ》げなければならない労働を捧げることによって衣食住、健康に生きる為に必要な衣食住をただで得られるようにする他はないと思う。それ以上の衣食住を得たければ、それは義務以外の働きで得た金を利用するのはいい。又義務以上の力を出して、より気持よく生きるように工夫するのはいい、しかし健康に必要な衣食住はただで得られる国が自分達にとって必要だ。そう云う国が出来て始めて自分達は人間らしく生きられるのだ。学校も、教科書も、病院もただでなければならない。芝居も特別なもの以外は、ただでなければならない。役者も一年の内一月だけはただで芝居をする義務がある。画家も背景をただでかく、作者もただで脚本を提出する。私的なことには金が要《い》る。しかし万人共通なものはただでいい。人間の下には薬と器械と動物とがいる。人間は平等で、特別の才能を発揮しないものは一定の時間労働をする。自己の為にも、不幸な隣人の為にも、その労働には難易によって区別があり、難《むず》かしい程義務年限が少なくなる。労働の割当ては一流政治家と経済学者によって公平に行われる。個人の意志は十分に尊重する。自分は日本人として日本がそう云う国の模範を最初に示す事が出来たらどんなに嬉《うれ》しいだろうと思っている。僕はそれが国家的に行われる以上に人類的に行われる時が来ることを夢みている。そしてすべての人は自国語の外に世界語を自由に話せるようになり、人々は何処《どこ》へ行っても働きさえすれば、或《あるい》は一定の労働義務を果した証《あかし》を持っていれば、金がなくとも生きられるようになる。金がなくとも世界中行きたいところに行き、見たいものは見、学びたいものは学べるようになる。そう云うことは人間が今より一歩進めば不可能なことではない。そして人は何処の国に行っても、同じ義務と同じ権利を有する。先《ま》ず人間として生きる。そしてそれ以上に個人として生きる。先ずこの世に生存する為に働く、そしてそれ以上は自由に、自己に与えられている天与の素質を生かす。自分のしたいことをする。厭《いや》なことはしないでいい。金の力も自己の分からはみ出さない。すべての人は自分の才を自由に発達させることが出来る。勢い善《よ》い人が沢山出来、文明が進歩する。自分の云おうと思うことはもう君には判《わか》ったことと思う。自分は他日もっとよく考えて、かかる国の国民の教育法や、法律や、道徳や、宗教に就《つい》てかいて見たい。ただ自分の望みはすべての人が最も人間らしく生きられるようにすることだ。そして自分の仕事はそういう世界の可能性とそういう世界に対する憧がれを皆の内に植えつけることだ。他の事は他の人に任せるより仕方がない。人智、及び人間によって発明された色々の器械や、色々の薬を応用して人力をなるべく省き、労働の義務年限をなるべく縮小し、そして各人をして自由にしたいことをさせ、人類のある仕事をしたものには、その功を表賞する。自分の云うことはある人には空想に思えるであろう。しかし本当に頭のいい人が出たら、この事の可能なことを知るに違いない。自分は人類に対する義務を果すと同時に出来るだけ個人の自由を楽しむことが出来る時代を夢みている。自分は良心に責められずに、乃《すなわ》ちするだけの事をして、人類にとって何か有益なことをしてゆきたいと思っている。今の自分は余りに他人の労力を貪《むさぼ》って勝手なことをし過ぎている。そして他人の不幸を傍観することを強《し》いられている。自分はこの世の不合理を利用して得をし過ぎている。それでその罰を精神的にも生理的にも受けている。自分は疚《やま》しい気がしない日は一日もないと云っていい。自分は自分の精神をからっとさせる為にも、この世の中が今より合理的にならなければならない。四海は同胞だ、この精神がこの世を隅《すみ》から隅まで照すことを理想とする事は人間として生まれたものにとって義務である。この理想は実現出来ないと云うのは人間をつくったものを侮辱する事だ。自分は真の経済学者が出てその可能を示し、真の政治家が出てそう云う国に今の社会を導く道を示すことを望んでいる。私有と公有の関係、労働の義務と人口の関係、土地と労働の関係、その他実際の問題は自分は他人にゆずる。自分はただ隣人に人間として不健全な生活をさせて安心してはいられないのが、吾人の義務である。そしてその義務を果して安心するには、もう多くの人に云い古るされたことではあろうが、吾人が平等に労働の分配に与《あずか》って、人間が人間として生きるに必要欠くべからざるものは、ただにするにあることを明言する。それは不可能のこととは思えない。君はそうは思わないか。

A。…………

先生。自分は同じことをくり返しくり返し饒舌《しゃべ》ったかも知れない。自分は農夫の労働を見ていると、文明の進歩と云うものとまるで無関係なのに驚く、自分は色々の点で日本では人間の労働の無駄遣《むだづか》いをし過ぎているように思う。その結果、人間は労働する為の器械になり過ぎている。もう少し賢く労働すれば、人間は労働の主になれる筈《はず》だ。人間が人間として健全に生きる為《ため》に必要なる労働は何と何であるかを先ず知り、その労働は如何《いか》にすれば、より健康により効果あるかをよく考え、そしてそれに毎年要する労働者の人数、及び時間を調べ、それをすべての人の頭にどう割り当てればいいかを考える。それは人間に考え切れない問題ではない。ギリシャ時代には奴隷《どれい》が必要だったかも知れない。蒸気も電気も応用することを知らなかった時代だから。レオナルド・ダ・ヴィンチ時代には発動器がなかった、だから飛行しようと思っても無理かも知れない、今の時代は昔は不可能だったことも容易に可能にする。今農業に就ての自分の考を大ざっぱに云えば、農民大隊をつくり、それに日本の土地を調査して、土地を最もよく利用する方法を考え、そして文明のあらゆる利器を備え、土地々々によってその利器を応用し、道路を修繕し汽車や自動車を応用し、その他馬や牛を使い、気候によって、耕作、種蒔《たねまき》の順序をきめ、その土地々々に入用の人数を派遣し最もよき計画通りのことを実現させる。水のないところには大仕掛の井戸を掘ることも出来、其処《そこ》から絶えずに清水《しみず》をくみ出すことも出来る。日照《ひでり》の甚《はなはだ》すぎる時も、その道の人々に文明の利器を添えて派遣すればあるところまでは免《まぬか》れることが出来る。かくすれば、人生五十年で今の農民の働けるだけの労働を三年乃至《ないし》五年位で出来ることになる。従ってその他の時間はその人の自由になる。有志で、名誉職としてなお農民として働くことも出来る。その他自分の好きなことをこつこつすることも出来る。余暇を利用することは幾らでもある。自分の好きな労働をすることも出来る。人一倍働けば名誉も得、恩典も得られる。かかる社会に於《お》いて始めて人間に与えられている名誉心、誇り、恥を知る心などが美しく生きる。そして愛も歪《いびつ》にされずに生きることが出来る。人々は自分の労働が自己の義務を立派に果していることを自覚をもって感じることが出来る。自力と他力の全《まった》き調和が得られる。個人的本能と社会的本能が調和する。自愛と他愛が一致する。誇りと愛が手を携える。かかる社会を空想することが出来るのは自分の喜びだ。そうしてそう云う社会が来る時を信じることが出来ることは自分の喜びだ。人間の内にあるもので、今の世の中に不調和なもの、しかしそれは人間に与えられた最も美しいものである。愛が花咲き、平和が得られる時が来る可能を信じる。正義は人々を支配する。公平と平等と自由を大きな顔して讃美《さんび》することが出来る。人々は喜びと誇りをもって兄弟と云う言葉をつかうことが出来る。人間の為に人一倍働くものは尊敬を受け、働き甲斐《がい》と喜びを感じるであろう。人間の為になる発見や発明をしたもの、又人間の心に喜びを与えるもの、人間の心に愛と正義を喚《よ》び覚《さ》ますもの、そう云う人も感謝され、己《おのれ》も感謝の念に打たれて涙ぐむであろう。僕の今日云った事はまだ公言するに早や過ぎるかも知れない、自分はもっと皆と共に人間が人間として最も美しく生きられる社会に就て考えたく思う。君達も考えてほしい。……

第二の対話

A。先日は有難《ありが》とう御座いました。御話を伺ってすっかり興奮して、帰ってもいろいろあのことが考えられて、よく寝られませんでした。しかしいろいろ考えている内に、矢張り先生の空想は中々実現出来ないものだと云《い》うことがわかってがっかりしました。又実現されたとしてもいろいろ厄介なことが行われると思いました。中々理想通りにはゆかないものと思いました。しかし私はそう思えるので、先生のお話をきけば又先生の理想の実現を信じることが出来るようになるかとも思いました。今日はよかったらもっと実際的のお話を伺いたいと思います。

先生。それは何でも聞いてくれ給《たま》え。僕は何でも答えられるとは云えないけれどもそう云う社会が実現されるものだと云う信仰はどんな疑問にあってもなくならないから。それにましてそう云う社会を実現したいと云う熱望は疑問に逢《あ》えば逢う程、反《かえ》って強くなるから。しかし一体こう云う社会の話を大きな声でするのは一方気がひける。今の世に苦しんで闘っている人にこんな話をするのは餓《う》えている者に御馳走《ごちそう》の話をしているようなものだ。反ってすまない気もする。しかしそれだからなおしなければならないと一方思う。もしすべての人が今の世に幸福に満足に生きていられるならば、云うまでもなくこんな空想はするわけはない。だから何でも聞いてくれ給え。僕の考えていることを云うから。

A。先生のお考えの空想国を実現する手段はどうしても暴力に訴えなければならない気がするのです。社会主義や共産主義よりも先生の考は呑気《のんき》で余裕のある考の気がするのです。それだけに皆も先生の話を聞いて不安を起す必要もなく、反感を起す必要もないかわりに、皆呑気に笑い話にして、呑気なことを考えている奴《やつ》だと云う位の反響きり起さないでしょう。そして何にも影響せずに、先生だけが義理をすませた形になるだけでおさまりそうに思います。

先生。君の云うことは半分以上本当だ。しかし僕は人間をもう少し信用している。同時に今の制度は存外根拠の浅いところに立っていることを知っている。皆が本当にそう云う国があったらいいと思い込めば、それだけで人類の運命は変り出すものだ。僕の云うことが結果なく消えてゆけばそれは僕の説が呑気だからではない、僕の信仰が足りないからだ。僕の真心が他人を動かす力がないからだ。僕には君を一晩眠らさなかっただけの力きりないかも知れない。しかしそう云う国に就《つい》て少しでも君が考えてくれたら、それは君の一生の間、君の頭から全然消えてゆく問題だとは思わない。君は北風と日光とどっちが旅人の外套《がいとう》をぬがせたかと云う話を知っているであろう。僕は北風のはげしさよりも、日光の温さの方が力が弱いとは思わない。

A。それは僕でも認めます。

先生。まあ待ってくれ給え。それと話がちがうと君は思うだろう。僕も自分の説を日光に比較する勇気はまだない。しかし僕はなにも労働者に味方することは、中流以上の階級を敵にすることを意味しなければならないとは思わない。同じく弱い人間だ。お互に助け合えないものとは思えない。社会の力をもってすれば、富者も労働者の草履《ぞうり》をとる位なことは甘んじてやるにちがいない。富者はある程度まで今の境遇を享楽したがるかも知れない。しかしそのことが不正であると云うことが、輿論《よろん》できめられたら富者はそれでも輿論に反抗するだけの力はない。人々は富者の力を買いかぶる必要はない。金が吾人の生命を支配している。その不当の位置から金を追い出して、人間の義務がその位置を占めさえすれば、それでこの世は平和にひっくり返る。こう云うと又君に空想家と云われるだろう。僕は実際家とは縁が遠い人間らしいが、もっと実際的のことを話せるだけ話して見よう。しかし自分は他に自分よりもっと適当な人のあるにきまっていることを饒舌《しゃべ》るのは気がひける。自分はいろいろの人が各々《おのおの》自己の特色を発揮して互《たがい》に助け合い、互に互を必要とし、尊敬しあい、そして仕事をしてゆく喜びのどの位、深いよろこびであるかをこの頃感じている。自分一人が出しゃばる必要はない、又遠慮する必要もない、足りないところを恥じるよりも、補ってもらう喜びを感じたい。お互に長所を尊敬しあい、それを高き目的の為に生かしあう、そうすれば足りない点を攻撃するよりは、その点をどうかして助けてやり、そしてその長所を何処《どこ》までも役立たせるようにすることの人類の思召《おぼしめし》に叶《かな》うことを人は知るであろう。自分は一個人の無力と有力を本当に感じれば、人は個人的動物であると同時に、社会的動物であり、自力的であると同時に、協力的でなければならないことを感じる。自力的なものは個人にまかせる。そしてその問題は他日に譲らしてもらうことにする。自分はここでは協力的な方面ばかりを語りたい。話はそれたが、精神的の問題は互に助けあう必要はあるけれども、より自立的と見ることが出来る。自分がここで云いたいのは衣食住の問題、及び肉体上の協力を必要とするいろいろのことについてである。世襲財産は自分は不合理なものとばかりは思わない。親の本当の功労が子に報いることは不合理とは云えない。しかし今の世では本当の功労のあるものが富むとはきまっていないことは云うまでもない。しかし自分はそれに就て云おうとは思わない。僕は実際問題について自分の考えている空想を参考にまで語れば君は満足してくれるのだから。自分はもう遠廻りはせずに、大胆に自分の不得意な問題にとび込もう。僕は新しい世界をつくるのに暴力は用いたくない。僕は人間の理性とか、愛とか、理知とか、そう云うものによって、尤《もっとも》だと思い込むことによって一歩ずつ進みたく思っている。一時に世界を引くり返そうとは思わない。自分は少数の人が協力して、新しい生活をつくることから始めたい。その最初の一人に自分がなれるかどうかはわからない。しかし自分は少数の人から始まるのが本当と思う。そしてそれは内面的の生活をかえることから始まる。この人達は堅忍で、意志が強くなければならない、成功をあせるのはよくない、十年か、二十年計画で静かに仕事を始める。各自が自分の長所に従って動く。実力を研《みが》き共同して金をためる。その人達は少数だから、この世のあらゆる仕事を一手にひきうけられるようにする必要はない。しかし何か独立した仕事が出来るように骨折る。身体をよくするのも、頭をよくするのもいい。学者になるのも、労働者になるのも、医者になるのも、なにになるのもいい。この世の人間にとって必要な仕事を一つしっかりと自分のものにするように骨折る。頭をつかうことでも、つかわないことでもいい。何にも特色がなくとも正直に働く人は、それは新しい世界の基礎になる。皆は平等で、皆は友達でなければならない。自分の弱点を知ってハンブルになると同時に、自分の人間としての長所を知って誇りをもたなければならない。団体は多い程いいが、量よりも質が大事だ。皆月に一円乃至《ないし》五円の税を納める。それが出来ない人は十銭でも二十銭でもいい、境遇によってはただでもいい。金を多く出した人が権利が多いのではない。同等だ。そして一つの中心をつくって、其処《そこ》に皆あつまったり、通信を出したり、報告をしたりする。小さい印刷所を設けてもいい、そして協力を讃美《さんび》しよう。そして個性を。金があつまったら、土地を買う。家を建てる。そして農業に心得のあるものは開墾をする。人手がいる程、土地がふえたら金に困る人から助けにゆく。そして余裕があったら必要な器械を買う。皆が協力して其処に必要なもの、及びその土地を高価に、気持よく利用する為に必要なものは会から会員に報告する。そして寄付出来るものはよろこんで寄付する。後援者も出来たらつくる。そして会の精神をたえず説いて協力するものの人数をふやし、実力をます。その団体の精神の為に一身を捧《ささ》げられるものは会員で、他の人は後援者としてもいい。会員は何かの意味で一定の労働をしなければならない。そしてそれをなしとげた時、会員の資格を得る。会員は自己の一定の仕事をなしあげた上は働かずに食う資格を得る。しかしそれは始めの内は無理であろう。土地をもっと所有し、或《あるい》は他の生産的仕事をすることが出来るようになるまで、しかし義務労働は六時間を超《こ》えないようにする。会員は決して楽ではない、しかし不必要に苦しむことは絶対にさけるようにする。喜捨も受けていい、しかし強制的なことや、嘆願的なことは勿論《もちろん》絶対的にさける。共同的の精神と自由の精神を生かさなければならない。会員は無理にふやす必要はない。来るものはこばまない。しかし去るものもこばまない。会則は出来るだけ簡単にする、しかし寄生虫は逐《お》い出すだけの決断が少なくも始めは必要だ。無理はのぞまない、しかし必要なことは要求する。会員外の労力もこばまないにしろ、地主が小作人にたいする態度はさけねばならない。懐手《ふところで》をしていては新しい仕事は出来ない。芸なしは後援会の会員になることは出来る、又事務員として働くことも出来る。しかし手足まといになったり、寄生虫になって、基礎をくさらす恐れは絶対にさけねばならない。田畑と住居は第一に必要だ。しかし農業以外の仕事も出来たらする。そして金があれば会堂をつくる、それは図書館であり、美術館であり、劇場であり、集会所であり、音楽堂であり、学校でもある。病院も出来たらつくる。それ等は会員外にも公開することもある。しかし金はとる。会員はただだ。会員は土地その他で人数に制限がある。しかし出来るだけ多くの会員が入れるようにする。それ等は実際にてらしてきめる。会員は意志が疏通《そつう》しなければならない。腹の中に不平をかくしてはいけない。正直に思ったことを云い、そして一番適当と思ったことをきめる。利害は一致を目的にしなければならない。しかし個人は多数決によって圧倒される必要はない。自分の納得の出来ないことは手を出さないでいい。多数決に少数が服従する必要はない、尤《もっとも》と思ったことだけする。尤と思ったものだけがする。

A。国家とはどう云う関係をとるのですか。

先生。カイザルのものはカイザルに返せ、と云う言葉がある。自分達も国家のものは国家に返していい。国家にとってもそう云う社会が出来ることは損でないことをはっきりさせていい、税も出そう、徴兵も敢《あえ》てこばまない。云いたいことは云う、意見も発表する。非難すべきものは非難する。力があれば力も応用する。しかし暴力に抵抗するに暴力をもってしたくない。現社会とも調和出来る限り調和する、そして負けるにきまっている戦いをするよりはこつこつ実力を養うにしくはない。我々は人間を信用する、聖賢の教えを畏《かしこ》む、正義を尊敬する、愛に背《そむ》きたくない。真理をつかんだら妥協はしたくないが、気をながくして現世的に永遠の勝利を得ることを目的にする。自分は金の力さえこばまない。しかし金で自己の自由は得られても、他人の身体《からだ》や時間の自由を束縛するのは新しき社会では絶対にさけなければならない。義務労働を果した者は自分の好きな労働の助けをしたり、何か新しい仕事の計画に全時間を向けることが出来る。子供はその社会に調和した教育法を受けることにすればなるべくただで育てるようにしたい。しかも夫婦ものや、結婚したいものには独身者よりも条件がふえることになる。ある個人の安楽を他人の労働の上に荷《にな》わせるのは新しい社会ではさけなければならない。しかしある人が、ある他人の為《ため》に自ら進んで自由意志で、他の事情がまるでなしに、ただ愛か、或《あるい》は同情か、尊敬か、から他人の分の労働までひきうけることは許される。又特別な人は社会全体の決議で、或は或《あ》る一部の人の決議で、自己の労働の分をよろこんで引きうけてもらうことによって、一定の労働の義務を助かることもある。勿論、その時、その人にはそれだけのことをその社会の為にもされる資格があると云う決議をされた時に限る。そしてその決議を認めることが出来ない人は、その義務の分担をこばむことも出来る。その社会では個人は個人の為に犠牲になる必要はない。皆独立している。しかし一般にたいする個人としての義務ははたす、互に助けあうことはする、相談しあうことも勿論する。しかし命令はするものもなく、又聞く必要もない。土地は全部が公有であるが、一定の範囲で私有も許されることがある。又何か公《おおや》けの為になることをくわだてたものは、一般の許しを得て、入用の土地を自分の勝手にすることも出来る。なるべく自由がきくようにする。その社会の基礎が固り、資本が出来れば、それはたえず最も賢く利用する。それを利用する方法を会議できめる。集まった人だけできめる。あつまれない人は委任者を出す。そして議論がまとまらない時、七割が可決した場合は金の七割だけその仕事につかうことが出来る。一人の反対でも、無結果には終らないことにする。それは次の事業にまでのばす。そのかわり皆に通知しても会に集まる人が一人きりの時には、その一人がきめていい。そうしなければ決定がニブクなる。一日か二日前に、或はその日でもいい、すぐ全部に集会が出来るようにする。それは夕方の食事のあとの時間できめてもいい。つまらぬ議論は許されない。そして急ぐ必要のないことはゆっくり相談してもいい。しかしそんなことは実際にあたってきめればいい。自分は自分の空想が可能のものであること、及び、そう云う社会があったらいいなと皆が思えるように、本当のことを云えばいいのだ。僕自身には不可能のこととは思えない。五六十人の同志と二三万の金があれば一歩ふみ入ることが出来ると思う。人数も金も多い程いいが、それより本気な人間があつまるのが大事だ。僕は基礎さえしっかりし、そしてその可能さがはっきりすれば、そして金に困っている人をとり入れてもびくともしないように基礎が出来さえすれば人間の方は集めることは容易だと思う。ただ新しき社会の精神をのみこみ、その仕事にたいする自覚をはっきりしているもののみでないと仕事は面白くゆかない。土地は金と人数の工合だが、可なり田舎《いなか》でかまわない。谷間よりは平原の方が、共同的な仕事は仕やすいと思う。仕事の上から土地を皆できめる。そして其処《そこ》に一人について一段《たん》以上の田と少しの畑に相当する土地を買い、始めは簡単な家を建てる。皆の内に大工がいればそれが建てる。皆が手つだってもいい。始めは出来るだけ簡単な家を会員以外に建てさしてもいい、多勢いる内には随分いろいろの人がいるにちがいない、又いいつてがあるにちがいない。又十年もさきの話ならばその内幾人かが専門をきめて研究してもいい。我々は土地を獲得するまでに、新しき社会の住民になる資格をつくるように骨折ってもいい。そして準備すべきものを準備する。或る人はよき土地を探し歩く、ある人は農業の方面の研究をし、協力してやるにはどう云う方法をとるのが一番いいかを研究して見る。又いろいろのものを買い入れるにはどうしたらいいか。最も簡単な衣食住を皆に供給するにはどう云う方法をとったらいいか。今から何を買い入れたらいいか、土地を一日も早く買うとすれば、十年の間にどうその土地を利用したらいいかとか。その他いろいろのことを考え、名案のある人はそれを皆に報告し又相談する。熱心な人が百人よれば、可なりいい智慧《ちえ》が出なければならない、僕はもう一足とびをしてその社会が立派に出来上った時を空想して見たい。その社会はまだ大規模ではない。まだ住民は百から千の間にいる。共同の田があり、畑があり、住宅がある。また処々《ところどころ》に個人の家がある。共同生活よりも一家族はなれた生活をよろこぶものは同情者を得て自己の家をたてることが出来る、事情さえゆるせば。そして共同の土地の他に土地を生かすことを知っているものは特別に自己の土地を借りることも出来る。始めは僅《わず》かの土地を、そしてその利用法のよかった者には更に多くの土地を。人々は共同の労働の一部を分担する。それは前にも云ったように、きまった労働の内自分に一番適当と思うものを申し出る。第一希望、第二希望、第三希望、第四、第五、……一番閉口なのまで書いて出す。共同の労働の種類はきまっている。そして労働の種類によって休息する時間や、休みの日をきめておく、共同の労働は必要なものに限る。男と女で労働の種類の区別がある。そしてその負担は皆の知識をしぼって出来るだけ軽くする。そして有志の人があれば、その人は名誉労働者になることが出来る。応募者の少ない仕事を進んでするものは皆に感謝されるべきである。それ等はこの前の時に云《い》った通りだ。我々は今その社会に入ったとする。労働者は同時に紳士で、紳士は同時に労働者だ。平民は同時に貴族で貴族は同時に平民だ。人々は勝手なことは出来ないこともあるが、衣食住の心配はない。皆独立で一つの精神がつらぬいている。協力の喜びと独立の喜びを同時に味わう。労働と健康は出来るだけ仲よくし、器械は人間につかえて人間を使用しようとはしない。むだな労働は出来るだけはぶかれて、人々は自己のしたいことをする時間を有する。皆義務を果した安心をもつと同時に自己の天職に安心して進むことが出来る。そしてあらゆる人は自己の才能を何処《どこ》までも発揮する余裕をもち、この世を楽しく美しくする為に働くことが出来る希望と努力をもつ。朝は交代で大じかけに飯をたく。当番は一月に一度働けば他は飯をたく為に働く必要はない。しかし特別に飯の注文のある人は自分でたいてもいい。又時々食い道楽同士あつまって自分でつくるのもいいだろう。

しかしその人も公けの飯をたく義務はまぬかれないことを承知の上でなければならない。面倒な時は公けの飯を食い、何か好みの時は自分でつくってもいい。食堂で食ってもいい人は食堂にくる。家で食いたい人は当番の人に配達してもらうことも出来る。人数はきまっている、そして家ははなれていない。月に一度のわりに郵便、新聞、飯、その他のものを馬車あるいは荷車で運ぶことは簡単だ。僕でさえ出来る。自分でとりにゆく人は行ってもいい。人々は他人の労力にたいして思いやりは持っている。しかし窮屈なことはさけられるだけさけるように社会が出来ている。

A。さすがは先生のお考だけありますね。気儘《きまま》と云《い》うことは悪にはなっていないのですね。

先生。それはそうだ。規則づめは閉口だ。人々は逃げ道をたくさん持っていなければならない。食物でも自分達だけでつくるので足りるようには骨折るが、足りなければ他の村落の助けを借りないと云うのではない。むしろ出来たら、他の人達とも出来るだけ仲よくしたく思っている。そして同志の人があれば一人もこばまないようにすることを心がける。着物のことはまだ一度も云わなかったが、土地によって蚕もかう、綿もつくる、そして機械《はたおり》工場も出来たらなるべく完全なものをつくる。しまいには礦山《こうざん》も、製鉄所も、殊《こと》に発電所もつくらなければならないはずだが、それはもっとずっと規模が大きくなった時の話だ。しかしどんな労働も新しい社会の精神を応用して出来ないものはないことを示す事は忘れない。そして出来るだけその部落の特色を発揮する。他の社会よりよき品をより安価につくり出すことに苦心もする。その社会からはいろいろの天才が出るはずの方法がぬけ目なく講じられねばならない。人々は其処《そこ》で出来たものと云うと安心して信用が出来る。又其処で出来るものは虚飾はないけれども芸術的で、同時に丈夫でもちがよくなければならない、見えない処にごまかしのあることを何よりも恥じなければならない。そして一時的のことを考えずに遠き慮《おもんぱか》りがなければならない。其処を訪ねた旅行者は次ぎのようなことを云うであろう。第一その村に入ると見るもの聞くものがかわっている。日本の田舎《いなか》ではないようだ。そうかと云って西洋の田舎では勿論ない。家の恰好《かっこう》も着物も一風変っている。その村のある人の考案になったものだそうだ。田畑のつくり方がまるでちがう。其処では数百の人が共同して働いている。その人達は皆一かどの意見をもっている。田畑のつくり方も、共同して働くのに適当で、内地では見られない、進んだ耕作がされている。そして最も珍らしいのは村の人が買い物をする時は帳面一つ持っていればいい。それに買いたいものを書いて出すと、その品物はただでどんどん渡す、それを皆がやっている。金持らしくない人ばかりだが、皆平気で金を払うことの出来そうもない品物をも金なしで買ってくる。月末になっても金は払わないでいいのだそうだ。よくきくとそれは必要品に限る、或は共同の市場のものに限るのだそうで、月末に帳面の整理をつけて、いろいろの人の買った品物が一定の予算よりふみ出さない時には、買えば買いどくの形になる。もし一定の予算をふみ出した時は、その内の浪費者と見なされたものは、次ぎの月に必要品の内でも必要品以外のものはただで自分のものにすることが許されなくなり、浪費の帳消しをすることを強《し》いられることもあるそうだ。共同の市場以外に個人の店もある、それは共同的の労働をしたのこりの時間で、材料は自分で金を出してつくったもので、それは金で売買される。他の村にも売ることもあり、他の村から買うこともある、それには金をつかうのは云うまでもない。共同でつくったものも村の人の需用以上に出来たものは他の村に売る、その金は三分して、一部分は個人に頭わりにわけられ、一部分は村の貯金に加えられ、他は村の仕事の拡張と、村の人の幸福、喜び、健康のためにつかわれる。この村の財源には全国にある後援者からくる金も多いそうで、それは皆村の仕事の拡張と、同志の人をふやす資本につかわれるそうだ。村で出来る品物には皆村の名が焼きつけられ、或は署名されている。その品物の善良をそれが保証するもののように村の人は思って、一々品物を丁寧に吟味してつくる。この村の人程、金に支配されない人々はあるまい、金を支配しつくすことを誇りにし、金もうけのことを考えないでよき品をつくることを心がけている。尤《もっと》も経済上の心得もゆきわたっていて、健康に生きるのに必要なものは完全にそなえようとしている。労働もここでは遊戯のように見えることがあり、それをほこりにしている。村の人は食いものは当番があってつくっている。食いものの種類は多くはないが、皆料理の出来ているものをほしいだけとって来て、何処で食ってもいい、大きな食堂もあるが、天気のいい時は三々五々野天で話しながら食っている。話は組々でちがうが、自分達の仕事のことを話していることが多い。仕事はいろいろある、皆、自分の仕事をより立派にしようと云うことを心がけている。この村には思想家と芸術家が多い。画をかいているもの、文学の話をするものも多い、又村の拡張や、その村の住人になりたく思う人々の意思を出来るだけ多く生かすことについて議論しているものもある。村の人は皆友達で、何かことがあるとよくあつまる。村には又春夏秋冬、花がたえない、花の名所と云って恥ずかしくない処も沢山ある。多勢が一緒に働く時は随分見ものだ。千本の木を植えるのでもまたたく間だ。道路は完成していて、家畜に富み、その利用法に賢い。村は又衛生思想が発達し、病気の感染にたいする予防にあかるい。学校でもそう云うことを時々教える。そして大人も男も女も聞いている。村には又病院がある。建物は簡単であるが、清潔である、看護はその道にくわしい人が居なければよそから雇うこともある、親しい人が看護する他、有志の人が看護している。病院は景色のいい空気のいい日あたりのいい処にたてられている。病院に入る程ひどくない人は自分の室で友達の手によって養生する。病人はいくらねていても一文もいらない。金を出せる人は出しても、出さない人と待遇はちがわない。医者も専門家のいない場合は他から招待することもある。しかし村には可なりの医者はいる。そして研究する便利を与えられている。芝居や、音楽会も時々ある。その方に天才のある人は労働をしないでいいことになっている。しかし好んで働いているものが多い。その村には週報のようなものがある、又印刷所があって、本などもつくられることがある。それは他の村へも売り出されている。こう云えば随分窮屈な処のように思えるかも知れない、共同とか、協力とか、労働の義務とか、しかし同時に皆呑気《のんき》もので、気ずいもので、独《ひと》りになりたい時は勝手に一人になっている。面会謝絶なぞと云うふだを出して午睡《ごすい》している奴《やつ》なぞもいる。お互に随分融通をきかせ、休みたい時には他の人にかわってもらうことなぞも出来る。そして村の人達は生きるのには窮屈が一番いけないと思っているらしい。そのくせ他人の気分や時間や労力を尊敬している、彼等の空想は全世界が自分の村のようになったら人類が今よりこの世に住みよくなり、より進歩し、より幸福になり、より自由になり、そして人間は人間に与えられているものをより自然に生かし切れるようになる。彼等はその手本を自分達が示しているつもりでいる。又それを示すことを天職と心得、其処に自覚せる誇りをもっている。其処に彼等の本気さと活気で何処までも進まないでは満足できない原因がある。それでいて他の村の人との交際も決して悪くはない。彼等はあざむかれることはあっても、あざむくことをいさぎよしとしない。そして彼等の平等観は誰をも軽んじない。彼等の内にも軽薄な人間が皆無とは云えないかも知れない、しかし彼等の住んでいる空気は、それ等の人を軽薄なままにさしておかない。皆よろこんで、自己の仕事を自覚し、誇りをもって、同時に自分達の力の不足を自覚するところからハンブルでもあるが、彼等の仕事をしている。彼等は自分達の人生観、自分達の生活、及び自分達の仕事で他の村の人々をも感化したく思っている。彼等はあせりはしない、それを強いもしない、それよりも自分達の実質を成長させることによって自《おの》ずと他の村の人々に影響するのでなければ、本当の影響ではないと思っている。彼等は又虚偽を何よりも嫌《きら》う。楽しそうに見せかけて他人を誘うことは恥じる。彼等はただ自分達の生活を人間の誇りにしたく思っている、そして人間をつくったものに感謝すべきものを感謝したがっている。

A。先生！　その村の男女関係はどうなのです。

先生。それはむずかしい問題の一つだ。僕ももっと考えて見たく思っている。しかし淫売婦《いんばいふ》のないことはたしかだ。一夫一婦の認められていることもたしかだ。強姦《ごうかん》が認められてないこともたしかだ。その制裁法は皆で考えればいいとしておきたい。恥を知るものは恥を知らないものより尊敬される。一人の女を多くの男が恋した時は、女の意志に従うより仕方がない。失恋するものは毎日女の顔やその夫を見なければならないのは苦痛かも知れないが、人数のきまっている村だから顔をあわせないわけにはゆくまい。ともかくこう云う問題は恥を知ること、及び内気で円滑にゆくのだ。問題としてとりあつかうには微妙すぎる。しかし恥しらずの鉄面皮《てつめんぴ》なうかれ男や女が多くっては少し困る。そう云う人間は蔭《かげ》でこっそり、第三者に迷惑を与えず、お互にも迷惑をうけない程度でやるなら見のがしてもいい、そう云うことは真面目《まじめ》な青年をなお真面目にする。陰うつにさせるがそれはその人の内にある天才を呼びさます力をもっている。しかしその村には酒はあるまい。そして厳粛な空気で、童男、童女の清い心をなるべく汚さないようにしたい。日光が人々にも恥を知らすようにしたい。しかしそれは実際にぶつからないとわかりにくい問題だ。ただ金がそう云うことに暴力をふるうことが出来ないことだけはたしかだ。それだけでも喜んでいい。

A。それから先生、殺生《せっしょう》はどうなのですか。

先生。それもやかましくは云いたくない。殺生はいいものと云えないが、害虫を駆除することはさけられない。

A。私の云うのは肉食です。

先生。それも禁じない。菜食する人が多くなるだろうと思う。しかし鶏や豚《ぶた》なども飼う気でいる。皆の決議で殺してまで食う必要がないと云えば、それもいい。しかし殺す人があればそれも厳禁する必要はない。ただ殺し方の惨酷《ざんこく》なのは腹が立つ。豚を殺すのでも、熟睡している時、麻酔剤をかけて殺したらどんなものかと考えている。豚は人間ではないから、豚が死んでもかなしむものはなく、豚自身は知らずに死んでゆくのだから。しかしそんなことを云ってはいけないものと云うことがわかれば、菜食主義の仲間がふえるかも知れない。しかしそう云う問題も、自分はまだぴったり考えるまでには進んでいない。しかし豚や鶏でも愛が出来たら殺せないだろう。他の村から買える間は買うことになるかも知れないが、それもあまりほめたことではない。しかしそれは皆にまかせる。自分はムキになって肉食に反対する程まだ愛をぴったり感じない。

A。先生は、自分でそう云う村をたてる為《ため》に働く気はないのですか。

先生。ないことはない。もし気のあった同志の人があって、本気にやる気になれば、そしてそれが一時的の興奮でなく、本当に何年かかっても、希望の見えない年月をがんばり通しても、やろうと云う仲間があれば、僕もその仲間の一人として働く、しかし自分には他にもまだしたいことがいろいろあるから、それをなげすてない程度でやりたい、又それで出来ると思っている。自分は同志は五六十人集まったら、皆で相談して、いろいろその村に必要な知識を分類して研究する。皆、自分に一番適当なものを選ぶのは云うまでもない。貯金と、勉強、勉強はそう朝から晩までやる必要はない。ただ心がけておいて機会を見のがさないようにして、本を調べたり、その道の人に聞いたり、又自分で考えたり、計算したり、一寸《ちよつと》した実地応用をやって見たりするのでいい。会社につとめている人でも楽に出来ると思う。そして時々あって、いろいろ計画をする。又暇を応用してよき土地を皆でさがして見てもいい。あまり金のかからない程度で。土地は不便な処《ところ》でいい。始めはいろいろの点で仕事をするのに都合のいい処で、またごく安価な土地がいい、そして第一にだんだん周囲を買ってゆけそうな処がいい。それ等については皆で相談する。景色もいいにこしたことはない、同志の人が段々ふえるように骨折る。同志の人は東京の人に限らない。地方の人は自分のそばを研究して、土地の値や、有様を報告する。土地はきまったとする。そしていくらかその土地を買えたとする。少なくも最初に三万坪以上は買いたいものだ。五年もたつ内には買えるだろう。もっと買えるかも知れない。そしたら其処に最初は出来るだけ簡単な家をたて、仲間の内で有志の人が何人か其処へ出かける。有志の人が多すぎたらくじできめる。経済の許す限り多勢あつまるのもいいだろう。其処で最初の仕事が始められる。目鼻がつきかけるまでには三年はかかるだろう。急ぐよりもしっかりした基礎をおくことが必要だ。いろいろの計画、及びその費用との折合、及び人数との関係、それらを違算のないようにきめ、不文律をきめ、永遠の計画をたて、そしてどんな邪魔や障害にぶつかっても参り切りにはならない覚悟が出来、だんだん同志の人がふえて基礎がぐらつかず、共倒れにならない計画をすっかりたてなければならない。土地の利用にも実際にあたって研究しなければならない。かくてその計画がすっかり立ち、収入の方もはっきりわかれば、許された範囲で仲間が段々その土地に入りこみ、土地もふやし仕事も拡張する。その間にその土地に居ない仲間は何かと便利をはかり、後援者をふやし、その結果を報告する小雑誌を発行し、そしていろいろの人の意見もきき、自分達の意見を発表し、それは何処《どこ》までも実際的に責任のある意見でなければならない。そしてよき考はなるべく採用するようにし、働いている仲間を訪ねたり、交代したりして働く。かくて十年すぎてますます効果があらわれ出せば、仲間は益〻勇気が出るにちがいない。協同して仕事をする喜び、空想が実現される喜び、その時は人々は事実によって可能を証明され、全世界がこうなれば大したものだと思われるように仕上げるよろこび。それはたしかに無意味な仕事でもなく不可能な仕事でもないと思う。僕は本気になれば二三百人位は同志を得ることはむずかしくないと思う。君はそうは思わないか。

A。それならば先生はなぜ本気にならないのです。

先生。今に本気になるよ。

A。先生の話を伺っていると、なんだかそう云《い》う社会をつくることが出来そうな気になり私もその仲間に入りたいような気もします。

先生。ありがとう。是非助けてくれたまえ。しかし君はすぐ熱がさめそうだね。(微笑《ほほえ》みながら）熱のあがるのが早く、さめるのに早い人はたよりにならないからね。実際にぶつかると結果は中々上らないものだ。同志の人も一時はへり出すこともあるだろう。そう云う時を何度もこしてやっと目鼻が出来かけるのだ。結果をあまりあせるものは絶望する時が必ずくる。馬鹿気《ばかげ》た時が、だまされたような気がする時が、それをふみこたえなければものにならない。どんなにはっきり計算をたてても天変地異がないともかぎらない。折角つくったものに虫がついたり、枯れたりするだろう。元よりその時は勇気をつけあうだろう。しかし話だと十年と云っても別におどろかないが、十年は可なり長い月日だ。それをふみこたえ進み切り、馬鹿気た気を起さずに結果の見えないことに金をおさめ、失敗して気やすめのようなことを云うのでなお疑いをますようでは困る。

A。大丈夫ですよ。先生。

先生。その大丈夫なところを見せてほしい。

A。しかし先生のおっしゃるのが本当とすれば、今までにもそんな簡単なことならいろいろの人が思いついたはずではないでしょうか。今までに随分いろいろの人が出て、その内には、そう云ってはすみませんが、先生より賢い人も居たでしょう。それなのになぜ、そんな簡単明瞭《めいりよう》なことを思いつかなかったでしょう。それには何か、そう簡単にはゆかない理由があるのではないでしょうか。そしてそれが先生に気がつかないようなことが。

先生。自分もそう云う疑問にうたれる。しかしいくら考えても自分は自分の考をまちがっているとは思わない。自分を信じきってくれ、その上そう云う世界を本当につくり出したいと云う気のつよい、そして熱心が時とともにますますふえる人が五六十人、否《いな》二三十人でもいれば僕は必ず実現出来るものと信じている。皆がその不可能と、その空想の幼稚さを笑えば笑う程、自分はその可能をますます信じるだろう。そしてやって見せると云う気に燃えるだろう。自分は単なる空想家ではない。しかしそれならなぜ今までにこう云う社会をつくる人がなかったか、よしあってもなぜそれが世界的にまで生長することが出来なかったか。それは時期の問題である。時の許しをまだ得られなかったからである。人類が其処《そこ》までまだ進歩して来ていなかったからである。しかし今は時の許しを得ている。人類も其処まで進歩している。嘗《か》つてはどんな天才が出ても不可能に見えたことが、今はどんな人間でも熱心さえあれば、不可能ではなくなって来た、皆が目がさめて来た。世界は、人類は一つの目標を目がけてもう一歩と云うところに来ている。まだ目の覚めない人もあろう。しかし我々は人間にたいしての信用を獲得した。全世界は何を求めているかを理解した。利己心は生かし切ればいいことを知った。そうすればそれは愛と一致することを知った。自分達は文明を恐れる必要はない。それを支配すればいい、金を憎む必要はない。それは元来の性質にもどせばいい。我々はこの世の制度にさからう必要はない。それは内が生長すれば自《おの》ずとかわるものだ。我々は気ながで、そして目的を幸福や満足の為に忘れずに、又不幸や障害のために勇気を倍加することを知れば、そして仲間が死んでいっても、その人の意志は消えず、そして新しい仲間が段々ふえてゆけば、そして皆が自分の仕事を進めてゆけば、全世界の人間が食物の奴隷になる必要がないことを示せば、そして何百の人が金に一生を売らずに自己の才能を発揮しつくせば、そしてお互に助けあえば、其処に何か生まれなければならない。自己の天職を発揮する為にはどんな苦痛も辞さないと云う人にとって、そんな世界があればどんなよろこびだろう。其処には都会へゆくよりも、もっといろいろのことを学ぶことが出来、いろいろのものを生かすことが出来るとしたら、それはよし不可能なことでもやって見たいと云う気が起る。まして可能なことがわかっているのだから。五六年働けばあとに自由があると云うことがわかれば、そして自己の天職を発揮しつくせると云うことがわかれば、力を惜まない若者は日本にも何千人ではきくまい。それ等が力をあわせて、何事も出来ないと云うことがあり得ようか。そしてその人々は平和を好む人で、誰にたいしても憎みは抱《いだ》かず、人類の運命、幸福の為にこつこつ働くとしたら、そう云う人間をもつことは国のほこりでなければならない。人類の誇りと云ってもいいだろう。そう云う世界は皆の本気さと、協力で出来上る。他人をたよるものは馬鹿だが、しかし独立したもの同志の協力の喜びはまた大したものだ。話はうますぎる、しかし本気さ、真心、五六年から十年の辛抱、それは楽なことではない。その辛抱にうますぎる実がなるのは当然だ。希望のあるところには辛抱もたのしいものだ。我々は一つの目的の為に集注された力を信じていい。

A。それなら先生は本気で、その仕事をやる気でいらっしゃるのですか。

先生。本気でやる気でいる。少なくもいつかやる。自分は他にしたい仕事もあるが、しかし他の仕事をしつつ、たえずそう云う世界をつくることを心がける。そしてよき仲間、熱心な仲間をつくるように心がける。

A。仲間になる資格はどう云うのです。

先生。簡単に云えばたえざる熱心さえあればいい。そして会費を納められるものは毎月一円以上、それ以下でもいいが、会費をおさめる、そして会の為に自分の働くことをきめ、その方に心がけなるべく会の中心と交渉をたたないようにする。会の中心には二三の有志の人が集まる。

A。それは先生の処ですか。

先生。いや、東京がいいだろう。どんな下宿でもかまわない。其処と皆交渉をつけていればいい。しかし途中でぬける人も会費はかえさないことにする。規則と云えばそんなものでいいだろう。熱心のない人にはとても辛抱が出来ないだろうし、熱心な人には規則はいらない。又後援者も出来たらつくりたいと思う。我々は僧侶《そうりょ》とはちがうが、一種の僧侶をもって任じていい、新しい生活の僧侶である。人間が人間らしく生きられる本当の道を発見しようとする僧侶だ。しかしむずかしい戒律も、お経をよむ必要もないのはあたりまえだ。そのかわり、協力して生活し、自己を生かしきるようにつとめ、人類の思召《おぼしめし》に最も叶《かな》う生活をしたいと云うのだ。自分の精力を浪費したくないと云うのだ。そして皆に人類の意志通り生きる道と、その喜びを知らしたいと云うのだ。仕事が大きすぎる。しかしその目標だけは失わずに一生を通してお互に助けあって働きたいものだ。人類の意志に叶うには内の要求に従って自由に生きられるだけ生きればいいのだ。そして自己を——その内には自然も人類もいる——生かせられるだけ生かせばいいのだ。

A。先生。それではまたよく一人で考えて見ます。わからないところがあったら又話して下さい。

先生。話せるだけは話そう。僕は話がさき走りする質《たち》だ。今度はもう少し自分の云いたいことがはっきりするかも知れない。

A。それでは失礼します。

先生。さよなら。

自分達に力がない と云うことを恥じよう

自分達に力がないと云うことを恥じよう。

そんな云いわけをすることを恥じよう。

そんな云いわけをするのは臆病《おくびょう》ものだ。

自分達には力はあるのだ。ただ出さないのだ。出すのが怖《こわ》いのだ。出してまだ見ないのだ。

よし自分達の力がよわかったにしろ、
真心の力はよわくはないはずだ。

よわいと云うのは精神が足りないからだ。

力はあるのだ、唯《ただ》出さないのだ、臆病で出さないのだ。本当に出せば力があるのだ。

ありながら出さないでいて、力がないと云うのは恥じようじゃないか。

自分達はもっと、もっと力があるのだ。唯出さないのだ。十分には出して見ないのだ。

死ぬ覚悟が出来ていないのだ。生きる覚悟も出来ていないのだ。まだ本当に目が覚めてはいないのだ。

力はあるのだが、まだ出し切らないのだ。

臆病から。そしてつまらぬ遠慮から、そして何より怠惰で、事勿《ことなか》れ主義が不可《いけ》ないのだ。

本気になれば、力は出るのだ。恐ろしい力も出るのだ。世界も動くのだ。皆が一致するのだ。そして力がもえ上るのだ。

少なくもそれだけの力が真心にあると云うことは信じよう。本気さが足りないくせに力がないなぞと云うのを恥じよう。

力はあるのだ、自分達に力はあるのだ。

全国にわたる友達にも力があるのだ。ありすぎるのだ。ただそれが、一緒に燃え上るには自分達の誠意や、本気や、勇気や、精進が足りないのだ。

力はあるのだ。力はあるのだ。それが一緒に燃え上れば、人類も動かせるのだ。その力はあるのだ。埋《うず》もれてはいるが、力はあるのだ。

この埋れている力を、信用しようではないか。そして一歩々々、自分で進んで行こうではないか。

自分達が本気になれば、本気になり切れれば、恐ろしい力、それには誰も手向《てむか》えない、恐ろしい力が生まれることを我等は信じようではないか。

埋れてはいるが、力はあるのだ。それを生かし切れれば、大したことが出来るのだ。

それを信じよう。そして力がない、力がないと云うのはよそうではないか、それは人間と人類と自然を侮辱しすぎている。

祈り

人類よ。

あなたの御心《みこころ》に叶《かな》うように我等の生活を御示導下さい。

私達は何度たおれても、あなたの御心からはずれようとは思いません。私はこの頃になって、聖賢の云った言葉の貴《とうと》さがなおはっきりして来ました。そして利己心や、野心や、その他あなたの御心に叶うまでに燃え上ってしまわない不浄な欲望の恐ろしさを段々知って来ました。我等の敵は外にはなく、内にあると云《い》うことをはっきり知って来ました。政府とか資本家とか、そう云うものは私達にとっては邪魔物と云う程の力もありません。なきがごときものです。ただ恐ろしいのは自分達の真心の足りないと云うことです。不健全に育って来た為《ため》にあなたの御心のままに生活する力がしなびすぎてはしないかと云うことです。もしあなたの御心のままに生活出来、そして心が不純なものに汚《けが》されなかったならば、私達は何も恐れることはありません。私達は必ず権威ある人間として全人類の良心に働きかけ、あなたの運命の狂いをいく分かなおすことが出来ることを信じています。私達は自分達の力の足りないことから、この仕事は不成功になることはあり得ても、外敵の為にはこの仕事は少しもゆるがないと思います。

私達はもうそう云うところにはひっかかってはおりません。私達の恐れるのはただ私達の一生をあなたの御心のままに任せ切れるか、切れないかです。生命までもあなたに任せて安心していられ、十字架をあなたの為によし血の汗を出しても荷《にな》えるような人間になれれば、何にも云うことはありません。私達の恐れるのは、私達にまだその力がないことだけです。私達はあなたの力を信じています。他のものはあなたにくらべて見ればあるかなきかの如《ごと》きものです。

私達は万一にもこの仕事が不成功に終ったら、私達はそれを他の何ものの責任にも帰せません。私達の力が足りなかったのだとしか思いません。その時は私達は罪をあなたの前に跪《ひざまず》いてあやまります。そして私達よりもよりあなたの御心のままに生きられる人々の出ることを祈ります。私達は御心に叶う人間になれないとは思っていません。しかしもうなっているとまだ云い切れません。たしかに私達の内にはまだ毒気の芽があります。私達は自分でそれを感じ、少しずつそれに勝ってゆくつもりでおります。

私達はその毒気がなんであるかを段々はっきり知って来ました。しかしまだ本当に知ったとは云えません。

今度のことは野心から遠い仕事です。しかし私達はこの上もなく、野心や名誉心に打ち克《か》つ必要を感じています。華々《はなばな》しいことを望んだり、謹《つつし》みを忘れたり、生意気になったりすると、天罰はたちどころに頭上におちることを知っております。我等の真心から出る香気は、その時忽《たちま》ち臭気にかわります。その恐ろしさをこの頃本当に感じて来ました。いやが上に心を清くすることが何よりも大事だと云うことを本当に知ります。心の清きものは幸なりその人は神を見うべければなりと云う言葉は本当だと思います。私達は私達の心が清くなくなったら神の御心に従うことは出来ず不平と不満に心をけがされ、天国が地獄にかわることを面《ま》のあたりに感じます。それこそ、一番恐ろしいことです。しかしそれも恐れすぎる必要はありません、その時仲間の一人が、清きパン種を一つ投げ込んでくれれば地獄は又天国にかわり得るものですから。清き心の力を本当に知ることは喜びです。これは理窟《りくつ》では得られません、そして清き心の時ばかりあなたの御心に叶う生活をはっきり感じることが出来るのです。

私達は年が年中心を清くすることは出来ないかも知れません。しかしその時は、自

分の心の清くないことを恥じて、他人を責めることを忘れるようにしたく思っていま
す。そして自分の心さえ清まれば再びあなたの御心に叶う人間になれることの信仰は
失わないつもりです。

どうか、私達が時々御心に叶わないような時があっても、やがてあなたの家に私達
が帰って、そして今更のようにあなたを讃美《さんび》しあい、そしてあなたの為によろこんで
働く時がくることを信じていて下さい。私達は必ずあなたの家に帰って参ります。そ
してもう再びあなたの御心に叶わないようなことはしまいと思うでしょう。もし私達
にそう云う気がまるでなくなりましたらその時は天罰をたちどころにおくだし下さっ
て私達がこの上もなく、見じめな失敗をして、お互に憎みあい、恨みあうようになっ
てもいささかも苦情は申せません。

しかし私達は、よし多くのものが途中で愛想をつかして、仲間からぬけ出、そして
仲間の見じめさを世間に吹聴《ふいちょう》するものが出ても、私達のうちの一人でも二人でもふみ
とどまって、あなたを信じ、あなたの御心のままに生きようと骨折る限り、必ず起き
上る時がくることを信じます。その時は失敗し切りはいたしません。

未来のことはわかりません。しかし私達はますますあなたの御心に敏感になって、
不純なものから遠ざかり、ますます御心に叶う生活をしたいものと思っております。

どうか私達を見捨てず、見守っていて下さい。そして御心に叶う生活を一生出来ますように守護していただくことを祈っております。

III

人類の意志に就《つい》て（抜萃《ばっすい》）

序

我等は生まれるべくして生まれたものだということを自分は認めないわけにはゆかない。そして人間は人間がつくったものではない。我等はつくられたままに生きている点で、他の生物と少しもちがいない。ただ我等は人間として生きることを命じられているのだ。そして人間のつくられ方の複雑と微妙さに僕は驚嘆するものだ。かくの如《ごと》きものがつくり得るものを我等は信じないわけにはゆかないのだ。我等の想像し得るもの以上のものがつくり得たとしても不思議はないと思う。かく考える時に、我等を支配するものは我等を生んだものであり、その意志を我等は人間として生かす為《ため》には、人類の意志と言うものが存在していいはずと僕は思うのである。我等は古今東西の人が同じ意志と感情に支配されて生きていることを信じないわけにはゆかない。彼等を感動させることは我等も感動するのである。

彼等の発明した又発見したものは、我等も利用出来るのだ。又彼等の経験して来たことは我等も経験出来るのだ。彼等も人間以外でなく我等も人間以外ではない。人間には共通な感情があり、心があり、意志がある。人類は同じ目標に向って進みつつある。我等をあるところに導こうとしているものがある。我等の内心の要求には共通なものがある。境遇はちがっても目指すところは一つでなければならない。すべての人間は生きようとしている。その生きるのには何か理由と目標がなければならない。その目標に向うのが我等の意志、と僕は信じている。この意志に従って生きれば、我等は生き甲斐《がい》を感じることが出来るものと思っている。この考《かんがえ》は今も以前も変っていない。この本は十数年前にかかれたものだ。その十数年の間に我等はいろいろの経験を経て来た。しかし自分の考は変っていないのである。寧《むし》ろ益〻《ますます》自分の考に確信を得て来たと言える。

だからこの本も以前のままの形で書きなおさずに出すことにした。

ただ自分は益〻自然を信じて来た。生きるも死ぬも自然の意志に任せればいいのだと思っている。ただ人間は生長し切り、花を咲かせるだけ咲かせ、実を結ばすだけ結ばせばいいのだと思ってかる。

委《くわ》しくは本文を見てほしい。

（昭和二十六年五月）

一

「人間は何の為に生まれたのか」

こう聞かれたら、自分は

「人類の意志を生かす為に」と答えるであろう。

「人類の意志とは何か」と聞かれたら、

「人類が完全に向って生長する意志だ」と答えるであろう。

「なぜだ」とその人がなおきくなら、

「この本を読んでくれ、これが僕の答えだ」と僕は答える。

四

なぜ人類の意志の存在を信じるか。

我等を支配するものは我等の本能であり、又我等の生きようとする意志である。

この本能の存在も不思議なものの一つであるが、事実だから仕方がない。

僕は学者でないから、一々学術的用語をつかうことは出来ない、又その興味もない。

僕は学者の為にこの本をかいているのではない。自分と同じくこの世に充実した生き方をしたい人の為にかいているのだ。用語よりも事実の方が僕には大事なのだ。

僕達がこの世に生きてるのは本能があるからだ。その点他の動物とそうちがわない。食いたいから食うのだ。飲みたいからのむのだ。性慾があるから子供を生むのだ。生きたいから生きているのだ。少しも死にたくないから生きているのだ。我等が生きているのは義務からでもなく、理性があるからでもない。本能があるからだ。理性の支配に屈伏し切れない本能が我等を生じ、我等を生かしているのだ。

しかし我等はそれだけでいいのではない。

しかし本能があると云《い》うことは大事なことなのだ。そしてその本能は我等がつくり出したものではなく、先天的に持つことを強《し》いられているのだ。

人類は何の為に生じたかわからないが、生きるために必要な用意が実に抜目なく出来ていることは認めなければならない。

これは人間に限らない。

水中の生活者の魚、空中を飛び廻る鳥、地上を走る獣類、皆、必要に応じて実によくつくられている。

しかし人間は彼等よりももう一歩、上等につくられている。その一番の特色は何か。いろいろあると思うが、僕の考では——決して珍らしい考ではないが——人類になって始めて一人の経験が一人の経験で終らず、誰でも人間の経験したことは、他の人間に伝えることが出来る点だと思う。

他の動物は他の仲間から教わり得るものが実に少ない、もし教わり得るものがあってもその範囲は少ない。彼等は大部分本能だけに支配されている。しかし人間は食物をつくることも、家をつくることも、着物をつくることも、他の人の教えを受け、又他の人の苦心と労働の結果によって得られているのだ。

人類は長い歴史を経て今日の文明を生み出すことが出来たのは、他人の経験を自己のものにすることが出来、又自己の経験したことを他人のものにすることが出来る能力があるからだ。互《たがい》に教え合うことが出来、互に協力することが出来、お互に利用しあえ、お互に得たものを交換し得る等、人間に自分一人で得られる力は少ないが、何千年の間、何億万人が生きて来た結果を生かすことを知っている点で人間は地上を征服することが出来、今後何処《どこ》まで発展するかわからない能力と運命を持っているのだ。そしてこの能力を無限に生かしたがっているものを僕は「人類の意志」と呼ぶのだ。

六

僕はこう思っている。人間の生活に於《おい》ては個人の生命はそのもののために存在するのではなく、人類全体の生長のためにあるのだと。

　これは結論ではないのである。我等の生命の目的でもあるが、同時に基礎でもあるのだ。我等が生まれたのも我等自身の生命の為ではない。又我等の死ぬのも我等自身の生命の為ではない。人間には誰が生まれてもいいのだ。しかし誰かが生まれなければならないのだ。そして生まれたものはこの地上でなすべきことをすることを命じられているので、そのなすべきことをしさえすれば、死んでもいいのである。なすべきことをせずに途中で死ぬものだけが、死にたがらないのだ。自分はそう思っている。

　甲が必ず生まれると云うものではないのだ。人間が生まれると云うのは富籤《とみくじ》にあたるよりもなお偶然なのだ。殆《ほと》んど比較にならない程のまぐれあたりで人間は生まれるのだ。このことは言うまでもないことだが、二つの事実を言えば、人々は今更に自分が生まれたことに驚くだろう。

「両親が結婚（野合もふくむ）しなければ汝《なんじ》は生まれないのだ。両親の又両親が結婚しなければ汝は生まれないのだ。両親の両親の又両親、こう云う風につきつめてゆくと、人間の元祖にまでゆく、そして人間以前の生活につづく、その内の一つがかけても汝は生まれないのだ。このことは想像以上のことではないか、それでも汝は生まれるべくして生まれたと言い得るか」

それ以上次の事実はどう考える。

「汝の父親の内に生じた精虫の数はどの位か、そしてその内からこの地上に生まれ得るものは何人か。しかもその半身、母の胎内の卵と合致し得て生まれることを考えたらどうか。それが又先祖からずっとつづいて行われて来たことを考えて見たらどうか。人間が生まれた以上人間が生まれることは当然だろうが、汝が生まれたことを当然だと主張することが出来るか。個人の生命はそれ程、偶然に生まれたものだから、あまり価値を主張することは出来ないと思うが、汝は出来ると思うか」

「出来ないと思います」そう言うより仕方がないように思う。

しかし生まれたものは生まれたのだ。そして生まれただけのことはしなければならないのだ。しかし個人が目的ではないのだ。しかし個人を無視したり、軽蔑《けいべつ》したりしていいと言うのではない。個人の生命は尊重されるべきものだが、それは切りはなされた個人の生命の為ではない。

全体の生命の為に役に立ち得るものだからである。

八

或人《あるひと》が「花」に向って、

「お前は咲いたって始まらない、すぐ散るのだから」

と言ったとしても、花は平気で咲くであろう。咲くことが彼には自然であり、必然であり、運命だから。そして美しく健全に咲くことが出来た時、花は満足するだろう。そして結実の用意が出来た時、彼は散ることは嘆かないであろう。使命を果したのだから。

花に向って咲いても始まらないなぞと言うものがもしあれば、その人は暇人の愚物であろう。

すべてのものは生まれるべくして生まれ、生きるべくして生き、死ぬ時が来て死ぬ。生まれたことが無意味であるとか、有意味であるとかは彼等は考えない。そしてその時、その時の本能に支配されて生きて、悲しんだり喜んだり、苦しがったり楽しがったりして、一生を終る。それが人間以外の動物の大がいの運命と思う。

彼等には善悪はない。生きられる限り本能的に生きればいい。肉食動物は肉食するより仕方がない。喰《く》うか喰われるかの生活も、彼等にとってはやむを得ない生活だ。又菜食動物にしろ、彼等は慈悲心があるので肉食しないのではない。肉食する本能が少しもないので、食慾《しょくよく》を感じないからに過ぎない。

彼等の生活は幸福ではないが、彼等は自分の生活を道徳的に導く必要は感じないし、その必要もない。第一その能力がない。

人間はその能力をもって地上に生かされた最初の動物のように思う。最初の動物ではないと言う人があれば、僕はそれに不服は言わない。しかし人間の生活に始めて、我等の生命が、我等の評価の対象になり得たのだと思う。

人生に意味があるとか、ないとか、そんな生意気なことを考えることが出来る動物は、人間以外には一寸《ちよつと》ないように思う。しかし他にあるかどうかは問題ではない。我等にとって大事なのは、我等がどう生きればいいかと云うことだ。生きることにしっかりした根拠をもって、まちがいなく生きるにはどうしたらいいかと云うことだ。

こんなことを考えるのは生意気だと言う人があるかも知れないが、生意気ではないのだ。そう云うことを考えるようにつくられているのに、従順になるのにすぎないのだ。

我等に与えられた能力は限りがあるかも知れないが、しかし我等は与えられた能力を全部よく生かすより仕方がないのだ。我等は与えられないものに不平を言う前に、与えられたものを完全に生かすことを考えるより仕方がないのだ。

そう思う時に、このつまらないはずの人間に実に多くのものが与えられていることに今更に自分は驚嘆するものなのだ。そしてよくも与えて下さったと云う気になるのだ。

九

人間は全智《ぜんち》全能の神がつくったと言えば、人間の出来はたしかに不完全だ。人生は無常すぎる。人間は可哀《かわい》そうだ。だが下等動物から進化して来たものとしたら、又物質が集合して出来たものとしたら、人間の出来の微妙すぎるのに驚かないわけにはゆかない。

ものを考える能力なんかどうして出来たのだろう。神経の働き、五感の微妙さ、不思議と言うより仕方がない。こんな不思議なものを平気で生みだす生命の神秘力こそ、あたりまえなのかも知れないが、不思議に思うのだ。

しかし今更不思議に思っても仕方がない。与えられたものの性質や目的を知ることが、大切だと思う。

一〇

人間がどんなに下手《へた》につくられていても我等は苦情は言えないのだ。実際又随分不幸な人、不運な人もあり得るが、しかし存外よくつくられていると云うことも事実である。

人間は万能ではないから、病気は仕方がない、早く癒《なお》せたらなおすより仕方がない。しかし健康であればある程、人間は不幸につくられていたら、それこそ人類は呪《のろ》われたものだが、人間はそうはつくられていない。健康なれば健康な程、人間は自分の肉体のことは忘れて愉快でいられるのだ。

その点、赤坊《あかんぼう》なぞを見るとよくわかる。赤坊は常に元気で、喜んでいたい動物なのだが、健康に育たない事情の下にある時だけ、泣くのだ。腹がへった時、何処《どこ》か痛む時、安眠がさまたげられる時、身体《からだ》の自由がきかない時、つまり健康に育つのに必要なものが得られない時に泣くので、健康に育つ条件が叶《かな》う時、自《おの》ずと喜ばないではいられないのだ。その点大人《おとな》だって大してちがいはないのだ。ただいろいろの事で心を労するのですなおに喜べなくなるのだ。耶蘇《やそ》が赤児《あかご》の心を持たないものは天国に入れないと言ったのは、この天与の喜びに対するすなおさを讃美《さんび》したものと言えると思う。

実際、赤児程、内から喜びのあふれるものは稀《まれ》である。彼等は言葉を知らない前から、喜びの歌とおどりを知っている。その笑いの無心さ、生命は喜びたがっているものだ。

生き生きしたものには喜びはつきものだ。生命力が内に強く燃え上っている時、人間はいじけたり、くよくよしたりしてはいられない。何処か面白くないのには、必ず元因がある。肉体的にか、精神的に。

その元因がなくなった時、人間はいつのまにか愉快になっている。

無心の喜びこそ、最も深い、人類的な、或《あるい》はもっと深い生命的な喜びである。

二三

それなら目的は何処《どこ》にあるのか。

「人類の生長にあるのだ」

だから目的はきまっているのだ。個人の生きるのも死ぬのも、つまり人類の生長の為《ため》なのだ。

だから自分が長生きするのも、長生きが目的ではなく人類の生長の役にたつことが目的なのだ。だからその人が早く死ぬことが人類の生長に役に立つ場合、その人は早く死ぬことを許されるばかりではなく、其処《そこ》に崇高な感じが伴ない、よく死んでくれたと云う感謝が人々の心に自ずと起るのだ。

それに反してあまりに自分の生命のことばかり考えて他人の生命のことを考えないものは、人々に卑怯者《ひきょうもの》、卑劣漢と云《い》う感じを与え、人々に顔向けも出来なくなることがあるのだ。

しかしそれは普通な場合ではない。又そう云う場合はなるべく起らないことを我等は望むのだ。いくら立派な死であっても、我等はそれを喜びはしない。寧《むし》ろ立派なら立派なだけ惜しい気がするのだ。そう云う人が天命を全《まっと》う出来なかったことを悲しみもするのだ。惜しい人を殺したと思うのが人情だ。

我等は犠牲者を時に讃美するが、犠牲者が出ないにこしたことはないのだ。

我等の理想はすべての人が生き、すべての人が自己完成に努力をし、そしてすべての人がこの地上になすべきことをして、天命を果し、そして悠々《ゆうゆう》と死んでゆくことだ。自己完成の途中で死んでゆくことはいかなる理由があっても、当人は勿論《もちろん》、はたの人も惜しまないわけにはゆかないのだ。

だから自己完成に順応する快楽は我等は感謝して受けとり、それを遠慮なく味わうことが天意に叶うのだが、しかし自己完成に役に立たない快楽は遠慮してこれを受けとり、それに溺《おぼ》れない方が賢い。しかし快楽は遠慮するが、自己完成には不熱心だと云う人は、大事なことを忘れた人で、そういう人は自我を枯死させる恐れがあり、他人がいじけないと不快に思う傾きがある。注意すべきである。

快楽そのものに捕われて、自己完成を忘れて、快楽を好みすぎたり、恐れすぎたりするのは、本を忘れた人である。

大事なのは自己完成、或は他人完成であって、快楽ではないのだ。

釈迦《しゃか》の弟子が苦行に捕われて、釈迦が牛乳をのんだのを見て、すぐ堕落と思ったのは、快楽や、苦痛にとらわれたからで、大事なことを忘れたからである。

快楽そのものは、我等を酔わせ、まよわせる力をもつものだから、それを恐れ用心するのはいいが、しかしそれを恐れすぎて、大事な生命にたいする愛を失っては何にもならない。

自己完成が大事なのである。

二四

自己完成とは何か。

耶蘇は、「天父の如《ごと》く完全」になることを人間の理想にしていたが、我等は益〻《ますます》賢くなることの好きな動物である。自分より愚かなものを見るとはがゆくなり、自分より賢いものを見ると感心するのが、人間の常である。

又自分の仕事にしても、段々ものにし、段々よくしてゆくことを人間は好むものである。

碁《ご》や将棋《しょうぎ》のようなものでもうまくなる方が、下手《へた》になるより気持がいい。神の如くうまくなれるまでは満足しまい。駈《か》けっこにしても、レコードをやぶるところまでゆかないと満足せず、その方で完全な走者になろうとする。画をかく人は神の如き画家になることを理想にし、詩人は詩人でその方で無比なところまで進みたがり、学者は学者で今までわからなかったことをますますわかろうとし、事業家は事業の無限の発展をのぞみ、医者は、人類の病気をなくなそうと骨折る。

よき政治家はすべての人の生活を考え、すべての人が健全に生きられることを本願にし、宗教家は人間の生命を肯定しようと骨折り、軍人は国民の平和を守護して国民の完成を望む。

それ等の目的を果す為に、全力をつくし、自分の不足な点を片端からなおしたがる。

親は子供の完全に育つことを望み、子は立派な人間に自分を生長させようとする。

自己を完成さすことは、自己の生命だけではとまらない。独善主義は自己の完成を意味しない。自己を完成することは同時に他人完成を意味する。

最も自己完成を成就した釈迦、耶蘇、孔子、ソクラテス等々は、自己完成を心がけると同時に、他人の完成を心がけ、自分の得た真理をといてやまない。其処《そこ》に人間の完成がある。自己完成は同時に他人完成を意味するのは、光を強くする事が同時に遠くをあかるくするようなものであり、熱が高まるに従って周囲に自《おの》ずと熱を送るようなものだ。

自己完成が自己完成で終らないことは確かだ。しかし自己完成に興味を感ぜず、他人だけにいろいろ註文《ちゅうもん》を出す人が多いが、そう云う人の言うことに権威のないのは当然である。そう云う人は、いくら偉そうなことを言っても心の中の空虚さはごまかせない。空気を食って腹のはらないようなものだ。

社会や心ない人に尊敬されることはあるだろう。又知識の受け売りとして本の代用を務めることはあるだろう。便利な時も、役に立つこともあるだろう。しかし自分の内に自ずと力が満ちてくるようなことはないであろう。そして世間から誤解されても平然としているだけの権威を内に感じることは出来ないであろう。

人類の生長力とは縁のない人間で、いくら饒舌《しゃべ》ろうともそれは理窟《りくつ》にすぎない、知識に過ぎない、借りものである、生命力はない。電線の役はするが、自分の生命を化石さす道を歩いているのである。

真に自己完成の道を進むもののみ、心の内に落ちつきがあり、希望があり、力がわく。それは借りものではない。源泉から来た生命力に強《し》いられて進むのだから内が充実している。芽のはえない種子ではない。生命が内から働いて芽を出さないではいられない種である。

自己完成をするには真実でなければならない。人間は未だ嘘《うそ》をつかなければならない動物だ。あまりに露骨な馬鹿《ばか》正直は自他を傷つける。他人にたいする悪意、軽蔑《けいべつ》、冷淡、を露骨に見せあったら、人々は下らないことに時間とエネルギーをとられ、毎日つまらぬことにひっかかって不快な思いをしなければならないであろう。

子供自慢の親には、時に内心に反しても賞《ほ》めることも必要であろう。人からものをもらった時、下らないものでも結構な品をと言うべきである。それが礼儀である。嘘と礼儀とはちがうが、しかし何時でも正直にする方がいいとは言えない。

夫婦の間、朋友の間、正直な時が多いことは勿論《もちろん》必要だが、いつも正直に思ったことを言ったら、いくら仲のいい夫婦でも、ひびがいり、いくら尊敬しあう友情でも、こわれないとは言えまい。

しかしだから嘘が大事で、真実は不要なものだと思えばまちがいだ。

平気で嘘がつけ、嘘と本当の区別がわからなくなったら、我等は自分の欠点をごまかし、自分を実質以上に見せることが平気になり、自分で自分をあざむき、なるべく楽をして、大きな効果をあげようと云う心がけになり、ついに自分をごまかし人間にする。

もうごまかすことがうまくなったら、自分を完成すると云うことは考えず、世の中をごまかして通ることばかり考えることになるだろう。その時、人は物質的には恵まれ得るが、精神的には段々空虚になる。

我等の内にこそ、神があり、良心があり、我等を導くものがある、生命がある、人類の意志がある。この命令が我等を導く時のみ、我等は内に生命の充実を感じる、それを感じなくなり、それを無視すれば、他人の思わくや、社会の意見や、社会的道徳に支配されるより仕方がなくなる。それ等のものもたしかに馬鹿にならないが、しかしこれ等の支配さえ受ければいいと云う人は、他人が飯を食えば自分の腹が自ずとはり、他人が酒をのめば自分も自ずと酔うと思っている人間のようなものだ。

社会や他人の思わくは、自分の生命を生かす制裁にはなるが、原動力にはなりにくい、時に我等をおどらし、浮かれさす力はもつが、我等の心の底を満足させる力はない。時に暴風雨ではあり得るが、我等の生命を根本から生かす、大地や日光や空気や水でもない、食物でもないのだ。だから唯物《ゆいぶつ》史観に捕われた末者は人間に生命力があることを忘れがちになり、人間の生命を本当に生かすものの力を忘れる。(真の唯物史観はそんなものではないと思うが) 人間の生命が物質や、外界の事実の影響をうけるのは、同じ方向の風のみ強くうける海岸の松のように一定にまげられるのを見てもわかると思うが、松の生命は風では育たない。どんな風をうけても松は松らしく生きる。その力は失わない。人間を生かす力は内に働く生命の同化力と、同化出来ないものは排泄《はいせつ》して生長してゆく力である。人間が自分のものに出来ないものは人間を生長さす力はないのだ。だから生命を失ったものは、本箱にはなれ、生き字引にはなれるが、内からの生命力を感じて生きてゆくわけにはゆかないのだ。

こんなことはわかりきったことである。しかし本当にわかってはいない人が、少なくも今の日本には多くいるのである。彼等の頭、彼等の理論の単調で、器械的なことよ。

生命の意志

一

我等は神の存在をはっきり知っているわけではない。しかし何かあるということを信じる。何もないということは信じきれない。事実生命があり、我等に理想があり、道徳があり、目指すものがある。それは我等が勝手につくり出したものではない。

人間のいるところ必ず宗教はある。ある宗教は迷信にすぎないが、我等に宗教心が与えられているのが事実なら、その宗教心は何を中心として求めるのか、何か我等を導くものがあり、それをたよりに、生きたり、死んだりするものがあるように思う。神と名づけるにふさわしいものの存在を僕も認める。それは自分の実感の内に感じる。

我等が愛し、又導かれるものは結局何か、つきつめてゆくと何にぶつかるか。我等の本心、我等の求める真理は何か。

零《ゼロ》か。僕の実感はそうは思わない。

名誉は人間的なものである。人間を対象として起るものである。だから公平とはゆかない。又いつもまちがいがないとは言えない。随分正しい人が誤解されたり、悪口言われたりする。偽善者が真人より、褒《ほ》められることもある。存外公平だったり、正当だったりすることもあるが、同時にそればかりをたよっては不安でもあり、不服も起りかねない。

僕は仕事をする時、褒められたいとはもう思わない。又人間に理解されることも別に考えない。ただ本当のことを書けたら書いておきたい。人生に役に立つ、希望の持てることを書いておきたい。読む人があることも別に考えない。しかし何かによしと思われるものを書いておきたい。その何かは、人間ではない。神でもない。しかしそれ等と何か共通のあるものだ。

僕に原稿を書かすものだ。それは僕ではない。金でもない、金が目的なら書きようもあるし、書かないでも金がとれればいいわけだ。何が僕に原稿を書かすのだ。なぜ本当のことが言いたいのだ。それは生命だ。心をつくったものだ。言葉を生むものだ。

老いたる画家は一心に画をかく、売る為《ため》ではない。描かないではいられないからだ。何が老いたる画家に画をかかすのか。

それは生命だ。生命の源泉だ。鳥を歌わせ、木に花を咲かせるものだ。神が書かすにしては、僕の原稿は下らないものと思う。しかし与えられた生命は僕を通してともかく何かを書かすのだ。そして、真剣に仕事が出来る時、自分は満足するのだ。

生命といってしまうと簡単になりすぎるようだが、この世のあらゆる不思議なものをさせる原動力は、生命だと思う。

生命のない処《ところ》に、真剣な気持はない。

自然には意志も、目標もない。しかし生命には意志も目標もあるのだ。

彼は最低から生じて、最高を目指して進むものである。

この生命こそ我等を導くものだ。

二

この地上に生命が湧出《ゆうしゅつ》したこそ不思議である。この生命が地上に充満し、そして内の力に支配されて、種々なものが生じ、最後に人間が生まれたのである。

なぜこんなものが生まれたか、僕は勿論《もちろん》知らないが、事実生まれていることを認めないわけにはゆかない。生まれるべくして生まれたというより仕方がない、人間は生まれたがって生まれて来たのではない。生まれるような順序が来たので、生まれたのである。なぜ生まれたか知らないが、生まれてしまったのを知っている。我等の肉体は、すべて自然の支配を受け、物質の法則に従って、生じたものかも知れない。しかしどうして生命はこうも自由に、自分の欲するままに物質を変化させる力をもっているのか。そしてその力は何か。

当然であるとすれば、その当然の不思議さよ。

この不思議な力こそ人間をこんなにも美しくつくり、人間の精神をこんなにも微妙につくり、そしてその結果、

人間に神を生み出すことを命じた。

それは人間の理想の内に住むものである。

完全なものを我等に求めさすものが、我等に神を生かさしたものである。

神の如《ごと》き芸術、神の如き人間。

神は人間の理想が生み出したものである。理想は人間が生み出さないではやまないものだ。段々完全を求めて、生命はついに人間まで高まって来た。この人間は更に一歩進むことを強《し》いられている。

我等の生み出したがっているもの、我等の求めるものは何か、調和である。美である

る。

すべてが仲よくなり、調和されることである。

すべてのものがよしとなる世界である。

道徳以下の生活ではなく、道徳以上の生活に入ることである。

その世界に入ろうとする人間は過渡期の動物だともいえる。だが実に傑作が生まれたものと思う。

三

この生命に支配されて我等は生きているのである。そして、この生命の命じるままに生きられた時、人間は本当に生きたことを感じるのだ。この生命に支配されてあらゆる芸術の傑作は生まれたのだ。

又この生命に支配されて生きたるものからは権威が生まれるのだ。我等はこの生命の命じるままに生き、又仕事をする時、生き甲斐《がい》を得るのだ。充実した気持を味わうのだ。誰に理解されないでも、生命に忠実になれれば満足するのだ。

僕達の理想は生命の理想なのだ。

すべてが完成される、それが生命の意志なのだ。そこに美の国があらわれるのだ。

しかし、それはすべての人がそこに住め、すべての人が理解し、愛しないではいられない美の国が生まれるのだ。

その世界は歓喜の世界だ。すべての生命が完《まった》き姿で生きる世界だ。

肉体も完美し、精神も完美する世界だ。

生命はそれを目指してゆるゆると進んでいるのだ。

なぜ生命はそれを求めるのか。生命は幸福を求めるのだ。あらゆる人の幸福を求めるのだ。それはあらゆる者が調和する世界だ。即ち美の世界である。

だから我々は美を愛するのだ。

四

自分が最も尊敬する聖者は、最も純な美しい心の持ち主だ。彼等はすべての人の生命が美しく生きることを純粋に望んでいる。自分の生命を完成すると共に他人の生命の完成を望んでいる。そしてそれにはどうすればいいかを知ってその真理から少しもはみ出さない人達だ。万々が一はみ出しても、すぐ自分の悪いことに気がつき、真理の道に帰ることが出来た人だ。どう生きるのが本当かということを、彼等は実によく知っている。

しかし僕が好きな人は聖人ばかりではない。自分を勇ましく正しく生かした人々も実に好きだ。その人達のことを思うと、自分も生々して来る人が好きだ。彼等は生命の使徒ともいうべき人だ。実に元気に確信の道を歩いている。

充実しきった道だ。何ものにも妨げられず、生命を最高調に生かした人々だ。

生きぬく人々だ。だがその人は決して、他人の生きぬくのに邪魔をしない人々だ。他の人を押しのけて自分ばかり生きればいいという人間は僕は尊敬は出来ない。それは自分を不正に生かした人間で、正しく生かす方には無智《むち》な、生命の王が喜ばない生き方をした人間で、そういう人間に負ける善人は、はがゆい善人だ。他人を押しのけて進む者は、又自分も押しのけられるであろう。よく悪運が強く、死ぬまで自分本位に、他人を押しのけて進んだところが、そんな人間を僕は羨《うらや》ましくも思わないし、まして尊敬はしない。僕の尊敬するのは、自分を忠実に生かすと同時に、他人も自己を忠実に生かせるように注意する人間だ。

かくて始めて生命の意志に叶《かな》う。

下等な動物は、自分を生かす為には、他を殺したり食ったりするのを何とも思っていない。しかし人間になると、そういう必要はないのだ。他の動物のことは暫《しばら》く置く。人間同志は、他人を押しのけないでも、自己を生かす道はありすぎるのだ。世俗的な出世は人を押しのける必要もあるかも知れない。しかし精神的に自己を鍛錬するのには、少しも他の邪魔する必要はない。寧《むし》ろ他の生命を愛しいたわる方法が、鍛錬の方法と一致するのだ。

美しい人格をつくることは決して他人の人格を傷つけることを意味しない。自分の仕事を忠実に果すことは、他人の仕事の邪魔をすることを意味しない。このことは前にも書いたと思う。両雄並び立たずという言葉があるが、それは勢力争いの場で、自分を善く生かすことは決して他人の邪魔にはならず、却《かえ》って助け合うのだ。

このお互が調和してゆく道が、最も美しい道である。

他人の生命を否定するゆき方は、必ず敵をつくる。恨みを買う。しかしお互が生きる道だと、お互が愛しあい、尊敬しあうことができる。

ここに人生の救いがある。この道が与えられていなかったら、人間界も、食うか食われるかの世界になり、助け合うことはできなくなるが、幸い人間には、お互に愛しあい、尊敬しあう道が与えられている。

我等はその道を歩くことで、自分を完成してゆきたい。

愛について

大愛について

僕は先日病気して、一日か二日苦しんだ時、人間が最後に病気に、さんざん苦しんで死んでゆくことを考えて、人生に対していつも楽観的な考えを持っている僕も、一寸《ちょっと》人生の最後の老病死を考えると、あまりいい気持はしなかったのは事実である。

しかしその時、僕は不意に自分の足もとから半円形で、何か自分を愛していてくれるものの存在していることを感じた。

自分はそのものを「大愛」と名づけ、この大愛が宇宙をつつみ、また我等をもつつんでいるのだという感じがし、大愛に、万事を任せる気になった。

大愛に抱《いだ》かれていることが感じられると、生死は大愛に任せればいいのだと思った。

「死ぬも生きるも、あなたに任せる」

そう思うと、なんとなく心が落ちついた。

そして大愛について詩をかいてみたくなり、いろいろの文句が頭の中に生まれたり消えたりした。

先日、僕の友人の知っている人が馬から落ちて死んだ。友人から何か慰めになる文句をかいておくりたいから、何かかいてくれといわれたが、その時自分は、若くって不慮の死をとげた人の両親を慰める言葉がないので困った。結局、慰めにもならないような文句で御免こうむったが、今なら「大愛」の詩でもかくところだがと思った。

死は大愛のもとに帰ることだと思うように自分は感じる。大愛の懐《ふところ》にねむる喜び、大愛に抱かれる喜び、生きる時も、なるべく大愛に背《そむ》かないように生き、そして死ぬことで大愛に抱かれる、それが人生だと思うようになった。

宇宙は大愛より生まれ、

大愛に抱かれている

我等人間も

大愛のもとに生まれ

大愛のもとに死ぬのだ

大愛に身を任せる喜び

これはまだ本当の詩にはなっていないが、僕は病気に苦しんだおかげで、大愛の存在を感じることができたことを喜んだ。

この大愛を本当に感じるのが、本当の宗教ではないかと思うようになった。

それは理窟《りくつ》ではなく、感じだ。

何かこの世にある。我等は何かを愛したがっているのだ。日本人が、天皇を愛する気持なんぞ理窟ではわからない。しかし、天皇を見て国民がつい万歳を叫んだり、君が代をうたったりする気持は、僕達にはよくわかる。これは大愛の片鱗《へんりん》を我々が感じるからではないか。大愛が人間を支配しているから、我等は何かを皆で愛したがっているのだ。

大愛の存在が本当にわかるのは、我等の愛が、何かを求めているのでわかるように思う。

大愛あって我等は生き甲斐《がい》も感じ、また死に甲斐も感じ得るのだと思う。

愛について

神は愛なりという言葉がある。

人間の言葉の内、美と愛が最も美しい。そしてこの二つが人生を無味乾燥から救ってくれる。この二つのものに人間が無頓着《むとんじゃく》につくられていたら我等が生まれたという事は実に不幸な事であり、救いのない世界に投《ほう》り出されたことになる。幸い我等は愛と美を感じることができる。このことは喜ぶべきことである。

愛する者を持たずこの世に生きることは潤《うるお》いのないことである。生き甲斐のないことである。生きている喜びは愛からのみくるといっても誇張ではない。何かを愛せずには人は生きてゆけないようにできている。ただ愛するものを持つことのできない人は不幸である。

そして賢い人になるに従って愛するものが不滅なものになり、偶然の力を借りずにもすめるものになる。即《すなわ》ち賢い者は真理や、神を愛する。美を愛する。彼は女を愛し、子供を愛し、友人を愛するかも知れない。然《しか》し同時に自分の仕事を愛し、真理を愛し、神を愛し、美を愛する。

愛する女に逢《あ》えるということは、幸福なことであろう。愛し得る人間を持つことは、幸福であろう。然しそれ等のものは不滅なものでなく、また心の変り易《やす》いものであり、その愛を同一の力で続け得るかどうかはわからないものである。かつそれ等の人を有し得るということは偶然のことに属す。然も相手が自分より長生きしてくれるかどうかもわからないものである。又よく生長しても、いつかは、そう長くない未来に於《おい》て、死ぬものである。それは我等の生命を肯定し得る力であるとはいえない。

それに反して隣人への愛とか、神への愛とか、真理への愛とか、美への愛とかいうものは、こっちに資格さえできれば、相手は無くならないと見る方が至当である。然しその資格をつくることは容易ではない。そのかわり一たんその資格をつくれば、そのよろこびはその人の頭をこわさない限りつづく。

頭をこわしても人間はよろこべるものとは自分には思えない。然し頭が自由に働く限り、人間の精神が自由に働く限り愛は常に対象を得て、そこに真理からくるよろこびを味わうであろう。自分の友人に、細君が他人を愛したために自殺した人がある。人間に与えられた嫉妬《しっと》というものには恐ろしい力があるのは事実だが、自分の愛人が他人を愛したからといって自殺するのでは心細い。個人に執着強い愛をもつことによって人間は幸福になり得ないものではあるが、それによってのみ自己の生き甲斐を感じ得る人は不安である。

しかし隣人を愛するもの、神を愛するもの、真理を愛するものは、相手から背《そむ》かれることはない。孔子は女を愛するように真理（？）を愛する人に出逢うことの困難なことを知らされていた。しかしそれ程執着強くないかも知れないが、それ等の愛こそ、我等に安住の地を与える。どういう愛が安住の愛であり、どういう愛が不安な愛であるか。

それを本当に知る時、愛の価値がきまる。

一時的の愛、偶然に支配される愛は強い力を持つが、我等はそれをよろこべるだけよろこぶのはいいが、それに執着しすぎる人は愚な人である。不安な感を与える。その時、その愛が更に静かなしかし永遠的で、偶然に支配されない愛にすなおならいいが、それを邪魔する性質をもっていたら危険である。おちつきがない。

人間にはいろいろの本能がある。人間はまず生きなければならない。それには生命を愛することが必要である。生命に執着しすぎる者は、幸福になれないが、生命を愛さないものも、幸福になれない。

つぎに人間は種族保存の為に子供を生み、それを育てなければならない。

その為《ため》に恋愛と親の愛が与えられている。このことは人間にとって幸福なことであるが、これに執着しすぎると不幸になる傾きをもっている。相手の人格を傷つけないことが必要である。同時に他の愛を生かすことが必要である。

つぎに人間は、兄弟姉妹と助けあって生きることが必要である。

その為に隣人の愛が必要である。

この愛は淡白である。しかし相手は人類のつきない限り亡《ほろ》びないものである。そしてこの愛は万人の心を感動させる力をもっている。この愛が純粋に出る時天下に敵なしである。

つぎに人間は人類の生長に役立つことが必要である。

それには仕事を愛し、道徳を愛し、正義を愛し、智恵《ちえ》を愛さねばならぬ。

この愛は一生満足されまい。そのかわりこの愛を生かせる時その人に権威が生まれる。

つぎに人間は、宇宙と調和することが必要である。

その為に人間は美を愛し、真理を愛し、万物を愛するようにつくられている。

これ等すべての愛が生じる時、我等はよろこびを感じる。よろこびは単純な愛程刺《し》戟《げき》が強い。しかしそれは時間的には短い。

我等はその愛をさける必要はないが、より高い、より深く広い愛の生きるのをさまたげてはならない。

このすべての愛を調和的に生かすことのできるものは幸福である。

そして不滅の愛をうけ入れられるよう、常に用意のできているものには安心がある。

賢者や、聖人は後の方の愛を本当に生かせる人である。前の方の愛は彼等には不安すぎ、また偶然すぎ、また他人と衝突を起し易い恐れがあることを恐れる。しかし肉体をもった我等にとっては前の方の愛も否定する必要はない。分に応じて生きることを心得ればいい。

しかし後の方の愛さえ生きればそれで満足できる人のみ安心立命ができる。前の喜びにくるものは拒まず、去るものは逐《お》わず、の覚悟が大事である。よし一時的には迷っても。

我等は愛を否定して、この世に生きようとするものに組することはできない。

それは生きるよろこびを自己と他人の内に絶滅させるものである。

人間から生きるよろこびを少しでも奪うな。

生きることは楽ではない。生きるよろこびを人に得させることのみが、その人を本当の意味で生かすことになる。

人間から生きるよろこびを奪って合理的な社会がつくれると思うな。それは人間を器械あつかいすることである。

生きるよろこびを、人々から奪う傾向がある社会は憎むべき社会である。

人々に生きるよろこびを与えよ。

それには人々が愛するものをもち、そしてその愛の生かせる余地を、なるべく多く与えることである。

子供を親の手から奪い、愛人の手から奪い、真理を愛することを拒む社会は、いくら平等が公平に行われても、要するに氷の世界である。

我等は愛のいきる社会を要求する。愛を尊重しない人間に人生はわからない。ただ愛には実にいろいろある。他人によって支配される愛は、いくら価値が多くとも我等は他の半面をもつ。それは不安であり、嫉妬に燃えやすく、怒りに変じやすい。愛する故《ゆえ》に憎むという言葉がある。しかし真理や、美や、神を愛するものには愛するが故に憎むということはできない。

自分は個人的な愛、他人と衝突しやすく、不安な愛の価値を否定しない。それ等がなかったら人生は淋《さび》しすぎるだろう。人々はその愛を求めることによって更に重い責任をよろこんで荷《にな》い、新しき生命を生み、それをよろこんで育てる。

だがその愛だけで我等は救われない。

神は愛なりという言葉の意味は自分にははっきりしないように思うが、しかし愛のみ我等の生命を更に大きなものにむすびつけ、永遠の一部に、我等をむすびつけてくれる唯一《ゆいいつ》のものである。これなしには我等の生命はやがて消えてゆくものにのみ支配されて、我等はこの世の生命にのみ執着して、利害打算の世界にとじこめられ、益〻《ますます》窮屈になってゆきづまるであろう。

我等は神の如《ごと》き愛にふれる時に救われる。神は愛でないにしろ、我等は神とつながる時愛のみを感じる。そしてその愛が我等をして自己の生命に超越させる。時間や空間に超越させる。自己が宇宙にとけこむ時のよろこびは又格別であろう。ただそのとけこむことが自然にできる時にのみ、我等は最も深き愛を感じる。

愛の極致は死を遥《はる》かに超越する。

愛は執着にかわりやすい。我執になりやすい一面をもっている。そしてそういう愛は排他的になりやすい。少なくも他にたいし冷淡になり無頓着になりやすい。それが目的ではないが一方に執着するので他方がお留守になり、義理人情を忘れやすくなる。それも一時的にはやむを得ないが、そういう恋がながつづきしないことは又当然なことである。恋に酔うだけですごし得るには人生はもっと真面目《まじめ》なものである。

恋がながつづきしないことを嘆くものは虫のいい人間である。更に高き愛、更におちついた愛をたのしめることに、よろこびを感じることが賢いのである。

愛する妻をもち、愛する子をもち、愛する友をもち、愛する兄弟姉妹をもち、しかも自分の仕事を愛し、真理や、美を愛し、しかして人類や神をすなおに愛し得るものは幸福である。そして我等は愛し得るものをいたるところにもつことを感謝すべきである。

その愛の生きることをさまたげるものが地上に多いこと、ことに愛の価値を本当に知らない思想家の多いことははがゆいことである。愛の価値を本当に知ることが、人類の求める世界を生み出す第一の条件である。それを知らぬものに暴力が組することは恐ろしいことである。

東洋と西洋の美術

一

自分は、東洋の美術も実に好きである。西洋の美術も実に好きである。自分は好きなものが多すぎるが、しかしもっと調べれば好きなものはもっとずっとふえることを知っている。

自分は余りにもの知りでない。殊《こと》に東洋の美術については、日本とシナ以外はまるで知らないと言っていい。インドのコロンボの博物館で昔の彫刻を見て実に感心し喜んだが、特別にそういう彫刻について調べたことはない。

シナの美術についても僕の語り得る範囲はごく僅《わず》かであろう。しかし僕はその僅かな範囲でも語りたいことが多すぎるのだ。この小冊子にはかききれまい。まして日本や西洋の芸術についても語りたく思っているのだから、僕が、この本のうちに語り得ることは少なすぎる。しかしそれが今の僕にはちょうどいいのである。

僕は美術研究家ではない。僕は生きる喜びを求めているもので、物識《し》りになりたいとは思っていない。僕が美術に興味を持つのは美術を愛するからである。僕が美術についで語るのは、自分が愛するものについて語るのだ。生きる喜びを与えてくれるものについて語るのだ。だから僕にとってはその芸術がどこの国で、何時《いつ》つくられたかということは問題ではないのだ。その芸術がどんなに愛し得るかが問題なのだ。

国境も時間も越えて、僕は自分が愛しうるものを愛するのだ。

僕は日本、シナの古代の彫刻を愛するように、エジプト、ギリシャの彫刻を愛する。僕はシナの北画も南画も愛する。同時に僕は、イタリアの文芸復興期の大芸術家達を愛し、ドイツのデュウラー、オランダのレンブラント、ゴッホ、ベルギーのヴァン・アイク、ルーベンス、フランスの諸大家、スペインのゴヤ、英国のブレークなぞを実に愛する。

日本にも愛する芸術家は沢山いる。

僕はそれ等について、自分の愛を語りたい。

東洋の芸術と西洋の芸術のちがいはどこにあるかということを考えるよりも、両方に実に好きなものがあるのを喜ぶ。

僕は優劣をつけようとは思わない。しかしどっちも実にいいと思う。そしてどっちにも実にすぐれたものがあるのを喜ぶ。

東洋には人体の美を露骨にあつかったものが少ない。西洋には人体の美を露骨にあつかったものが実に多い。

そのかわり西洋の彫刻に、東洋の彫刻ほど精神の美ばかりを狙《ねら》ってつくった彫刻は少ないと思う。どっちもいいのである。

三

死んだ岸田劉生《りゅうせい》は、シナの北画に一番感心していた。北画の山水、花鳥画の図抜けた作品の味は、西洋の画には求めて得られないものだ。もし類似なものを捜せば、レオナルド・ダ・ヴィンチの草をかいた素描にいくらか共通なものがあると思うが、しかしいくらレオナルドの素描でも、シナの北画の神品とも言うべきものには、くらべものにならない。北画のすぐれたものは、実に不思議に高貴な芸術である。花鳥なぞには実に完全な作がある。

また山水には驚くべきものがある。精神が実にこもっている。実に品がよく、澄んでいる。

西洋の画にはこう澄んだ自然をあつかったものはない。人間味がありすぎる。

そこがまたいいところでもある。

四

北画の代表画家の一人に夏珪《かけい》がいる。岸田劉生は非常に夏珪を尊敬していたが、僕も夏珪は第一流の作家と思う。他の画家よりも中正を得ているように思う。奇抜ではない、また厳《きび》しさ劇《はげ》しさ壮大さでは他にもっと優《まさ》っているものがあるが、実に落ち着いた、品のいい、しっかりしたいい画で、見あきることがない画に思われる。一目《ひとめ》見て驚く画ではないが、静かに見ていて、しみじみして、味わいつくせないものがある。実にたしかな筆触で、情熱的ではないが、過不足なく実にしっかりかけている。他の偉い画家には何か癖があるが、夏珪にはかたよったところがないように思う。それでいて、少しも精神力で負けていない。

いい意味の古典である。しかし少しも古くならない、精神が生きているから、そして少しも無駄《むだ》がないから。中庸を得ていると言うべきである。

また夏珪は南宋《なんそう》の山水画家中の第一人者と言われている。日本にも本物があるので、注意していると見る機会があると思う。もともと墨画だからいい複製を見れば、大体そのよさがわかるわけである。南宗の人だが、北画の中に入れていい人と思う。

この人と馬遠《ばえん》が日本では最も尊《とうと》ばれ、多くの影響を与えたということは、いいことだったと思う。馬遠は夏珪に比べると主観がもっとはっきりしている人と思うが、なかなかいい画家で、独《ひと》り釣りの図が有名である。

自分は学者でもなく一々の画について説明するのもわずらわしいが、僕のものを愛読してくれる人には、東洋の画のことをよく知っている人が少なくはないかと思うので、こういう人の画は特に注意して見てもらいたい人についてちょっとかいておく。

馬遠の画では独り釣りの図が僕の印象に残っている。大河の流れに一艘《そう》の船が浮び、そこで一人の漁夫が釣りをしている画だ。釣り竿《ざお》でつりをしているのではない。ただ船だけかいてあるのだが、それが実にしっかりかけて、広々とした川のなかに悠久《ゆうきゅう》に釣りをしている感じだ。

自分はシナの山水では趙令穣《ちょうれいじょう》の画がまたへんに好きである。内藤湖南著支那《しな》絵画史の北宋の画家及び画論という章で、この人についてこうかいている。
「宗室《そうしつ》で有名なのは趙令穰で、弟の令松《れいしょう》と兄弟倶《とも》に有名であった。令穰は字《あざな》を大年という。太祖の五世の孫で、貴族的生活の中に育った、其《その》画は我邦《わがくに》にも二三の真迹《しんせき》が伝来している。が、李成《りせい》の如き画風を学ばずに王維《おうい》の画風を学んでいる。彼は身分の関係上、遠方に旅行しなかったので、郊外の山水を画《えが》いた。樹木などでも深山のそれではなく、若いのびのびした樹を画き、土坡《どは》や鴨《かも》、鳥を巧みに配した。若《も》し此人《このひと》が深山大湖を見たなら、もっと優《すぐ》れたものを画いたろうといわれたが、この手近から景色を画くところが却《かえ》って一種の特色で、李成などの専門家の画風に甘んじなかった一の代表者である。李成派は山といえば深山、大湖、幽谷を画き、筆意も勁秀《けいしゅう》であったが、趙大年は画題を近郊に取り、筆意も書家のように上品であった。晋宋《しんそう》以来の法書、名画を蔵して、一たび過目すればよく其《そ》の妙趣を得た。すべて貴人の天質が自ら異って居る為めだと当時からして称せられた。此人《この》の画が文人画になったわけではないが、後来の文人画自然ここに萌芽《ほうが》している」

少し長く書きすぎたが、要領を得ているので割愛し難く写した。

実際、この人の画は他の人がかかないような平凡に見える景色を、しみじみかいている。写生であるが、そのしみじみさに何とも言えないところがある。僕はこの写生的な精神から新しい画が生まれていいのではないかと思うほどである。

五

その他にも山水画で好きなのはいくらでもある。一々かいてはきりがない。西洋に風景画のすぐれたものが出だしたのはずっとあとの話と思う。西洋は一体に人事が主になっている。東洋でも人物画はないことはない。しかし西洋とは比べものにならない。

東洋では自然を重んじている、風流なぞというものは自然を友にするところから生まれるものである。人間も自然の一部と見ている。人事と自然の調和が理想になっている。山水を崇拝している。花鳥を愛している。馬や牛や犬も、東洋人は愛するものとして、伴侶《はんりよ》として画にかいている。

西洋では人間が主で、他のものは無視されている。近世になって、風景を好んでかく画家が出て来たが、それでも東洋に比べるとずっと人間が主になっている。

僕は東洋と西洋のちがいを誇張したくない。だから無理に、東洋を自然崇拝、西洋を自然軽蔑《けいべつ》と言いきろうとは思わない。

しかし東洋と西洋の画が出からちがっていることはたしかである。そしていずれもいいと僕は思っている。一方だけでは物足りない。

東洋もちろん可、しかし同時に西洋のものにもなかなかいいものがある。それを僕は喜ぶものだ。

六

日本の来迎図《らいごうず》と、フラ・アンゼリコの画とにはいくらか共通があるように思う。来迎図の極楽の表現と、フラ・アンゼリコの天国の画とには共通がある。

薬師寺の吉祥天のような画が、日本に沢山残って、それから日本画の伝統が生まれたら、フラ・アンゼリコや、ボチチェリのある画と日本の画との間にはもっと共通なものがあることになったかと思う。

フラ・アンゼリコやボチチェリに日本の絵具をつかわしたら、もっと彼等の画は、澄んだ清浄な画になったかと思うのは、僕の考えちがいか。

僕は彼等に東洋の絵具を十分に使わしたら、東洋と共通なところの多い画をかいたのではないかと思う。

西洋人のうちでも、この二人や、グレコなぞは東洋人と共通なものを持っていたように思う。しかし東洋人とちがうものも多量に持っていることが、かえって東洋の絵具をつかうとはっきりするかも知れない。

たしかにボチチェリには日本人よりもっとしつっこい性質があるように思う。しかし彼のかいた小さい画の、「聖オーガスチンの幻影」や「サロメ」の画は、東洋の絵具でかいても、たしかにかける画と思う。

梅原竜三郎が日本の絵具をつかって油画をかいているのは、達見だと思っている。同時に日本の画家も、もう少し東洋の絵具の価値を純粋に生かして、厚みのある画をかいてみたら面白いのではないかと思っている。

ゴッホは西洋絵具で、日本画をかいて、成功しているが、東洋の絵具で、西洋画からとるものはのこらずとって、その上で自分を生かす生かし方があると思う。

そういう点で、薬師寺の吉祥天、ボチチェリのある画なぞ、いい暗示を与えているように思う。

七

我等は西洋の画を限りなく愛することが出来る。

例えばチチアンのかいた裸婦の傑作なぞ、日本に来たらどういう印象を与えるか。

感心する人は多いと思う。

西洋の画には東洋人が見ても面白く思えないものもあるかと思う。少なくも西洋人の半分も面白く思わないと思える画がある。そんな画は僕には興味は持てない。しかし西洋人の画でも、我々が見て、西洋人以上にも好きになれると思う画もあり得る。以上とまでは言わないまでも、同じぐらいには感心出来るものはいくらもある。世界的な大画家のものなら、同じに感心出来るわけだ。

例えばレンブラントの「夜警」を僕が見た時、西洋人も十数人いた。しかし遠くから来た僕がそれを見て驚嘆したほど、驚嘆した人はそのうちにいるとは思えなかった。これ以上感心出来ないところまで、僕は感心し興奮した。

東洋のものを見ても、ここまで感心出来ることは滅多にないと思うほどだった。しかし推古仏《すいこぶつ》よりレンブラントの芸術の方が深いとは思わない。しかしレンブラントの価値をそれでさげようとも思わない。

彼よし、これよしである。

八

梁楷《りょうかい》の六祖図や李太白《りたいはく》を見て感心する時、これ以上の作があるとは思えない。まるで別種のものはある。しかしこれ以上のものがあるとは言えない。光琳《こうりん》の「紅梅白梅」の屛風《びょうぶ》を見ても、これ以上のものが、この領域ではあり得ないと思われる。

同時にレオナルド・ダ・ヴィンチや、ミケルアンゼロのものを見る。それ以上のものがあるとは思えない、同等のものはあると思っても。

シナの銅器の傑作を見る。これ以上に強いものはあり得ないと思う。

だがエジプトの傑作を見る。やっぱりこれ以上のものは考えられないと思う。

ローマのカピトル美術館のある廊下を歩いていると、廊下の真中に大理石の両腕がとれているビーナスが後ろ向きに立っているのが見えた。あまりに美しいので、自分はその像の側を通りすぎたあとで、自分が感じた美しさは現実ではないような気がして、もう一度あと戻りして見なおしたことがある。それは「エスクイリナのビーナス」であった。これ以上の作と思えるものもいくつか見たが、この彫刻は思いがけない廊下の真中に置いてあったので、遠くから見えなお驚かされたのかと思う。

こういう彫刻を日本の仏像ばかり並べてある真中に置いたら、ずいぶん場ちがいな感じがすると思うが、しかし美しいことは事実で、十分間も見なかったと思うが、その驚きは一生忘れないものと思う。

男の方はローマのテルメで見たやっぱり両腕のないアポロの像に一番感心した。こんなものが東京で見られたらどんなにすばらしいだろうと思った。東洋もいいが、ギリシャもまた実にいいと思った。

九

僕は東洋を賞《ほ》めすぎるために西洋を悪口する必要はないと思う。しかし、西洋人が東洋人の悪口を言い、自分達だけが、本当の芸術がわかるような気になったり、また西洋の芸術が東洋に優《まさ》るようなことを公言したら、僕は安心してその人達に言う。西洋には夢殿の観音や、百済《くだら》観音のような精神的な深みのある作があるかと。またシナの北画の花鳥画に匹敵する花鳥画があるかと。牧渓《もっけい》や梁楷のような味が出せる画家がいるかと。東洋のすぐれた墨画のように、微妙な味を出した画があるかと。

西洋のものにももちろんいいものがあるが、東洋のよさは特別で、その深さ、その味の微妙さは、西洋人のものにはちょっと見つけることが出来ないものがある。

人間の価値が肉体できまるなら、西洋の芸術は東洋に優るとも言えるが、しかし精神できめる方が本当で、その点になると東洋のものにより深いものがある。

レオナルドは偉いにちがいないが、しかし禅月の羅漢《らかん》像、梁楷の六祖図や、踊り布《ほ》袋《てい》なぞの深さはまた格別と思われる。

殊《こと》に花鳥画では西洋にはシナの花鳥画のような美しい、品のいい、調子の高いものは一つもない。段がちがいすぎる。

山水画においても、いくらレンブラント、コローを持って来ても、東洋の優《すぐ》れた山水の域には達することが出来ないと思う。

人種としてすぐれているなら、その方でも段ちがいにいい仕事をしていなければならないが、その方ではお気の毒ながら、足もとにもよりつけないのは西洋人の方である。

そのかわり人物を多くあつかった大作になると、東洋にはアジャンタの壁画なぞはあるが、大体として、西洋の方が優っていると言える。

ギリシャの彫刻のような、人体の美しさを主にしてつくった彫刻は東洋にはない。

一〇

自分はここで東洋画のすぐれた花鳥画について一言したい。

第一に頭に浮ぶのはやっぱり、徽宗《きそう》皇帝である。徽宗皇帝は皇帝としては愚かな代表者であり、悲惨な死を遂げたが、つまり国政をあやまり、金《きん》の捕虜となって、引きずりまわされ、遂《つい》に不幸のどん底の境遇で死んだ。

しかし、画の方では、古今独歩の名人と言える。山水もかいたと言うが、日本に伝わって有名なのは、「桃鳩《とうきゅう》画」と「水仙鶉《すいせんじゅん》図」で両方とも小品ではあるが、極《きわ》めて豊かな品のいい、完成した落ちついた作品で、これ以上の花鳥画は人間には想像が出来ないと思われる画である。

徽宗皇帝が、皇帝として失敗したのも、あまりに画家すぎたからと言える。国政をそっちのけし、人民のことを忘れ、美の世界に入りこみすぎて、現実を忘れすぎたからと言える。理想の世の中で、すべての人が美をたのしめる時に生まれたら、徽宗は不世出の天才として尊敬されて一生幸福に送れたかも知れないが、政治を忘れ、現実を忘れたのが、よくなかった、美の世界と現実の世界の調和しにくいことを彼は自分の一生で示したようなものである。

現代でもあまり美に没頭するものは非常識な人間になる傾きがある。自分だけの不幸で終らなかったことが、徽宗皇帝にとってはなおよくなかった。

徽宗にまけない花鳥をかいた画家として、李迪《りてき》がいる。李迪の「木芙蓉《もくふよう》図」は上野の帝室博物館に並べられたことがあり、見た人はその美しさに感心したと思う。その他李迪の本物は日本に相当来ている。どれも実にすぐれた画である。まだこの他に一々あげてはきりがないほどいい画がある。日本の宗達、光琳なぞもここに名をあげていいと思う。

これ等の人が、西洋人より野蛮であるとは誰も言うことは出来まい。マネーは西洋人のうちでも最も文化人の感じを受ける。しかし光琳に比してどっちが文化人か、僕は光琳の方だと言いたいくらいだ。

東洋人は人種として、西洋人より淡泊かも知れないが、優るとも劣らない。東洋から代表的芸術家として、牧渓、殊に梁楷のような男を出したら、西洋からは誰を出すか。恐らくレオナルド・ダ・ヴィンチか、ミケルアンゼロでも出て来ないと、太刀《たち》打ちは出来まい。

一一

禅月が出て行ったら、誰が出て来るか、李竜眠《りりようみん》が出たら。その他東洋からはいろいろの人が入れかわり出てゆけば、西洋も遂に人物の種切れになり、冑《かぶと》をぬぐより仕方がなくなるだろう。日本からも世界的な人を何人も出すことが出来る。しかしシナにはなお沢山の人がいる。朝鮮にも何人かいるであろう。

決して東洋は精神的に言って西洋には負けない。

しかし西洋にもいい人がいることは事実である。西洋のいいところは認めるべきだ。しかし東洋を軽蔑《けいべつ》するような馬鹿《ばか》には東洋のよさを知らせる必要がある。

二

そして日本の人が東洋のもののよさを、西洋のものほど知らない傾向があるのはよくないと思う。

東洋のすぐれた芸術に対して我等はもっと親しみを持つべきである。

僕なぞは子供の時は、学校の教科書で、応挙が一ばん偉い画家だと思っていた。応挙もいいところがあるが、どうも感心出来ない面も多く、第一人間としての魅力が少なく、精神力が不足している。山水なぞをかいたものに、ちょっといいものもあるし、波なぞをかいたものは、とにかく腕はあると思うが、人間の圧力はないし、日本人のよさを知らすには、適当な人ではない。

その後、雪舟の名を知ったが、その他の人の名を覚えたのは、ずっとあとの話であり、「隆能源氏《たかよしげんじ》」なぞと言っても、わかる人は少ないのではないかと思う。僕でも隆能源氏と言われているすばらしい画が日本にあることを知ったのはつい数年前の話である。そして本物はまだ見ていない。いつ見られることかわからない。しかし原色の複製で見るとすばらしい。僕は光琳の「八つ橋」業平《なりひら》が従者と八つ橋のかきつばたを見ている画が大好きだが、この隆能源氏はもっとずっと調子の高い美しいものに思える。藤原隆能が事実かいたかどうかわからないそうだが、昔からそうつたえられているなら、伝隆能として通す方がいいと思う。藤原隆能と言う、フラ・アンゼリコにも負けない画家がいたということをすべての人が知るのはいいことと思う。

隆能という名ぐらいは、国民は覚えていていいはずと思うが、覚えている人は専門家ぐらいのものであろう。

作品が残っていない人でも、せめて名だけでも知っておく必要がある人は、少なくないと思う。日本人でいて、西洋の下らない画家の名まで知っていながら日本の大芸術家を知らないのは残念なことだ。僕もその一人なので、なお痛切にそれを感じる。しかしそれは国民が悪いのではない。美術を私蔵し、つまり死蔵し、国民に見せないようにして、保存する、その保存の仕方がわるいのだ。もっとよく見せることを考えるべきだ。

隆能源氏なぞ、東京で見せれば、一ぺんに日本中の人が名を知るであろう。新聞雑誌でどんどん紹介するから、画に興味のある人達は忘れることが出来なくなるであろう。

光長、信実《のぶざね》と言っても、名を知らないのは、情けないと思う。

ゴヤの名は知っているが、光長の名は知らないでは困ると思う。

しかし僕自身、東洋の画のことを西洋の画ほど知っていないのだから、威張るわけにはゆかないが、せめて東洋の誇りになる芸術家の名だけは、国民に知らせる必要がある。

それには常設美術館があって、一通り日本の代表的な人の作品をならべると一番いいのだが、それが急に望めなければ、したしみをもてる手ごろな美術書が出来るといいのだ。

そういう本もないこともないと思うが、どうもまだその方の紹介が足りないように思う。

一三

どうも日本は美術品を見せるということをいやがる。

黄不動《きふどう》なぞは本物は園城寺《おんじようじ》の秘仏で、誰にも見せないことにしてあって、我等が見られるのは、その非常にいい模写だけだそうだ。

秘仏という考は、もうそろそろやめていいのではないか。赤不動などでもある時期に高野山にゆかないと見られないのだそうだが、思いきってそれ等の秘仏を東京で公開する方が、かいた画家に霊があれば喜ぶはずと思う。日本の誇りになるのだから、しまっておく必要はどこにあるかと言いたい。

実際秘仏だったもので、公開されたものもいくつかあるにちがいないが、それで仏罰があたった話も聞いたことはない。そのために喜ぶ人はどんなに多いかわからない。そして日本の名誉になり、国民に自覚を与える役に立つのである。

この秘仏の思想に、個人の私蔵の考えが共通しているように思う。東洋美術の発展はそれでずいぶんさまたげられたことと思う。

僕は声を大にしてこの秘仏主義に反対する者が出ることを望んでいる。

東洋美術が、一般の人に知られないのは、いいものを持っている人が、人に見せたがらないことが、大きな原因になっているように思う。

こういう例はあげればきりがないと思う。

一四

西洋人はそこにゆくとよく見せることを心得ている。各国ともいい美術館をもつことを自慢にし、人類の宝とも言うべきものを、国民に見せ、また外来の人に見せることに実に心をつかっている。有名な美術館に一日入れば、一冊の美術史をよむ以上の知識が得られるわけである。だから美術のいい本も出るし、皆も親しみ、名をおぼえ、その人の画の特色を知り、思い出して見たくなれば、いつでも見られる。従ってその人の特色を知り、親しみを持つことが出来る。

僕達すら東洋の芸術よりは西洋の芸術に親しみを感じやすいのは、いい本が手に入れやすく、その人について研究しやすいからである。

日本でシナや日本の画家のことを知りたく思って本屋に出かけても、なかなか手ごろの本を見つけることは困難である。

学究的なものは探せばあるが、面白く親しみを感じて気軽に見たくなる本はなかなかない。梁楷《りようかい》や牧渓《もつけい》の画が見たくっても、信実、雪舟の画を見たくも、また夏珪《かけい》の画集を見たくっても、なかなかいい画集はない。あっても、見たい画が入っていることは滅多にない。

根気よく何年もかかって捜せば、手に入れられるものもあるが、すぐには間にあわないことが多い。

現にシナのある花鳥画のことをかきたいと思って、二三日前古本屋歩きをしたが、遂にその画の出ている本を見つけることが出来なかった。

一五

僕は東洋の画も好きだし、西洋の画も好きだ。両方すぐれたものは、実にいい。自分はどっちがいいとは言いたくない。

どっちもいいと言って不都合はないと思う。

東洋画の極致は墨画にあると言っていいかも知れない。この墨画の味は西洋画には求めることが出来ないと思う。しかし僕は墨画も実に好きだが、色の美しいものも実に好きである。精神的な美も実にいいが、肉眼で見た美にも実に感心している。

一々の人については、あとで書きたいと思うが、古今東西にいろいろの人がいて、極端にまで精進して、徹底した作品を残してくれたことは讃美《さんび》に価する。

この世に生きる喜びの一つは、人間の純粋な心にふれることである。また美を愛することである。古今東西に我等の心にこの深い喜びを与えてくれる人が、沢山いてくれることは我等の喜びである。

自分はそういう人の作品を通して、読者に深い喜びを贈りたいと思っている。

真理先生の遺書

私はまだ当分生きて、皆様の厄介になるつもりです。しかしいつかは、私も死ぬわけです。いつ死ぬか私にはわかりませんが、いずれ死ぬ事はまちがいない事実です。私は自分が死ぬ事を悲しんではいません。なるべく遅く死にたいと思っています。私は死にたくない人は、この世を愛する事の出来る人と思っています。この世が愛せない人はこの世に未練があるわけはありませんから、死の苦しみは閉口でも、死そのものは嫌《きら》わないわけです。私はもう七十六になり、私の母の死んだ齢《とし》になりました。相当生きて来たわけで、今日まで生きられた事を感謝していますが、しかしこの世に若くって死んだ人が多いのですから、そう言う人達の事を思うと、長生きした事を喜んではすまない気もしますが、しかし自殺した人達の事を考えると、自分が今日まで、自殺する気にならずに来た事は、この世に何かの意味で執着を持っていたからと思います。しかし執着だけでなく、この世を楽しく生きるのに価《あたい》する処《ところ》だと思ったのは、事実です。私達は生きている間は、生きる方が本当で死ぬ事が不自然に思われます。ともかく私達は生きられるだけ生きる方が自然だと思います。同時に今の人間は誰でも死ぬように出来ているのが本当で、私に言わすと、今の人間は死ぬ方がいいから死ぬのだと思っています。しかし死ぬ方がいい時まで生きている人が少ないから、本当の意味で死ぬ方がいいと思って死ねる人は少なく、まだ死にたくならない内に死ぬ人が殆《ほとん》ど全部だと思います。

ですから私達が今日、死にたくないようにつくられていると誤認しているので、本当に死ぬ方がいい時が来たら、喜んで死ねるのが事実と思います。

そして私自身も、もうこの世でするだけの事をした、これ以上は何にもしなくっていいと思えるところまで生きて働けるとは思っていません。それで私はまだ本当に死にたい人の気持はわからないはずと思っています。

しかしいくらわからないでも、死ぬ時は死ぬので、死んだあと、私の考えをはっきり饒舌《しゃべ》ってくれるのは、結局自分の文章だと思う。それでこの文章をかく事にした。かいたものが役に立てば嬉《うれ》しく思うが、役に立つかどうかは私は知らない。役に立てば人々はこの文章を記憶してくれるであろう。役に立たねば忘れてくれるであろう。

私は正直に自分の思っている事をかいて見るつもりだ。私が考えた事をうまく書けることを何ものかに祈っているわけだ。

私は人間に生まれた事を幸福とも不幸とも思っていない。私は生まれた事実を事実として認めている。私は今死にたくない。死にたくない事を考えると生きる事を喜んでいるのは事実らしい。しかし生きている事を喜びすぎれば死を考える。死を考えると人間は可哀想《かわいそう》になる。死苦の苦しみは天寿を全うしない者は誰でも味わわねばならない。そして天寿を全うする人は先《ま》ずあるまい。百万人に一人もむずかしいであろう。自分は百万人の一人になりたいとも思わない。尤《もっと》も私は天寿を全《まっと》うしたい気は十分持っている。早く死にたいとは夢にも思わない。しかし百万人の人が苦しんで死ぬのに自分だけが楽をしたいと思うのはすまない。私は好んで苦しみたいとは思わないが、皆が苦しむのに自分だけが苦しまない事を得意にはしたくない。さんざんこの世で働いて最後に死苦を十分味わわされる人間の事を考えると、気の毒でならない。それが又自分の運命であると思うと、私は喜ぶわけにはゆかない。私は肉体の苦しみには耐え難い人間の一人だ。私は聖者ではない。ただの人間である。私は最も人間らしい人間である事を誇りとしているものだ。人間以下になりたくないが、以上にもなりたくない。私は人間として何処《どこ》までも生き又死にたい。ただ迷える人間として生きたくない。正道を堂々と通って生きてゆく人間でありたい。人間誰とも平等に一個の人間、一個の自由人、自分の頭でものを考える人間でありたいと思って来た。

大地の上に我が足で立ち、我が頭上には天のみ高い人間でありたいと思って来た。私は今でも自分の頭以上に他人の頭を信用せずにいる。自分が本当だと思う事だけ本当だと思う。自分と同感出来る事を正確に言っている人の言葉だけ信用している。私が教を受けて本当にそうだと思う時だけ感心する。いかに本当らしく聞える言葉でも私の腑《ふ》に落ちないことは、私は承認する事は出来ない。私は自分が感心出来るものに感心し、自分が敬愛出来るものだけ敬愛して来た。

私は誰をも、何ものをも、同情し、又愛したいと思っている。そして同情が出来なかったり、愛せなかったりした時、自分に利己的分子があれば、反省したいと思っている。しかし同情出来ない時、又愛せない時、同情したり、愛したりしているポーズはとりたくないと思っている。私は何よりも偽善者になりたくない。偽悪者には元よりなりたくないが、偽善者になる事は私にはなお致命傷だ。私は都合のいい事は言いたくない。私は正直にものが言える時にだけ、ものがいいたい。

わからない事は、わからない程度を明示出来たら明示したいと思っている。

私は百の内九十九わかっても、最後の一つがわからない事は、わかった顔はしたくない。

私は人間が生きている間、どの人間にも嘘《うそ》はつきたくない。現実に生きている場合、私は嘘を積極的につかない場合はあっても、消極的には嘘をつく場合がないとは限らない。相手によって真実は言えない場合がある。しかし個人相手でなく、人間相手に語る時、私は嘘はつきたくない。嘘の部分があれば其処《そこ》から腐り出し、時がたつと全部腐る事になる。私は真実以外を語る必要を認めない仕事をしたい。

だから私はここにも嘘はつかないで書ける事だけ書いておきたく思う。

私にとっての一番の事実は私が生きている如《ごと》く、何億の人間が私と同じく生きている事である。私は地上の人間が現在何人いるか、過去に人間が何人地上に居、又今後何人この地上に人間として生まれてくるか知らないが、ともかくこの地上に人間が生きて来、又現在生き、将来又生きている事実は認めなければならないと思う。なぜこんなものが地上に生まれたか、私は知らないが、生まれた事実は、理由如何《いかん》によらず認められなければならない。そして人間が事実どう生きられているか、身をもって味わっている事も事実である。私は先ずこの事実から、人間がどう生きるのが本当かを知りたく思っているのだ。

私にとって私は唯一《ゆいいつ》の存在だ、私が居なければ、私には何にもわからない。意識がなければ私は石ころと同じだ。何事も気にならない何事も考える必要はない、問題は一つもない、だが私は生きている限り、何か考えなければならない。そして考える能力が与えられている以上、真理を求め、それを獲得しないではおさまらないものを感じるのをやむを得ない。私は其処《そこ》で真理を求めるのである。

ただ無意味に生きるだけでは私は承知出来ないのだ。考えないですむ人、考える閑《ひま》のない人、考えるのが面倒になった人、無我夢中に生きている人、それはそれでいいかも知れない。しかし私は考えないではいられないのだ。

私は人間はどう生きるのが本当か、私はそれの答を求めて今日まで生きて来た。そして私は私なりに、一つの解決を得ている。私はそれに従って生きて来、これからも生きたいと思っている。

私は人間は不可能な事はしないでいい、可能な範囲で自分の行為に責任を持たねばならないと思っている。しかし可能な範囲がどの程度かと言う事はわからない。不可能と見える事が存外可能な場合がある。怠け者には不可能な事が勉強家にとっては可能であったり、不誠実な者には不可能な事が、誠実な者にとっては可能な事がある。しかし人間としては不可能な事も沢山ある。私は不可能な事はしないでいいと思っている。その代り可能な事には何処までも責任を持ち、それが出来ない事は恥じねばならない。しかし過去の事はいくら恥じてもどうにもならない。人間に不可能な事の最も大きい部分だ。それだけどうにもならない悔を残さない為《ため》には、現在と未来が大事になる。現在と未来、自分が生きている間に我等の可能な事が沢山横たわっている。しかし人間は同時に二つの事は出来ない、出来る一つの事に全力を尽す事が大事だ。出来る与えられた機会が大事である。その機会を最上に生かす、それが出来ればその人は大した人である。私は自分に出来るとは言わない。しかし出来るだけそうありたいと思う。しかしその為に窮屈になったり、いらいらしたりはしたくない、悠然《ゆうぜん》としてなすべき事をしたいと思う。私はゆったりあらゆる場合を考え、碁《ご》の名人があらゆる場合を考えて石をおくように行動したい。しかし考える時間のない、瞬間に行動しなければならない場合も多い。その時は、愛と誠が私を導いてくれるであろう。

　私は今日まで来た。私が一番後悔するのは、他人を不幸にした事だ。悪気はなかったにしろ、自分の思慮が足りなかったり、自分の努力が足りなかったり、自分の行動が不謹慎だったりして、他人にとり返しのつかない迷惑を与えた事は、思い出すと、一番気になる。すんだことは仕方がないが、二度と他人に迷惑は与えたくないと思う。私は他人に何かいい事をした事があっても、それは気にならない、すぐ忘れてしまう。

白い布《きれ》は白いのがあたりまいだ、一つのシミが気になる。私は気にならない生活をつづけてゆきたい。私は他人がどう思うかは、気にならなくなって来た。しかし自分の心が落ちつかなくなるのを恐れる。この世には不幸な人が多い。それ等の人の事が気にならない事はないが、自分に責任を持てない事まで気にするのは、思い上りだと思っている。自分のなす事をすれば、それで何かは許してくれる。しかし目指すところは、すべての人の幸福でなければならない。祈る心はなくなってはならないが、祈ればそれでいいのではない。私は毎日の生活こそ大事だと思うのだ。

他人や自分の不幸の種はまかないようにして、自分のなすべき義務を果すべきだ。出来るだけ忠実に、自分のなすべき事を誠意を持ってなすべきだ。誠意は閉された心には通じないが、開かれた心には通じる。私の心が喜ぶのはそう言う誠意が何処から、音信《おとず》れてくる時だ。その時、私は涙する。ありがたくなるのである。人間世界に、この涙が与えられている事実に、又私は深く深く感謝するのだ。私がある画を見て感動するのも、その画に人間の真心が純粋にそそぎこまれているからだ。

世間の出来事には真心は不必要な場合が多い。私の心にひびかぬ事が多すぎる。

肉体を有する我等は先ず食わねばならない。衣食住の問題は真心では解決出来ない。だからこの世に生きるには真心は必要ないと言う方が事実に思われる。しかし食う為に真心が必要でないからと言って、生きる為に真心が不必要だとは言えない。私達が生きる事に深い真面目《まじめ》さを感じ、生きる事に意味を感じられるのは真心があるからだ。食うために真心があるのではない。真心を生かす為に食うのである。生きるのが目的ではない、人間は皆死ぬのだ。生きるのが目的なら、死は最後だ。生きるのは真心を生かす為だ。かくて死は最後ではない。地上に人間の真心を何かの形で生かす、個人々々に与えられた真心を生かす、それを生かし得た人は、使命を果せた人だ。生まれただけの事をした人だ。その人は死んでいい人であり、同時に人類のある限り不死の人だ。人類がなくなっても不死の人かも知れぬ。真心は人間的であるが、それ以上かも知れぬ。私は今これをかいてそう思う。

私は不死を望まない。私は無心な状態になり切ればそれでいいと思っている。この世で生きて悔いなく、感謝の念を一杯もってあの世にゆければ実に仕合せと思っている。

私は今の人間は不死につくられていない事を知っている。だから生きている間に、真心を生かし切ればそれでいいのだ。純粋な人はその為に全力を尽したがっている。あらゆる方面でそれを生かし切れた人に、人類は感謝する。

人類は何の為に生まれたか、私は知らない。だが何かの理由で私は内から生まれて来たのだと思っている。外からつくられたものでなく、内から生まれたものと思っている。内から生まれる力こそ、我等を導く力があるのだ。我等の先祖、我等、我等の子孫、皆この力、我等には不可知であるが、この力によって我等は生まれたのだ。この力は何ものにぶつかっても、己《おの》が道をつくって、進んでやまない力を持っている。その力が我等を導いて、永遠に進歩を目指《めざ》して進ましているのだ。我等はこの力に支配されつくせばそれでいいのだと思っている。我等は我等の為に生まれたのではなく、その生命の流れの一つの細胞として生きているにすぎない。だがその細胞はあまりに複雑で、自意識が強い。自分が天下の中心だと思い上っている愚か者も少なくない。しかし自己の為に人類があるのではなく、人類の一部として自己が存在させられているのだ。

私には其処が面白く思われるのだ。それでこそ、我等は我等の真心を信じなければならない。真心は我等の一生を指導する為に我等に与えられているのだ。そしてこの真心を生かせば、人類全体が兄弟姉妹としてお互に助けあって生きられるように出来ているのだ。真心と真心とが、お互に感動しあい、お互に協力することが出来れば、始めて世界は平和になり、お互の愛がゆきききするのだ。そう言うように我等はつくられているのだ。だから我等が感動し、又愛し得るのは、古今東西の真心を本当に生かした人々だ。私はそう言う人々に接するごとに、涙ぐみ、人間を愛し尊敬するのだ。真心を拒否し、他人の生命を愛する事が出来ないものを、私は尊重するわけにはゆかない。自分の利益の為、或は自分の欲望の為に他人の利益や、感情を無視するものを私は最も真心の敵として、憎悪《ぞうお》する。ひどい目に逢《あ》うものに対する同情が、ひどい目に逢わすものに対する憎みを十倍する。私は弱者をいじめるもの、他人の生命を軽視する者に寛大にはなれない。人間はお互に尊敬し合い、助けあい、認めあう事が望ましい。

他人を助けた話、他人に親切な話、自己を純粋に生かし切って、他人に迷惑を与えない話、私はそう言う話が好きだ。

人間の真心は実は同じ根から発生したもので、お互に尊敬しあい、愛しあうように出来ているのだ。だから真心を生かし切った事実が、芸術が私達を感動させるのだ。その感動の深さこそ人生の深さと言うべきだ。

私は真心を生かしぬいた者を讃嘆《さんたん》するのだ。真心は用はない、正直者は損をする、策略さえうまければいい、そんな考を私は軽蔑《けいべつ》する。それは人間を侮辱するものだ。他人殊《こと》に自分を侮辱するものだ。私はそんな者の言うことは信用しない。私は入れば入る程真心を生かしているものを信用する。誠心誠意、自分の仕事に全力を尽した者、その人こそ、最も人間らしい人間である。私は讃美する。

人間が生まれた。気の毒だ、大変だと思う前にお目出たいと思う方が自然だ。「お目出とう」と言う方が本当だ。生まれた者は祝福されるべきだ。人間がこの世に生きる事を望まれているのが事実なら、生まれる事を祝福されるべきだ。

私が生まれた時、親達は喜んでくれた。親には喜ばれずに生まれた者もあるかも知れない。しかしそれは例外で、親達に喜ばれて生まれて来る方が、自然である。僕は親に喜ばれずに生まれて来た者の生命力を祝福したいと思う、少なくも生まれて来た者の幸福を望むのは当然だと思っている。しかし親に喜ばれて生まれて来た事を僕が喜んでいるのは事実だ。僕は限りなく親を愛している。その親が喜んでくれた事は喜びである。僕は親には縁のうすい方だっただけ、なお親を喜ばした事を感謝している。それだけでも僕は生まれてよかったと思っているのだ。生まれて悪いと思ったとしても、どうにもならない事だが、生まれて見て、よかったと思える事を僕は仕合せに思い、感謝するものだ。人間は又そうつくられてあるべきだ。

子供が身体《からだ》が悪くなく、又何処《どこ》にも故障がない時、子供は喜ぶのが当然で、生々した生命は常に健康な子供が元気で元気で少しもじっとしていられないようにする。子供が悲観している時は、何処か健康に生命が生きられない時だ。子供は万事よくいっている時は、うたをうたったり、踊ったりする方が自然だ。赤子の心を失った者には人生はわからないと言うのは本当だ。内の生命がしなびた時、生命の喜びが味《あじわ》えないのは当然だ。生命は生きる事を欲し、生きられる限りは元気だ。弱っているのは生命力が弱い時だ。生命は元来、陽気で、元気で、積極的であるべきだ。よわっている人を見て、はがゆく思うのは当然の事だ。皆が元気で、健康である事は望まれるべきだ。

しかしそれには、すべての人の生命が尊敬されなければならない。皆が自由人で、自分の生命をさながらに生かせる事が望まれるべきだ。生命はそれを望んでいる。少なくも人間以上の動物は。

人間以下の理性のない動物は、強食弱肉が自然である場合がある。肉食鳥獣、殊に魚の世界、昆虫《こんちゆう》の世界、彼等は弱いものを食う事が生きる唯一の条件である。食われるものがいかに哀れであろうとも、自然は無関心である。だが果して無関心か、やむを得ぬ事実として、何処かで心をいためているのではないか。

さもなければ、それでいいはずだ。それでよければ、人間は生まれる必要はなかったはずだ。

ところが人間は生まれた。しかしまだ今の人間は残酷性をすっかり失ってはいない。心をいくらかいためる性質は持っているが、しかしまだ人間が他の動物を平気で殺し、又食っているのは事実で、殺生を喜ぶ性質はまだ多量に人間は持っている。人間が人間を殺す場合さえある。芝居や映画で、人間が殺されるのを見て、それは相手が悪人である場合ではあるが、快感さえ感じるのは事実だ。

罪のない人間を殺すのには見物は憤《いきどお》りを感じる。それを利用して、痛快感を与えるのが目的で、悪い人殺《ひとごろし》が殺されるので喝采《かっさい》するのだが、しかし人間の内に残酷性が皆無だったら、そんな場面を喜ぶわけはないと思われる。

しかし人間は既に、殺人のよくない事をはっきり知って来ている事は否定出来ない。そして更に進んで、他の動物を殺す事にも反対したい気持になりつつあるのも事実だ。しかし今、他動物に対する殺生は除外するとして、人間が人間を殺さなければならないと言う考は、持てなくなった人が多くなって来たのは事実だ。そして皆の人が仲よく、お互の生命を大事にしなければならないと言うことが常識になった事は事実である。

それ以上僕達が人生を肯定したく思う場合、一人の人間の死も、無関心ではいられない。一人の人間の死に無関心でいいとなれば、君自身、我自身の一つの生命も無視される事になる。自分の生命を大事にしてもらいたいものは、又他人の生命も大事にしなければならない。

　僕達は何ものかに一つの生命を托《たく》されているのだ。このことはすべての人にとっても同じ事だ。だから皆に托された生命は何ものかにとっては同一の価値がある。自分の生命だけが貴《とうと》いのではない。すべての生命が同様に貴いのだ。この事を本当に知る時、我等は如何《いか》に生きるべきかがわかるはずだ。

　僕達は不可能なことはしないでいいが、可能な限り、この意志に従って全《すべ》ての生命が正しく生きられる為に努力する事が必要だ。それには先ず、自分に托された唯一の生命を出来るだけよく生かす事が大事だ。僕達が二つの生命が托されないのは、僕達の能力が一つの生命を生かすだけが、やっとにつくられているからだ。その代り、その一つの生命を本当によく生かしたものの影響は一人ではとまらない。その生命は必ず他の生命に限りない力を与える。僕達がすぐれた芸術家を熱愛するのは、彼等の作品に、人間本来の生命が個性を通して、燦然《さんぜん》と輝き渡っているからで、それが見る人の心を又純粋に生かす力をもっているからである。その時人間の心は本来の姿をあらわし、歓喜するのだ。

　僕達は自分の生命を正しく生かす事が、又他人の生命を正しく生かすのに役に立つのだ。他人の生命を正しく生かせない時は、自分の生命も正しく生きていない時だ。人間相互の関係が病的な時、我等の心は健康には喜べないのだ。人間にはいろいろの欲望が必要だ。殊に人間をこの世から滅亡させない為《ため》には、いろいろの欲望が多量に用心深く与えられている。だから我等はその欲望に溺《おぼ》れてはならない時がある。人間に一方理性が与えられ、又智慧《ちえ》が与えられているのはそれらの欲望を支配し、彼等が病的にのさばらず、すべてが調和されて正しく美しく生きられる事が、望まれているからだ。

その何ものかに望まれている通りに、生き得るものは幸いである。

僕は常にそう言うものでありたいと望んでいる。

人間の子供は元気に健《すこや》かに、悪ゆきせずに正しく生きる事を望まれている。人間の子は育ち悪《にく》いだけ、親の苦労も大変だが、それだけ十分親の愛が与えられ、子供が丈夫に、正しく生長してくれる時の、親の喜び、得意さは大したものである。その代り子供に病気されたり、悪ゆきされたりする時の親の心配は又大したものである。そうつくられているところを僕は又面白く思っている。

自然のぬけ目なさよ。人間が自然の寵児《ちょうじ》である事は、その心の出来で、僕にはわかるのである。すべての人間が幸福である事を何ものかに望まれている。それが私の信念である。

少年から青年にかけて、人間はやっと一人前になり得る。肉体的にも、精神的にも、一人前の活動が出来るまでには人間は相当の用意がいる。その間、人間は誰かの保護を要する。そしてその間に教わるべきものは教わる。そして肉体的にも成熟し、精神的にも、自分でものを判断する力を得る。

僕はそれまでに、出来るだけ健康な肉体と、健全に教育された精神を要求する。そして独立して、自分で、直接にものを感じ、又考える能力を獲得する事を切望する。一人前の人間は、それは自分で、しっかと善悪正邪の判断が下せる。そして最も深い喜びをくみとる力を有することだ。野心家の扇動にだまされて、邪道に落ちこまない事だ。邪道に落ち入ったものは、人生を見失ったものだ。最も深い生命の喜びをくみとる事がわからなくなる者だ。人間で人間らしくない心の持ち主になる事だ。

人生の妙味と没交渉の生活するものには、遂《つい》に人生はわからない。深い愛、純な喜び、生きる権威、そんなものが空になる世界、より所を全く失った世界、若くってこの世界に没入したものは、遂に人生から迷い出たもので、帰る道を忘れ易《やす》い、かかる人とは人生を共に語るわけにはゆかない。粗雑な人生、粗雑な人間、美愛真の世界から迷い出した人間。他人の命令を聞かないと、何をしていいかわからない人間、そういう人間になりたくないものは、自分の本心に何処までも正直にならなければならない。

若者がある齢《とし》になる。彼等を待つものは、結婚である。結婚は必ずしなければならないものとは思わないが、次の時代を考えている自然は、先ず男女に子供を生ます為の用意をおろそかにしてはいない。この用意がよすぎる為に多くの罪が行われる程である。

性欲は悪ではない。むしろ人生に与えられた快楽の最も大きな贈りものであると言っていい。僕には性欲のない人生は考えられない。ただこの性欲が、自他の運命を傷つける事を恐れる。無責任に子供を生む事は生まれるものにとっても、社会にとっても迷惑である。だから性欲は不自然に生かされる場合が多い。その場合、僕は誰の運命も狂わさず、又健康もそこねない場合、僕は沈黙していようと思う。僕は自分が特別の境遇に育ったせいか、自分が性欲を持っている事は十分認め、それに寧《むし》ろ感謝しているものだが、他人が性欲を持っている事は、事実としては認めるが、実感としてはあまりぴったり感じられない。

性欲を悪とあまり強く感じさせられた十八九歳の時、この地上にうじゃうじゃいる人間が一人残らず、親の罪悪を証明して歩いているように思われて閉口した事があるが、閉口しすぎた結果、性欲は悪とは見なくなり、性欲があって人類は益〻《ますます》栄えるのだと言う事実を認め、その上で性欲は謹《つつし》まないと、罪をおかしやすい本能なので、一方羞恥心《しゅうちしん》が与えられている妙味に感心し、自分が病的羞恥心を感じないように心がけた。しかしこの羞恥心を全部失ったような人間の露骨な話を聞かされるのは、この齢になっても恥ずかしい気がする。一人でこっそりそんな話をかいてあるのを読むのは、あまり嫌《きら》いでもない事を、ここに告白するのは余計な事かも知れない。

しかし人間には性欲の他に、恋愛が与えられている事に、僕は興味を持つ。恋愛があって、人間は人間らしい。人間以外に、人間以上に恋愛を感じる事が出来るものが、あるかどうか私は知らない。しかし人間にそれが与えられている事は、人生の妙味の一面を暗示しているようにも思われる。

僕は理想の世界が来、この世は最美の世界になり、この世は最美の人々にうずめられた時、我々はあらゆる人間に対して、性欲のない恋愛を感じる事が出来るのではないかと思う。しかし性欲のない恋愛とはどんなものか。母が子を愛する愛に似たものか、育てる義務のない母の愛のようなものか。

何と言っても人間同志が、本当に愛しあえ、そしてお互の幸福をわが事以上に望む事が自然になれる時、見るもの皆美しく、愛しないでいられない時、見るものすべて讃歎《さんたん》出来る世界、無心で満ち足りた世界、私はそれが極楽の世界と思う。そして恋愛はその香りを地上に持って来た、不思議な感情である。

ここで人間は自分を忘れる。実は一番自分本位でありながら、相手を愛するあまり自分を忘れる。しかし其処《そこ》には犠牲的精神はない。あってもそれは相手が自分と一つになることを条件にしている。私はここに或《あ》る者のぬけ目なさを見るのである。

私はある者を信じるのである。

ある者は、何者であるか、生命を支配するもの、一個の実在的な物ではない、自然そのものではない、自然に生まれたものは、全部完全ではない、しかし完全でない事に満足出来ないものである事はたしかだ。僕には地上に現在ある動物はすべて満足する事の出来ない動物だと思っている。地上の動物では何と言っても人間が最上の動物とは言えるであろう。人間以外の動物には善悪はない。彼等の世界で強食弱肉はそのまま自然だ。勿論《もちろん》、弱肉は食わないでも生きられる動物はある。菜食ばかりして、肉食をしたいとは少しも思わない動物は沢山いる。しかしそれと同時に、弱肉を食わないでは生きていられない動物も少なくない。そしてその為に食われる為に生きている憐《あわ》れな動物もいる。一生びくびくしてくらして、あげくの果て殺され食われる動物もいる。虫などの世界では、他の虫の子供の食物になる為、一生なま殺しにされるものもある。悲惨と言う以上に一生を犠牲にされるものもある。然《しか》しそれは事実である。自然は神ではない。しかし生命はそれで満足はしていない。殺されて喜ぶものはない、殺すものも、又他のより強い動物には殺される。強いものばかりではない、弱いものにも殺される場合もある。

要するにこの世は地獄だとしか思えない事実がある。しかしそれにもかかわらず、我等を支配しているものは、地獄の世界ではない。地獄からぬけ出て、極楽の世界をつくり上げたがっている。そしてそう言う世界が地上に生まれるまで、生命を生かしぬきたがっている。

僕はその力を認める。その力あって、我等が本気になれるのだ。この力、この希望があって、僕達は自分の仕事に本気になれる。

この力が何処から来るか、僕はそれを問題にしない。ただそれが僕達の生命の最も深い処《とこ》ろからわき上って来る事を認める。僕は日本人に宗教心がないと言う人に反対する。僕は迷信のかけらもなしに、この事実を、そのままに感じられる事が、本当の宗教心だと思っている。この事実を如実《にょじつ》に認め、そして其処から、人間は如何《いか》に生きるのが本当かを本当に知るものは、純粋な宗教心を持つ者で始めて出来る事だ。

僕は自分の生命を肯定するには、この純粋な宗教心に従って謙遜《けんそん》に生きるより他に道はないと思っている。そしてすべての真の宗教は、この最も純粋な生命の意志を感じて、それを人々にのべ伝えている教だと思っている。それは決してむずかしいものではない。それは自分に托された一つの生命を、自分の出来る範囲でその生命の意志を生かすようにする事と、他人が托された生命も自分の生命と同一に、その意志にとっては同じく貴いものだと言う事を本当に知る事である。

つまり最も深い生命愛を、身を持って感じられる生活を自分がし、又他人にもその生活をする事で、本当に生き甲斐《がい》が感じられる事を知らす事である。

僕はそれを信じている。僕は人智《じんち》よりも、事実を信用している。実感を信用していると言うのが本当かも知れない。人間の愚かな智慧では人間は下らないものだと言う事は証明出来るかも知れない。少なくも人生は無常であり、不幸な目に逢《あ》う事はいくらでもあり、一生不安な生活をし、そのあげく死ぬのは事実だ。どんな悪人も結局憐《あわ》れむべき人間として死あるのみで、自分の死をごまかして永遠に悪事を働き得る者はない。人生は死苦を以て終り、忘却されるのが落ちである。愚かな人はこの事実を見て、いい事を苦しんでしても、死んでしまえば同じ事だ、どうせ同じなら太く短くらす方が面白い、そう考えて、自分を好んで不幸にする。そして人生をつまらぬものと思って、益〻《ますます》やけになる。死ぬ時いくら後悔しても、もうどうにもならない。否《いな》その時でも素直な心になって、懺悔《ざんげ》の気持になれば、何かの愛がその人に清き涙を与えるかも知れぬ。ただ人生を呪《のろ》って死ぬものは、人生の最後の総決算に失敗した事を痛感しないわけにはゆくまい。勿論そう言う人も死んでしまえば、完全な無心な世界に入れる。其処に入ってしまえば、もう万事すんだ事になる。死人が又呼びさまされて、再び肉体まで与えられて、裁きを受けるように考える事は、僕にも想像もつかない程無意味な事に思われる。

僕は死んだ人は、もう人間ではない。生きている人の思い出は、生きている人にとっては事実である。しかし死んだ人自身は、もう生きてすべき事をしたので、もう生きた人間としては卒業してしまった事になる。どんな卒業の仕方をしても、死んだ人にとっては同一である。僕はこの事を不服には思わない。それどころかこの事は実にいい事だと思っている。

しかしそれだけに生きている人間にとっては生き方は問題になり、僕は人間を卒業する瞬間、意識があれば、出来るだけ立派に卒業したく思っている。この気持があればこそ、人類は美しく進歩出来るのだ。死ぬ時、死ぬ人の言葉は善であり、美であると言われているのは僕には事実と思われる。最後にあとの人類を祝福して、この世からわかれる事は最も人間らしい事実に思われる。

僕は人生を無意味なものと思っていない。思う資格が僕達には与えられていない。僕達が人生を無意味に思わないでいられない時は、実は人生にとって自分が、その瞬間無意味な生活をしている事を証明しているに過ぎない。人生が無意味なのではなく、その人が無意味な生活をしているのだ。真剣になって仕事が出来る時、真剣になって真心こめて他人と話をしている時、又真剣に人生を純粋に生かしているものにふれられる時、例えば大音楽家の演奏を聞いている時、或《あるい》は真心を生かしぬいてかかれた画を見る時、我等は人生を無意味だと思う余地はないのである。

我等をつくったものは、我等が我等以上に生きる事を望んでいない。しかし我等として最上に生きる事を望んでいてくれる。だからその人として最上に生き生き出来た時、それでいいのである。それで満足出来るのである。それでよしである。この事を経験出来た時、その人は人間の使命を知る事が出来るのだ。又人生の妙味がわかるのだ。

私はこの事を信じている。そして自分が人生にたいして疑問のわく時は、自分が本当に生きていない時だと言う事を、反省する。その反省はいつも自分にこの事の真を知らしてくれる。そして自分が真剣に生きられる時は、必ず自他の生命が等しく生きられる道を歩いている時だ。自己を最上に生かそうと努力した仕事、それこそ讃美すべき仕事である。その仕事は一人の人の生命をも否定しはしない。

キリストが罪のある女が多くの人に責められている時、「汝等《なんじら》の内罪なきもの先《ま》ずこの女を石にて打つべし」と言った。その瞬間、人間の権威は地上に満ちあふれたのだ。この光景を思い出すだけでも僕は人生を無意味とは思われない。そのキリストの愛、それは聖ヨハネの幻影だったかも知れない。しかしその愛にふれた時、私はありがた涙が自《おの》ずと流れ、心が清浄になり、限りなく人生を愛する気になれたのは事実だ。真理の上に立った限りなき愛、それこそ我等の心を清めてくれ、人間が生きる事の美しさを、如実に感じさせてくれる。

この事を本当に感じる瞬間、僕には人生を無意味とは思われない。

僕は人間に生きている限り、人生を否定する必要は認めない。人間にとって、人間は人間として最上に生きる事を求められている。それ以上、或はそれ以外は求められていないのである。僕等を心の底から喜ばす力のないものを僕等は信じてはならない。それは何処《どこ》かにまだまじりものがあり、真の人間の姿ではない。現実に生きるには、人間はまだ純粋に人間性を発揮するだけでは困難だし、まだ人間は肉体を生かしつづける為《ため》には、そう言う最上の生活ばかりを要求されていない。我等はいろいろの本能も持つ事は必要で、その内の本能は刺戟《しげき》が強いから、その刺戟に負ける場合もあるし、衣食住の為にも今の世では金が必要で、その金をとると言う事も中々大変だから、自分の生命を正しく生かす事ばかり考えるわけにもゆかず、それがいろいろと入り乱れる為に、罪を犯す結果になる事もあるが、だから僕は人間を罪の子とは思わない。

罪と言う事に就《つい》て、僕達はキリスト教徒のようにはっきりした感じは持たない。僕は罪は愚かさから生まれるもので、罪そのものを目的にして行動する場合は、存外少ないのではないかと思っている。しかし他人の本来の生命を傷つけ、他人を不幸にする行為は、罪と名づけるより仕方がない事は認める。そして罪を行う事は、結局、自分の生きる価値を否定する行為になる事を僕は信じている。この世の道徳も、僕には要するに僕達は生きる為には心にもない行為も、労働も必要であり、又病的な社会に調子を合わせる事も時には必要である。しかしだから我等は真に自己を生かす必要がないとは言えない。尤《もっと》もただ生きるだけなら、現在の社会と調子を合わせ、其処で生活に必要な金をとりさえすれば、それでいい、多くの人はそれ以上の生活を望まず、ただ生きればそれでいいと思っているのも事実である。しかしそれでは生きるだけがやっとで、生きる事に満足は出来ない。生きる事を有意味とは感じられない。肉体は満足するが、肉欲は満されもするが、心は満されない。生きる事が益〻空虚になり、無意味になる。真に生きる権威を感じたいものは、それだけではもの足りない。人間としてそれでは安心出来ないように出来ている。

だから本当に生き甲斐を感じて、生きないと我慢が出来ないものは、ただ生きるだけでは我慢が出来ないのは当然な事である。

生きるのがやっとの場合は、先ず生きる為に死にもの狂いに働くのは当然だ。しかし少しでも余裕が出来るか、人生の事を考える余力のある人は、生きるだけでは人生は空虚すぎる。そう言う人は人生には務めが大事な事がわかる。

我等はただ生きる為に生かされているのではない。何か目的があって、その目的に向って進むことが大事だ。目的は何か、すべての人が、何かの意志に従って生きぬく事だ。その何かは、僕達が神と言う言葉で呼んでもさしつかいない程、我等に生きる権威を与え得るものだ。しかしその神は、人間が今より想像がつかない程賢くならないと、正体はわからない。ただ我々はその意志を尊《たっと》んで生きてゆく事で救われるのだ。又死に打ち克《か》てるのだ。その時死は死滅ではなく、人生の卒業を意味するものだ。

我等は肉体を与えられている以上、肉体も大事にし、出来るだけ健康を損ねない事が大事で、そこねたらそれをなおす事が大事だ。しかし肉体は我等の理想ではない。

肉体は亡《ほろ》びても魂が生かせた者は、それは容易ではないだけに、我等は涙を流してそう言う人を讃《さん》美《び》するであろう。つまり自己に托《たく》された一つの生命は失っても、他人に托された生命に役に立てば、あるものにとってはいやな言葉だが損にはならない。僕は誰もが犠牲になる事は喜ばないが、しかし進んで多くの人命を助ける為に犠牲になった人の話には我等を奮起させる力がある。そう言う人は我等は心から讃美し、随《ずい》喜《き》の涙も流すのは、当然と言うべきだが、しかし犠牲なしにすべての人が生きられる話こそなお美しい。

私はそれを信じる。つまり私達は人類が生きつづけて、遂にすべての人が身心とも最美の人間になるまで、進んでやまない力に支配されて進んでいる。そして自分達は不可能な事をする必要はないのだ。可能範囲で、何等かの意味で、この大きな仕事に協力する事が望まれ、それを個人は自分の一生を通して果す事が出来れば、それでその人は生き甲斐を得られるのだ。この仕事は広大無辺だから、何かの意味で、この仕事に役立てばいいのだ。役立つ瞬間に我等は生き甲斐を感じるように出来ている。さもない時は、何か空虚な落ちつかないものを感じる。どんな小さい事でも一心になって、何の迷いもなく全力を出して出来る時は、僕は何かに愛されている時だと思っている。

僕は今の時代にはいろいろの事が言われ、尤もらしい顔をして、大きな声で、あたかも権威のある如《ごと》き顔をして呼ばれる言葉によくぶつかるが、その言葉を聞いて、我が心が欣喜雀躍《きんきじやくやく》しない時は、その言葉は真心から出たものでない事を如実に知る。僕は真心の言葉だけを信じる。その言葉は必ず僕の真心に通じ、僕の真心はそれを聞くと、純粋に喜ぶのである。聞いて心が喜ばず、何か後味の悪い言葉は、必ず何か為にする言葉で、人間本来の生命を傷つけるものである。

それに反して本当に我が心が喜ぶ話は、必ず或ものが喜ぶ話だ。他人の生命を利害によごされる事なしに愛した行為は、必ず我等を喜ばす。人間はそうつくられている。人間の心、人間の感情を微妙につくったものを、私は信頼する。それのみ信頼に価するものだと言う事を僕は信じている。この信仰こそ、僕に如何《いか》に生くべきかを、いかなる時にも、まちがいなく教えてくれるものである。

純粋に我が心が喜ぶ、その喜びこそ、天与のものである。天与の喜び。確信が持てる権威ある肯定、僕はそう言う肯定も、僕の心をつくったものから与えられる事を知っている。

我等は自分の心が肯定するものを、否定する事は出来ない。

限りなき美に対する愛、美に対する限りなき讃美、生命の王への限りなき帰依《きえ》、私は多くの愛すべき者を持ち、それ等のために生きる喜びを持ち、それ以上真理に帰依して、平然と生きてゆく、讃美すべき哉《かな》、我等に最も深き喜びを与えたまいし生命の王よ。

Ⅳ

鰻《うなぎ》と鮭《さけ》

鰻、鮭さん、鮭さん。

鮭、なんですか。

鰻、あんたは子供を生む時には川を上へ上へとのぼらなければならないそうですね。

鮭、ええそうですよ、あなたはまた子供を生むのには海にゆかなければいられないそうじゃありませんか。

鰻、そうですよ、私は川で子供が生めたらどんなに仕幸《しあわせ》かと思いますわ。

鮭、そうですか、私はまたこんな大きい図体《ずうたい》をしていますから海か大きな川で子供が生めたらさぞ楽だろうと思いますが、どうしても子供を生む時になると川を上へ上へのぼりたくなって仕方がないのですよ、いくら生命《いのち》があぶないと思ってもどうしてものぼらないではいられないのですよ。

鰻、不思議ですね。

鮭、そのかわり川をどんどんのぼってゆく時の嬉《うれ》しさはまたかく別ですよ。

鰻、そうですか、私はまたその時海にゆくのがどんなに嬉しいでしょう。

鮭、不思議ですね。

小さい寂しさ

時々、別に理由もなく寂しさを感じることがある、こう言う時、何か書きたくなる、かくことでその寂しさに打ち克《か》つことが出来る気になる。だからこの寂しさを感じることは悪いこととは思わない。

何かに餓《う》えている。それもごく静かに淡い。何かを求めている、その求めているものは何か自分にもわからない。そう云う時、何か仕事がしたくなる。何かに親しみを感じる、自分の心をうちあけたくなる。

西行《さいぎょう》も、芭蕉《ばしょう》も寂しさを求めていた。その寂しさはもっと痛切なものであろう。それだけその寂しさからのがれることは難《むず》かしかったろう。僕が時々感じるのは、その子供のようなものだ。或《あるい》はその新芽のようなものだ。

どうにもならないと言う程の寂しさではない。丁度いいくらいの寂しさである。それだけ其処《そこ》から生まれるものも、そう真剣な、どうにもならないと言うものではない。何か書くか、散歩するか、いい画を見るか、すればそれで慰められる程度だ。

しかしこの寂しさは人を真面目《まじめ》にする。しんみりさせる。正直に何か求めさせる。謙遜《けんそん》にしてくれる。

だから僕はそう言う寂しさを、清いものとして愛するのである。馬鹿《ばか》にしたくないと思っている。

清い憧《あこ》がれである。

根と実

この頃は画がかきたくって仕方がない。原稿をかくのは自分の仕事だが、画は今修業中で、まだ仕事とは思わない。それで画ばかりかいていると何となく遊んでいるような気がして、時に気が滅入《めい》る。しかし画ももう一歩でものになりそうなので、画をかかないではいられないものを内に感じている。

画をかくと言っても、ごく簡単な日本画で五分もかからずに出来る画だが、しかし一心こめてかくので、何か仕事をした気はする。

しかしここにかきたいのは自分の画の自慢ではない。画をかくことによって、いろいろの根や実の美しさに今更感心させられているので、そのことをかきたいと思うのだ。

僕はこの頃毎日、根の方では馬鈴薯《ばれいしょ》、百合根《ゆりね》、しょうが、山芋、わさび、などをかき、実の方では柿、ゆず、西洋梨《なし》などをかいている。

見れば見る程、それ等が美しくなる。美しいと言っても綺麗《きれい》とはちがう。馬鈴薯なぞ美しいとは言えるが、綺麗とは言えない。

僕は綺麗で美しいもの、花なぞも勿論《もちろん》好きだが、しかしどうもまだ僕には花はかけない、かけても根や実程、僕らしいものが出ない。又かく興味も少ない。しかし綺麗である。そして綺麗と言うことは悪いものではない。

自然が根を空中に生ぜず、花を地中に咲かせなかったのは、当然なことと思う。根は人目につくためにあるのではない。花は人間のためにあるかどうかは知らないが、人目か、虫目かにつくためにあるとも言える。

僕は時々へんなことを考える。それは自然に目がないと言うことだ。自然は実に美しい花を咲かせ、又実に美しい鳥をつくる。それは子孫を殖すためだと言うには美しすぎる。孔雀《くじやく》なぞも生きるためには美しすぎる。極楽鳥《ごくらくちよう》なぞも生きるだけにはあの美しさは必要がないように思う。事実そう美しくないものの方が生きるのに便利でもあり、安全でもある場合は非常に多いのだ。それにもかかわらず、自然は美しすぎるものをつくりたがる。

自然は自分に目がないくせに、どうして美がわかり、美を尊敬するのか、僕はそれを不思議に思うのだ。だがそれはありがたいことだと思っている。

そして花を美しく咲かせるものに感謝し、花が地上にあることを嬉《うれ》しく思うものだ。花の美しさは説明する必要のないことだ。誰でも知っている。

しかし土中にある根の美しさは知らない人が存外多いように思う。馬鈴薯が美しいと言ったら誰も笑うだろうと思う。しかしゴッホのかいた馬鈴薯には実に美しいものがある。又事実、僕の室に、三つ大きな馬鈴薯がころがっているが、三つとも実に美しい。特別に美しい馬鈴薯を買って来たわけではないが、たしかに美しいと僕は思う。しかしその美しさは花の美しさではない。石や、山や、土呂《どろ》の美しさと共通したものがあり、更に生命力の充実したところからくる線の美しさである。色もなんでもないようだが、よく見ると中々美しい。あまり黒くない土人の、美しい女の皮膚の色に似ている。僕はコロンボの博物館で、中々美しい、画にかきたいと思った美人が、夫と一緒に来ていたのを見たが、その皮膚の色に似ている。つやがあり、あたたか味がある。むしろ馬鈴薯の方が美しい位だと今馬鈴薯をつくづく見ると思う。

形は色々あって、昔の支那《しな》人のかいた山に似たのが一つある。それをかく時、支那の画を思う。勿論随分ちがうが、連想させる力はある。又、霊気と言うか、何となく力が内に満ちて、生命を放射しているような感じがある。それは花には感じられない力と言ってもいいと思う。

根で美しいのは百合根である。百合と言う名は花から来たのではなく、根から来たのだと思う。食べるのは僕はあまり好きではないが、この名は食べる人からつけられたもので、根の美しさを感じた人からつけられたのでないかも知れないが、しかし支那の画にもよくかかれているように思うし、鉄斎もよく描いているようだ。花片《はなびら》のような、もっと肉のある片が沢山抱きあって一つのかたまりになっている。色も黄味を帯び、赤味を帯び、中々雅致のあるものだ。

しょうがも中々面白い、ひねくれているが其処《そこ》が面白い。わさびとしょうがは、その味も特別で、よくこんな味が出来たものと思う。少なからずひねくれている其処が又面白い。山葵《わさび》は味覚を持ってもいまいが、我々は幸い味覚を持っているから、この自然の味を知ることが出来、一層感心出来るわけだ。

山芋も、畑に出来たのは、ふやけているが、自然のは身がしまって形の中々面白いのがある。僕の処《ところ》に今ある奴《やつ》は、短いが、一寸《ちよつと》竜が干からぼしになったような珍らしい形をしていて、画心をそそる。山芋は随分好きな人があるが、僕はとろろはあまり好きでない、がしかし滋味には富んでいるような気がする。艱難汝《かんなんなんじ》を玉にすと言う言葉があるが、山間《やまあい》の土地の悪い処に出来た山芋にこの言葉は当るようだ。

根は生命の基礎である、成長力の発生する中心である。だから自然はここに一番強く、生命力を保持出来るように注意している。従って滋養に富み、生命力に富んでいる。形もそれにふさわしく出来ている。

生命の神秘がその内にこめられているわけだ。その神秘を元より僕は知らないが、その生命の本拠地にふさわしい姿を彼等がしているのを感じ、それを讃嘆《さんたん》したいと思うのだ。彼等のあるものは生命の糧《かて》を多くたくわえている。あるものは大地にしがみついている。彼等は姿を地上には見せないが、しかしその姿は決して醜くはない、山芋なぞ醜いと言えば言えるかも知れないが、中々面白い、画にかけば雅致がある。見られようとしていないだけ、又其処に面白味がある。それ等のものを描きながら、自分はどれも一癖も、二癖もあり、いずれ劣らぬ代物《しろもの》であることを感じる。

又実の方を見る、これは又美しい。いろいろの実に就《つい》ては以前書いたことがあるが、柿などは花は美しくなく、小さく目立たないものだが、実は思い切ってはでだ。ゆずも中々雅致がある。西洋梨はセザンヌの画でおなじみだ。これも西洋のものとしては珍らしく雅致がある。僕は華美なものも好きだが、自分が画にかくには雅致のあるものを好む。

実も大事である。根も大事である。自然は視覚も、味覚も持っていないと思うが、しかしいろいろのものをつくって我等人間を喜ばしてくれる。人間も、自分にとって役に立つものがあれば、それを自分に都合よく成長させることを心得、又新種をつくることに成功する。

かくて地上には我々を喜ばすものが多くなる。根は地中のものではあるが、ここでは地上のものの内に入れる。自分は根をかきながら、根の美しさに自然の生命にたいする注意を見る。

僕は随分前に、馬鈴薯か何かをかいて、『根が大事』と言う讃をしたが、自然はじつにこの根が大事と言うことを心得ている。根なし草では枯れないわけにはゆかない。我等の生活にも根が大事で、根がしっかりしていれば、無限の生命力を内にたくわえることが出来るわけである。

我等の生活を真実の上に築かないものは根のない草で、生活が空虚になり、よりどころがなくなり、生命力が内にしなびてしまう、世間的に成功しても内に生命力がしなびては何にもならない。肉体は生きているだろうが、その生命はよりどころを失ったものだ。

かかる生活は根のない生活と思う。人間は草木でないから目に見えた根はないが、しかし我等の生命力は宇宙から得られるもので、その力は我等の見えない根から精神的に入ってくるものだ。肉体がしなびては困るが、生々している限り生命力は、見えない根を通してたえず我々の精神を新鮮にし、元気づけ、そして我々を成長させてくれる。それが無意識的に我々を導いてくれてるのだ。

しかし草木にあってははっきりした根があり、それが無限に生命力をとり入れることが出来るようにつくられている。それに露骨に形が与えられているのが、僕が一番描くのがすきなものたちである。

果実はその生命の最後のものであり、又最初のものである。果実の美しさは、最終の目的を果した美しさであり、又新しい生命が始まるのを祝福する美しさである。見ようによれば球根類、殊《こと》に芋類は根が同時に実であるとも言える。実に根が加わったものとも言える。木の根とは少し性質を異にしている、それ等の理窟《りくつ》は別として、前にあげた根をかくことは好きであり、かかる根をつくってくれた自然を讃《ほ》め、又感謝する。

画と文学

画と文学、どっちが優《まさ》っているかと言うことを論じたいのではない。ただ自分が画を描く時の気持と、創作をする時の気持にちがいがあるのを一寸《ちよつと》面白く思って、書いて見る気になった。

自分はまだ文学で生活しているものだ。小説や脚本をかくことが必要な人間だ。まだ画の方は素人《しろうと》の域を脱せず、それで生活をするわけにはゆかない、食ってはゆけるにしても毎月必要の金をとるわけにはゆかない。それで気がすすまないでも創作をしなければならない時がある。

なぜ画をかくことは好きで、小説をかくことは嫌《きら》いか。それを説明して見たいのだ。

僕は小説もかき出すと乗気になれる時がある。書いていて時間のたつのを忘れ、自分の書いている主人公と一緒に一喜一憂することもあり、泣きながら書くこともあり、愉快になることもある。夢中に原稿をかく時もある。決していやとは思わず充実した気になれ、何か仕事をしたような喜びも感じられ、時には興奮して、室を歩き廻ったりもする。

しかし其処《そこ》がまた僕の創作をすることがいやな理由でもある。僕は近来ますます無心でいることが好きになった。泣いたり笑ったりするよりは、ゆったり落ちついていたい。そして全力的な仕事がしたい。

その僕にとって画の仕事は実に都合がいいのだ。画は無心でかけるからだ。文学は無心ではかけない。殊《こと》に脚本なぞになると、激情が必要になる。たとえばソホクレスのエジップスのようなものをかくには、自分も目がくりぬきたくなるような悔恨を味わわないと、作が生きて来ない。そんな悔恨は、芸術的にではあるが、好んで味わいたくない。やむを得ず味わわされる時は仕方がないが、ゆったりした気持でいられるのに、わざと泣いたり笑ったり、泣き笑いしたりはしたくない。自分に何か煩悶《はんもん》があったり、やりきれないさびしさがあったりした時、創作はよき友であり、よき息ぬきである。しかし自分の気持がゆったりして、いい気持でいる時、落ちつきはらっている時、好んで自分の心を激情的にするのはわざとらしい以上、苦しみである。其処《そこ》に入りきってしまえば、ぬけ出るまでは落ちつけないが、入りこむまでが厄介だ。だからどうも創作しようと言う気になれない。

落ちついた気持、ゆったりした気持、無心の境、言葉が生まれる必要のない生命の世界。そう言うものは文学とは少し縁が遠い、そして画とは縁が近い。

文人画と云うものが支那《しな》に起り、詩人がある齢《とし》になると画を始める。金冬心《きんとうしん》なぞはそのいい例と思う。彼は五十位から画をはじめたと聞いているが、詩人としては既に大家だったらしい。詩は文学の内では一番無心に近いものかも知れないが、それでも言葉にはちがいない。金冬心のことはよく知らないが、言葉のいらない世界、無言の詩、それがかきたくって画を始めたのではないかと思う。無意識かも知れないが。

少なくも僕は画を描くことが好きなのは、無念無想で画はかけ、落ちついた気持で仕事が出来、たのしく充実した気持で、頭を無理に動かさずに仕事が出来るからだ。

文学は読む時も厄介だ。自分の頭を休めて読むと言うわけにはゆかない。読む以上は相手の頭の動きに自分の頭の調子をあわせなければ読めない。だから頭の悪いものを読むと自分の頭も悪くなる。いいものをよむ時は自分の頭もよくしないといけない。だから頭の悪い時はいいものはよめない。ぼんやり文学を眺《なが》めたり、無心で小説を読んだりは出来ない。其処へゆくと画は調法である。無心で見ていられる。いい気で眺めていられる。

しかし画にもそうでないものも時々あるが、そう言う有言の画はあまり好きでない。

画の特色は無心で見てうれしくなるものだ。文人画には讃《さん》がつきものだ。讃も字として面白ければそれでいいので、文句がいくらよくっても画も字も下手なら仕方がない。そして讃を読む時は有心でも、画のよさは無心なところがなければ面白くないと思う。支那人の讃は西洋人の唄《うた》の文句と一緒で僕にはわからない、しかし字のよさはわかる。

他の人のことは知らない、僕は画をかくのは無心で仕事が出来るからだ。落ちついて充実した気持で仕事が出来るからで、文学のように有意識でなく仕事が出来るからだ。画ばかりやっている人は、無心で画をかくのではあきたりなく、いろいろの意識を画のなかに入れたくなるかも知れない。しかし意識的な仕事は文学の方でより便利に生かすことの出来る僕は、画で意識的なものを表現したいとは思わない。あるがままでいいもの、善悪を超越した世界、意識が働く必要のない世界の仕事で満足する。それが嬉しいので画の仕事をするのだ。

だからいい画をかきたいとかも、あまり考えず、自分が満足出来るまで自然に肉薄した仕事をすればいいのだ。馬鈴薯《ばれいしょ》一つ描いても、自分はうまく感じが出れば嬉《うれ》しい。しかし中々思うようにはかけないが、しかし段々いくらかずつかけてくるので嬉しい。

自分は馬鈴薯を百以上描いたであろう。だが益〻《ますます》馬鈴薯に感心し、どうかしてその充実したグロテスクな感じをかきあらわしたいと思っている。形の変化も面白い、いろいろの形がある。山を見るようでもあるし、岩や、土塊《つちくれ》を見るようだ。しかも彼は生きているから充実しきって、形も生きている。

ある画商が僕の個展を見て、

『あなたは金のかからないものばかり描いていますね』

と言った。そう言われると実際そうだ。面白い見方もあるものと、面白く思った。

僕は何をかいてもいいのだ。一心にかけさえすればいいのだ。馬鈴薯でも、百合根《ゆりね》でも、しょうがでも、描けば楽しい。動物園にゆけば、象もかきたいし、猪《いのしし》もかきたい。しかし落ちついた気持でかくには、山や静物が動かなくっていい。

専門の画家から見たら、僕の仕事は隠居仕事かも知れない。もともと無心で仕事がしたいので、天下国家に望みを置いているのではない。普段はいい画をかきたいとも思っているが、かく時は、そんなことを考える余裕はない。下らない仕事だと言えばそれまでだが、僕にはこれでも全身的の仕事なのだ。ものになるかどうかも考えない。喜んでくれる人があるのを望外の幸としている。自分は文学の仕事は捨てない。しかし心の落ちついている時に、無理に自分の心を動揺させたり、激動させたりしたくない。落ちついている時は、落ちついたままで出来る仕事がしたい。それで出来る仕事で飯が食えたらと今の僕は思っているのだ。

花と人間の美しさ

僕は花の絵をかくときに、ときどき「花己《おの》れの美しさを知らず、されば奥床《おくゆか》し」と讃《さん》をかくことがある。実際花が自分の美しさを意識しすぎて「どうだ私は美しいだろう」という身振りをしていたとしたら、見る方で顔をそむけたくなるであろう。

花が己れが美しさを知らずに美しい花を咲かせているのを、人間の僕たちから見ると無意味なことのようにも思われる。なんのためにわざわざ美しい花を咲かせるのかわからないからである。人にいくら感心されようがされまいが、自分にはまるでわからないのだから、美しい花を咲かせたということは無意味なことに思われる。

しかしそれはなんでも利益を目的にして考える、人間らしい考え方で、無心のままに生きているものにとっては、他人がどう思うということは大したことではなく、自分が自然のままに全分的に生きるということが全《すべ》てであって、美しい花は自然から命じられるままに、美しい花を咲かせばそれでいいのである。また人間の僕らにとってはそれがありがたいことになるので、人間が美しい花をつくる場合は、人間本位の立場から見て嬉《うれ》しくなるものを骨折ってつくるので、花自身は自分の美しさを知らないでも一向差しつかえないわけである。

人間が手がけてつくる場合は、見て喜ぶのが主であり、そのために金がもうかるのは目的になるわけだが、花自身はそのことは知らないわけである。

人間の美しさの場合は、花の場合とちがって意識がはいるから、自分の美しさを知らないわけにはいかない。もちろんその知り方に幾種類もあり、本当にその美しさを知っている人は少なく、たいがいは自分の空想を加味して、実際とはちがった自分の美しさを意識している場合が多いのだと思う。

それ以上できるだけ自分を美しく見せたく思って努力するのも、人情として無理のないことと思う。しかし実際に自分をより美しく見せようとする努力には、その人の審美感や趣味が現われるので、その人の趣味のよしあしも露骨に現われ、その人の目的もはっきりするので、つまりその人がどんな人であるかをはっきり証明して歩いているわけである。

その人の美化のやり方によって、その人の目的や根性もはっきりするわけである。だから職業によっては、露骨な美化も行われるわけであるが、はっきりした目的をもたない人は、それほど露骨な美化は行わない方が自然である。僕も人間も見られるために生きているものではなく、自分を本当に生かす方が重大だと思っているから、女の化粧や服装でも、人に見られることを目的とせず、自分が気持よくこだわらずに他人に不快な感じを与えず、いい感じを与える程度で、あまり見られることを意識しないことがいいのだと思っている。

しかし美を愛するのは自然の人情だから、みんなが自分の運命と能力の許す範囲で、自分の気持本位で、自分を美しく見せるように努力するのはいいことと思うが、そこにその人の根性のいやしさが出ては、もちろんほめるわけにはいかない。なんといっても僕は見かけは心の現われだと思うから、心がいやしくっては見かけもいやしくなるのはやむを得ないことと思う。外部の化粧にばかり心を囚《と》られて、心の中を美しくすることをまるで忘れているような人を見ると、顔をそむけたくなるのは事実である。心の美しさが窒息されずに、それがほのぼのと化粧された美しい顔や服装を通して感じられるとき、僕はその人を本当に美しいと思うのである。

女の人が本当にみんなに美しく思われたいのなら、まず心の美しさが大事で、その愛くるしい心がおのずと顔に現われ、その人の趣味のよさがその人の外見に現われて初めてその人のよさが生きるものだと思う。

それに反して、男の欲望を刺戟《しげき》しすぎるような化粧のしかたは、男に甘く見られたり馬鹿《ばか》にされたりするのはやむを得ないと思われる。

今の多くの人は、心の美しさを問題にしていないように思われるが、結局持って生まれた顔の美しさを微妙に表わすものは、心のやさしさ美しさだと僕には思われるので、顔を化粧で美化する以上に、心を修養することで美化する方が、より大きい効果を上げるものだと思われるが、この方は一朝一夕で結果が表われないので、安価な方法の外見でごまかそうとするのだと思うが、その人自身が見られる生活よりは、自分を本当に生かす生活の方を考えると、心の修養の方がその人を美しくする最も根本的な方法と思われる。それから外見の美も生まれるわけである。

しかし本当の心の美しい人は、花が自分の美しさを知らないと同じように、自分の心の美しさを知らないのではないかと思う。だからそういう人は奥床しい感じがするのだと思う。

沈黙の世界

僕はこの頃、午前は用がない限り油絵をかいている。油絵だけは他人にたのまれないで、積極的な自分の気持でかきたいと思っているが、自分に才能がないので気ばかりあせって、中々ぴったりした表現が出来ない。しかしぴったりした表現が出来ないだけ、なお何とかしてぴったり表現が出来る自分になりたいと思っている。僕は文学の世界の仕事をして来た。文学の仕事は何といっても、言葉の仕事だ。言葉の仕事は僕のように考える事が習慣になっているものは、頭に浮ぶことをそのままかけばいい。頭で僕が考える事は全部日本語だ。言葉を通さずにものを考えようとしても、僕には出来ない。人間の意識は言葉をはなれて中々動いてくれない。しかし言葉というものにも制限はあり、言葉になり切れない世界は実に多い。大きい。寧《むし》ろ言葉になれる世界は少ない。それにもかかわらず、文学の仕事をしている僕には、言葉にならない世界はつい忘れがちになる。そして人間は言葉で意志疎通《そつう》するものだから、万事を言葉で解決しようとする。言葉はつかう人が余程の詩人でない限り粗雑な感じきりあらわれない。すぐ絶対反対なぞという言葉が出やすい。絶対という内容が本当にわかっていないでも、言葉になるとはっきりする。

例えば「美しい」という言葉は誰でもいうが、本当に美しいという事に感動出来て言う場合は、滅多《めった》にない。言葉は先へ走り易《やす》い。

言葉と言う事を仕事上大事にしないでいられない僕達にとって、言葉程、粗雑に、無責任につかわれているものはないとよく思う。嘘《うそ》つきは別としても、言葉を正しい意味でつかう事は中々むずかしい。言葉を正確に責任を持ってつかっている人は実に少ないし、そう言う人でも、いつも正確と言うわけにはゆかない。

言葉は言葉だけで通用するが、その内容をあまり問題にしない場合が多い。あまり内容を正確な言葉であらわそうとしたら、ものが言えなくなる場合が存外多い。

大概僕達は無責任な言葉をつかっている。

僕は、そういう言葉の世界に住んでいると、沈黙の世界がなつかしくなる。そこへゆくと画の世界は沈黙の世界だ。言葉は必要がない。言葉の表現は、考える必要がない。嘘を言う必要のない世界だ。尤《もっと》も画にも嘘が入り得る。根性も入り得る。しかし言葉の嘘は必要がない。僕はぴったりしない画をかく事は、ぴったりしない言葉をつかうのと同じ位、おちつかない気持になるものだが、ぴったりした表現を求め、そのために全力を尽すところに、言葉では生かせない自分の味が出るはずと思っている。言葉から解放された世界に、自分が一心になれる。

その世界が僕にはなつかしい。これもそう言いきると言葉の嘘になるかも知れない。ともかく僕は自然のつくったものを見ると、画論をたてる必要がなく、それはそれでいいのだと思って、見ているとかきたくなる。かきたくなればかくのは当然である。僕は一心にかきたくなるものを、一心にかく事程、自然なものはないと思っている。かきたくなるように僕をつくったものに僕は素直になりきりたいと思っている。

僕は人間に意識が与えられ、言葉が与えられている事を感謝し、言葉は不自由なものとは思っていないが、人間の頭はまだ粗雑の域を脱しきれないから、言葉であらゆるものを表現出来ない。言葉にならぬ世界は、沈黙であらわすより仕方がない。僕は音楽の事はわからないが、巴里《パリ》でバッハの音楽を聞いた時、バッハは沈黙の世界を表現したいために、音を生かしたような感じを受けて感動した事がある。少し独《ひと》りぎめかも知れない。

雑音と、粗雑すぎる言葉の横行している世界に、沈黙の内に真剣になれる世界のある事を僕はありがたく思って、画をかける事を幸福に思っている。言葉の世界の奥の沈黙の世界。

解説

山室静

武者小路実篤《むしゃのこうじさねあつ》先生の人と作品については、いまさら紹介の要はないだろう。明治の末に作家として立たれてから、大正、昭和と三代にわたって、氏は終始第一線に立ってこられた。しかも、いまや文壇、思想壇の最長老として八十五歳という高齢に達されながら、いぜんとして詩や小説や感想を書き、絵や書に心を傾けられて、倦《う》むことなく精進されている。体《からだ》もすぐれて丈夫であられるのだろうが、それより以上に、氏の中にある理想の火が、不断に氏を駆って、仕事を続けさせているのだとしなければなるまい。

日常生活の内に
火を。

人間の心の内に

火を。
たえざる
火を。
と、若き日に氏は歌った。そして、老人になっては、歌っていられる——
老人は自分の信じる道を
歩いてやまないのだ
人々は親切に彼のまちがっていることを注意すれども
老人は自分の道を信じて疑わないのだ
そしてこつこつと歩くのだ
何処《どこ》までも歩くのだ
すべてのもの皆美しく見える道
この道がまちがっているはずはないのだ
老人はそう信じて歩くのだ
歩いてやまないのだ
と。
まことにおどろくべき精進であり、生命力だとしなければならない。こういう人こそ、まさしく師父の名に値する人だと思う。近年、氏の書かれる人生論風のエッセイ類が、めっきり評価を高くして、老若《ろうにゃく》を問わず争って読まれるようになったのも、広く日本人が氏の中に、たぐい稀《まれ》なひとりの師父を見いだしているからにほかならない。そのことは、もちろん、氏の所論のすべてを、絶対に正しいものとして信従することを要さないのだ。あやまったところ、補うべきところがあったら、それを批判し、補正するのに、遠慮はいらない。師父が真実の師父であるためにはむしろ弟子にそれを求めるはずであり、武者小路先生も、それを嫌《きら》われるはずはないと思う。ただ、その際に必要なのは、ここにひとりの、その長い生涯を通じて、誠実な歩みを続け、いまもなお倦むことなく精進している作家があることの認識の上に立ち、その動かすべからざる仕事と生活の全体の重みをしっかりと受けとめたうえで、それを見いする礼儀を失わないことであろう。それを欠いては、師の師たるところは決して見いだされることがなく、弟子は決して師を越えることはできないのにちがいないからだ。

武者小路先生の人生について書かれた思想、評論は、すでにおびただしく出ている。それらを集大成した人生論全集の類も、一、二にとどまらない。

いま、新潮文庫の一冊として、その粋を集めたものを編むことを依頼されて、私は光栄に思って喜んで引受けたが、従来のそれらの類書に比べて、そこに何らかの新味を出すのに苦しんだ。まず、氏の書かれた文章が非常に多く、かつ多方面であるのに対し、そう精《くわ》しい読者でもない編者には、とうていすべてにわたって目を通している自信がないため、ぜひ採るべき文章であって漏れるものがあるのではないかという心配があった。この点は、氏の全集の思想評論編や、芳賀書店版、講談社版の二つの人生論全集のほか、五、六の思想評論類に目を通して、多少は視野を広げることができたが、とうてい満足する域にはいたらない。しかし、これは全作品を網羅《もうら》するのでなく、ただ一冊の選集を編むのであるかぎり、誰が編者となっても選択に遺漏も生じ、偏《かたよ》りも出るにちがいないことを思って、一、二従来のこの種の編著に見のがされてきた小編を拾いあげることができたら、それでよいとした。

つぎに、最初から一巻の書となっている長編論文を、どう扱うかということだった。これはもちろん、一編だけでも相当のページを占めるので、多くを収めることはできない。そうかとて、その一部だけをぬいたのでは、幾種類かの論文の見本は示せるかもしれないが、それだとまた、すべてがこまぎれとなって、まとまった長編論文だけがもつ量感や、説得力の大半を失ってしまう。それやこれやで、結局ここでは「人生論」（正編）をこの種の長編の代表として、その全体をとり——続編のほうは割愛した――これも重要な論文である「人類の意志に就て」は、その冒頭の数章を採るだけにとどめさせてもらった。「論語私感」その他、ほかにも収めたいものがあるが、それは割愛するしかなかった。

つぎには人生論という枠《わく》を少しくはみ出すにしても、武者小路実篤という独得の魅力をもつ人を示すユニークな感想小品の類を、どうすべきかという点であった。これは除外しても一応はこの本の立前からすれば、差支《さしつか》えないわけだ。しかし、人生論風な論文ばかりが並んだのでは、全体があまりに説教くさくなって、編者があまり好まないのは問題にならないとしても、武者小路先生その人を、やはり窮屈な型にはめてしまうのではないかと思われた。

そこで、そこらは人生論の意味を少し自由にとらせてもらって、画論やさりげない感想の類をも少しく添えることにした。絵画関係の感想集などは、別に一冊つくってみたら、非常に楽しい本ができるにちがいない。人生論というよりもう少し気ままな随想集をうまく編集したら、これも人生論集以上に味わいの深いものができそうだ。しかし、それはいま望んでもしかたないことなので、せめてこの方面に読者の興味を少しく喚起できればと願ったのだ。これによってこの人生論集に、多少とも新味が出せたのだとうれしい。

そんなわけで、結局本書は四部に分れることになった。

Ⅰは、「人生論」正編。これは氏がこういう題をはじめて選んで、心を打ちこんで書かれたものだけに、正面から人生と取組んで堂々の論を張っていられる。やはり氏の「人生論」の本命とすべき論文である。昭和十三年、五十四歳のときに「岩波新書」のために書きおろされたもの。

Ⅱは「新しき村」関係の論。村創設の前に書かれた「新しき村に就《つい》ての対話」の第一と第二――第三もあるがこれは略す――に、いよいよ九州に赴《おもむ》いて村に鍬《くわ》をおろされた当時の小さい文章二つを添えてみた。新しき村創設の理想を語った「対話」はあまりに有名だが、後の二つの小文も、一つは「精神一到何事かならざらん」といった昂然《こうぜん》たる理想主義精神に燃えているところ、もう一つは、そういう昂然たる気持の奥深くで、氏がつねに神と人類を思い、その前に敬虔《けいけん》に頭《こうべ》を垂《た》れる人であることを示すところ、小文ながらに共に非常に強い感銘を与える。氏が「新しき村」を始められたのは、大正七年三十四歳のとき。

Ⅲは Ⅰの「人生論」以外の、氏のおびただしい人生論的文章の中から、その精髄と思われるものを拾い集めたもの。もちろん、これだけ読めば十分というのではなく、最小限としてこれくらいは読まなくては話にならぬという、その最小限を示すものと思ってくださったほうがいい。

「東洋と西洋の美術」は美術論だけに、他の文章と少し異なるから、いさぎよく除くか、別にⅣとして独立させるべきかと思ったが、除くに惜しく別項を立てるのは煩《はん》瑣《さ》にすぎる気がして、ここに同居させてもらった。

「真理先生の遺書」は、長編小説『真理先生』の続編『白雲先生』中の一章を独立させたもの。小説中の人物の言葉だから、それをそのまま作者の考えとするのは慎まなければならないが、この場合は差支えないかと思う。そして『白雲先生』は最近作だから、この遺書はそのまま先生の最近の心境を端的に吐露されたものと取ってよいのではないか。

もっとも、この「遺書」の場合もふくめて、氏の人生論には、もはやそう新しい展開は見られないでもあろう。氏の人生観は「人類の意志に就て」あたりで完成して、その後はほとんど変化がないと言える。わずかに、当初はかなり倫理的色彩が強かったのが、老来いよいよ自然を尊重されることが深くなり、倫理的要求を越えた美の世界に悠々《ゆうゆう》と遊ばれる趣が濃くなったのが目につくくらいのものだ。しかも、この美を倫理よりも一段と高いもの、あるいは深いものとして慕われる気持は、「人類の意志に就て」や「人生論」に、いやもっと早くからさえ、すでにかなりはっきりと出ているところであった。

そこで当然、氏の書かれたおびただしい人生論は、見様によっては、いつも同じことの繰返しという観を呈して、ときとして人をして倦ましめる。しかし、再考してみれば、ひとりの人間の人生観がそう変りうるものでもなく、ひょいひょいと変るようでは、それはまだ未熟のものと言うしかないだろう。そしてまた、人生の師父ともいうべきみごとな成熟者の語る人生論――それをこそ真理と言ってよいと思うが――は、おそらくつねに米の飯のように、真清水のように、平明率直であって、変化に乏しいのにちがいない。

理想型としての武者小路実篤ともいうべき、真理先生は言っている。「僕はあたりまいのことときり言いたくない。今の人はあたりまいのことを知らなすぎる。あたりまいでないことを尤《もっと》もらしく言うと、わけがわからないので感心する。こういう人間が今は多すぎる。僕はそんな面倒なことをする興味はない」と。

武者小路先生も、そんなわけで、あたりまえの真理を繰返し繰返し飾り気なく述べられるに傾くから、マンネリズムの観を呈するのだ。しかし、先生の文章にはつねに心の底からあふれ出る充溢《じゅういつ》があり、心して読めば、新しい展開さえもが乏しくはないことに読者は気づくはずである。

いまここで、そういう氏の思想の推移と展開にまでふれている余裕はないが、氏の人生論の主線だけは一応たどっておく必要があるかもしれない。

「人間は人間がつくったものではない」と、「人生論」の冒頭にある。青年時代の氏が熱烈な自我の主張者で、エゴイストをもって任じたことさえあることを知っている者には、奇異な変貌《へんぼう》と取られかねない言葉だ。しかし、エゴイストをもって任じるほど青年客気に駆られていたときさえ、他方で氏はつねにまた熱烈な理想家で、人類愛に燃えた人だったことを思い合せると、そうふしぎではなくなる。つまり、氏はいくら自我を主張しても、それだけではとうてい満足しきれない人だったのであり、「新しき村」の創設も、結局はそこに由来している。そして今や多くの経験をして――そこにはいくつかの挫折《ざせつ》もあったはずだ――、自我というものをより深く見つめたとき、氏が認識したのは、人間が決して個として独立したものではなく、親から子へ、またその子へと無限に過去へも未来へも連帯している生命の流れの一環であるにすぎず、さらには人類そのものが大きな自然の中に抱かれて、それによって生かされているという事実だったと言える。

これは何も事あたらしい見方ではないだけでなく、考えようによっては、人間を盲目的な生命に駆られてうごめいているだけの悲惨な虫けらとして、たとえばショーペンハウアーの場合のように、救いのないペシミズムに陥らせるものであろう。

ただ武者小路氏は、つねに自分の中に生きることの喜びを感じることができたし、全体としての人類が、なにか一つの意志をもって、より高くより美しくと、つねに進歩してゆきつつあるのを信じることができた。そこに成立したのが「人類の意志に就て」で、これによって氏の立場は安定するをえて、以後は人生の悲喜にさして煩《わずら》わされることなく悠々と歩むことができた。それは人類の無限の進歩を肯定することで、氏の生来の理想家気質を満足させることができる一方で、個にとっては過大な思いあがりと焦躁感《しょうそうかん》を解消するものであったからだ。「人生論」はそういうところに成立している。

そういう氏の人生観の一種のおめでたさを批判することは、そう困難ではないが、それは重要なことではない。人間はその実態を見つめれば見つめるほど、ニヒリズムに陥るよりほかないような存在で、それは武者小路先生といえども十分に気づいていられるのだ。しかしニヒリズムでは人間は生きてゆかれないのだし、人間の内部にはやはり不断にわきあがる善や美への祈念があるのを否定できないのだから、こちらに立脚して立論することが、どうしても必要となる。結論として、私は武者小路先生の生き方および人生論に、多少の注文をつけたい点はあっても、心から脱帽するものである。

Ⅳはさきに述べた随想類。これらは人生論集の付録といったところだが、あるいはこちらのほうを喜ぶ人のほうが多いかと思われる。いずれも何気なく書かれた文ながら、真珠のように光っているではないか。「鰻《うなぎ》と鮭《さけ》」のような文章が、氏がまだ二十代だった頃に早くも書かれているのには、ことにおどろかされる。そしてこの青春のときの文章の含意しているものが、そのまま今日の氏の朗らかな老熟境に通じるのは、さらにおどろくべきことであろう。

「沈黙の世界」はまた最も新しいほうの随想の一つ。これはまた私たちの魂をシーンとさせる老熟美の深さだ。

（昭和四十四年十一月、文芸評論家）

表記について

新潮文庫の文字表記については、原文を尊重するという見地に立ち、次のように方針を定めました。

一、旧仮名づかいで書かれた口語文の作品は、新仮名づかいに改める。
二、文語文の作品は旧仮名づかいのままとする。
三、旧字体で書かれているものは、原則として新字体に改める。
四、難読と思われる語には振仮名をつける。
五、漢字表記の代名詞・副詞・接続詞等のうち、特定の語については仮名に改める。

本書で仮名に改めた語は次のようなものです。

…居る→…いる　且つ→かつ　…切り→…きり
呉れる→くれる　斯う→こう　此（の）→この
之→これ　其（の）→その　…玉え→たまえ
何う→どう　所が→ところが　兎に（も）角→とに（も）かく
許り→ばかり　亦→また　…迄→…まで

武者小路実篤著

友情

あつい友情で結ばれていた脚本家野島と新進作家大宮は、同時に一人の女を愛してしまった——青春期の友情と恋愛の相剋を描く名作。

武者小路実篤著

愛と死

小説家村岡が洋行を終えて無事に帰国の途についたとき、許嫁夏子の急死の報が届いた。至純で崇高な愛の感情を謳う不朽の恋愛小説。

武者小路実篤著

真理先生

社会では成功しそうにもないが人生を肯定して無心に生きる、真理先生、馬鹿一、白雲、泰山などの自由精神に貫かれた生き方を描く。

武者小路実篤著

お目出たき人

口をきいたことすらない美少女への熱愛。その片恋の破局までを、豊かな「失恋能力」の持主、武者小路実篤が底ぬけの率直さで描く。

亀井勝一郎編

武者小路実篤詩集

平明な言葉、素朴な響きのうちに深い人生の知恵がこめられ、〝無心〟へのあこがれを東洋風のおおらかな表現で謳い上げた代表詩117編。

有島武郎著

小さき者へ・生れ出づる悩み

病死した最愛の妻が残した小さき子らに、歴史の未来をたくそうとする慈愛に満ちた「小さき者へ」に「生れ出づる悩み」を併録する。

有島武郎著　或る女

近代的自我の芽生えた明治時代に、封建的な社会に反逆し、自由奔放に生きようとして敗れる一人の女性を描くリアリズム文学の秀作。

志賀直哉著　清兵衛と瓢簞・網走まで

瓢簞が好きでたまらない少年と、それを苦々しく思う父との対立を描いた「清兵衛と瓢簞」など、作家としての自我確立時の珠玉短編集。

志賀直哉著　小僧の神様・城の崎にて

円熟期の作品から厳選された短編集。交通事故の予後療養に赴いた折の実際の出来事を清澄な目で凝視した「城の崎にて」等18編。

志賀直哉著　暗夜行路

母の不義の子として生れ、今また妻の過ちにも苦しめられる時任謙作の苦悩を通して、運命を越えた意志で幸福を模索する姿を描く。

志賀直哉著　和解

長年の父子の相剋のあとに、主人公順吉がようやく父と和解するまでの複雑な感情の動きをたどり、人間にとっての愛を探る傑作中編。

伊藤左千夫著　野菊の墓

江戸川の矢切の渡し付近の静かな田園を舞台に、世間体を気にするおとなに引きさかれた政夫と二つ年上の従姉民子の幼い純愛物語。

夏目漱石著
こころ

親友を裏切って恋人を得たが、親友が自殺したために罪悪感に苦しみ、みずからも死を選ぶ、孤独な明治の知識人の内面を抉る秀作。

夏目漱石著
草枕

智に働けば角が立つ——思索にかられつつ山路を登りつめた青年画家の前に現われる謎の美女。絢爛たる文章で綴る漱石初期の名作。

夏目漱石著
彼岸過迄

自意識が強く内向的な須永と、感情のままに行動して悪びれない従妹との恋愛を中心に、エゴイズムに苦悩する近代知識人の姿を描く。

夏目漱石著
行人

余りに理知的であるが故に周囲と齟齬をきたす主人公の一郎。孤独に苦しみながらも、我を棄てることができない男に救いはあるか？

夏目漱石著
道草

健三は、愛に飢えていながら率直に表現できず、妻のお住は、そんな夫を理解できない。近代知識人の矛盾にみちた生活と苦悩を描く。

夏目漱石著
明暗

妻と平凡な生活を送る津田は、かつて将来を誓い合った人妻清子を追って、温泉場を訪れた——。近代小説を代表する漱石未完の絶筆。

島崎藤村著

春

明治という新時代によって解放された若い魂が、様々な問題に直面しながら、新たな生き方を希求する姿を浮彫りにする最初の自伝小説。

島崎藤村著

桜の実の熟する時

甘ずっぱい桜の実に懐しい少年時代の幸福を象徴させて、明治の東京に学ぶ岸本捨吉を捉える青春の憂鬱を描き『春』の序曲をなす長編。

島崎藤村著

破戒

明治時代、被差別部落出身という出生を明かした教師瀬川丑松を主人公に、周囲の理由なき偏見と人間の内面の闘いを描破する。

島崎藤村著

夜明け前

（第一部上・下、第二部上・下）

明治維新の理想に燃えた若き日から失意の中に狂死する晩年まで——著者の父をモデルに木曽・馬籠の本陣当主、青山半蔵の生涯を描く。

島崎藤村著

千曲川のスケッチ

詩から散文へ、自らの文学の対象を変えた藤村が、めぐる一年の歳月のうちに、千曲川流域の人びとと自然を描いた「写生文」の結晶。

泉鏡花著

婦系図

『湯島の白梅』で有名なお蔦と早瀬主税の悲恋物語と、それに端を発する主税の復讐譚を軸に、細やかに描かれる女性たちの深き情け。

森鷗外著

雁（がん）

望まれて高利貸しの妾になったおとなしい女お玉と大学生岡田のはかない出会いの中に、女の自我のめざめとその挫折を描き出す名作。

森鷗外著

青年

作家志望の小泉純一を主人公に、有名な作家、友人たち、美しい未亡人との交渉を通して、一人の青年の内面が成長していく過程を追う。

森鷗外著

ヰタ・セクスアリス

哲学者金井湛なる人物の性の歴史。六歳の時に見た絵草紙に始まり、悩み多き青年期を経ていく過程を冷静な科学者の目で淡々と記す。

森鷗外著

阿部一族・舞姫

許されぬ殉死に端を発する阿部一族の悲劇を通して、権威への反抗と自己救済をテーマとした歴史小説の傑作「阿部一族」など10編。

森鷗外著

山椒大夫《さんしょうだゆう》・高瀬舟

人買いによって引き離された母と姉弟の受難を描いて、犠牲の意味を問う「山椒大夫」、安楽死の問題を見つめた「高瀬舟」等全12編。

倉田百三著

出家とその弟子

恋愛、性欲、宗教の相剋の問題について、親鸞とその息子善鸞、弟子の唯円の葛藤を軸に「歎異鈔」の教えを戯曲化した宗教文学の名作。

太宰治著

晩年

妻の裏切りを知らされ、共産主義運動から脱落し、心中から生き残った著者が、自殺を前提に遺書のつもりで書き綴った処女創作集。

太宰治著

斜陽

〝斜陽族〟という言葉を生んだ名作。没落貴族の家庭を舞台に麻薬中毒で自滅していく直治など四人の人物による滅びの交響楽を奏でる。

太宰治著

ヴィヨンの妻

新生への希望と、戦争の後も変らぬ現実への絶望感との間を揺れ動きながら、命をかけて新しい倫理を求めようとした文学的総決算。

太宰治著

津軽

著者が故郷の津軽を旅行したときに生れた本書は、旧家に生れた宿命を背負う自分の姿を凝視し、あるいは懐しく回想する異色の一巻。

太宰治著

人間失格

生への意志を失い、廃人同様に生きる男が綴る手記を通して、自らの生涯の終りに臨んで、著者が内的真実のすべてを投げ出した小説。

太宰治著

走れメロス

人間の信頼と友情の美しさを、簡潔な文体で表現した「走れメロス」など、中期の安定した生活の中で、多彩な芸術的開花を示した9編。

新潮文庫の新刊

乃南アサ著
家裁調査官・庵原かのん
家裁調査官の庵原かのんは、罪を犯した子どもたちの声を聴くうちに、事件の裏に潜む問題に気が付き……。待望の新シリーズ開幕！

燃え殻著
それでも日々はつづくから
きらきら映える日々からは遠い「まーまー」な日常こそが愛おしい。「週刊新潮」の人気連載をまとめた、共感度抜群のエッセイ集。

松家仁之著
火山のふもとで
読売文学賞受賞

若い建築家だったぼくが、「夏の家」で先生たちと過ごしたかけがえない時間とひそやかな恋。胸の奥底を震わせる圧巻のデビュー作。

岡田利規著
ブロッコリー・レボリューション
三島由紀夫賞受賞

ひと、もの、場所を超越して「ぼく」が語る「きみ」のバンコク逃避行。この複雑な世界をシンプルに生きる人々を描いた短編集。

藍銅ツバメ著
鯉姫婚姻譚
日本ファンタジーノベル大賞受賞

引越し先の屋敷の池には、人魚が棲んでいた。なぜか懐かれ、結婚を申し込まれてしまい……。異類婚姻譚史上、最高の恋が始まる！

沢木耕太郎著
いのちの記憶
―銀河を渡るⅡ―

少年時代の衝動、海外へ足を向かわせた熱の正体、幾度もの出会いと別れ、少年時代から今日までの日々を辿る25年間のエッセイ集。

新潮文庫の新刊

杉井光著
世界でいちばん透きとおった物語2
新人作家の藤阪燈真の元に、再び遺稿を巡る謎が舞い込む。メディアで話題沸騰の超話題作、待望の続編。ビブリオ・ミステリ第二弾。

角田光代著
晴れの日散歩
丁寧な暮らしじゃなくてもいい！　さぼった日も、やる気が出なかった日も、全部丸ごと受け止めてくれる大人気エッセイ、第四弾！

沢木耕太郎著
キャラヴァンは進む
—銀河を渡るI—
ニューヨークの地下鉄で、モロッコのマラケシュで、香港の喧騒で……。旅をして、出会い、綴った25年の軌跡を辿るエッセイ集。

沢村凜著
紫姫の国（上・下）
船旅に出たソナンは、絶壁の岩棚に投げ出される。そこへひとりの少女が現れ……。絶体絶命の二人の運命が交わる傑作ファンタジー。

永井荷風著
つゆのあとさき・カッフェー一夕話
天性のあざとさを持つ君江と悩殺されては翻弄される男たち……。にわかにもつれ始めた男女の関係は、思わぬ展開を見せていく。

原田ひ香著
財布は踊る
人知れず毎月二万円を貯金して、小さな夢を叶えた専業主婦のみづほだが、夫の多額の借金が発覚し——。お金と向き合う超実践小説。

人生論《じんせいろん》・愛《あい》について

新潮文庫　む - 1 - 13

昭和四十四年十一月二十五日 発 行
平成十六年二月二十日 五十五刷改版
令和七年一月三十日 六十三刷

著者 武《む》者《しゃの》小《こう》路《じ》実《さね》篤《あつ》
発行者 佐藤隆信
発行所 株式会社 新潮社
郵便番号 一六二―八七一一
東京都新宿区矢来町七一
電話 編集部(〇三)三二六六―五四四〇
読者係(〇三)三二六六―五一一一
https://www.shinchosha.co.jp

価格はカバーに表示してあります。

乱丁・落丁本は、ご面倒ですが小社読者係宛ご送付ください。送料小社負担にてお取替えいたします。

印刷・錦明印刷株式会社　製本・株式会社植木製本所

ISBN978-4-10-105713-2 C0195